KB037074

악마의
순정

악마의 순정

초판 1쇄 찍은 날 | 2018년 9월 14일
초판 1쇄 펴낸 날 | 2018년 9월 28일

지은이 | 문희
펴낸이 | 예경원

편집 | 박수희 · 주승아

펴낸곳 | 예원북스
등록번호 | 제396-2012-000132호
등록일자 | 2012. 7. 25
YRN | 제1-0231호

주소 | 경기도 고양시 일산동구 호수로 646-24 위너스21-Ⅱ 206A호 (우) 10401
전화 | 031-819-9431 팩스 | 031-817-9432
http://cafe.naver.com/yewonromance
E-mail | yewonbooks@naver.com

ISBN 979-11-89450-45-8 03810

문희 장편 소설

악마의
순정

YEWONBOOKS
ROMANCE STORY

Contents

프롤로그 ································· 7

1. 복수의 시작 ························· 22

2. 경멸과 관심 사이 ···················· 48

3. 욕망의 시작 ························· 80

4. 검은 그림자 ························· 111

5. 욕망에 눈을 뜨다 ···················· 137

6. 다가오는 위협 ······················ 171

7. 그림자의 그늘 ······················ 192

8. 진격의 순정 ························· 217

9. 끝인 줄 알았는데 ···················· 239

10. 새로운 진실 ························· 263

11. 뜨거운 사랑 ························· 287

12. 행복하고 행복하다 ··················· 311

에필로그 ····························· 333

프롤로그

연일 계속되는 폭염에 사람들은 지쳐 갔고 날카로워졌다. 가만히 서 있어도 따끔거릴 정도의 소금기를 품은 땀이 순정의 갸름한 얼굴선을 따라 흘러내리고 있었다.

8월······.

다른 사람에게는 지독히도 무더운 여름날이겠지만, 순정에게는 온몸에 소름이 돋도록 차갑고 매서운 날의 연속이었다. 동생의 자살, 연이은 부모님의 죽음은 평온하던 그녀의 삶을 송두리째 앗아가 버렸다.

이제 더 이상 눈물은 나오지 않았다. 분노만이 남았다. 따뜻하게 그녀의 든든한 울타리가 되어 주셨던 부모님과 짓궂지만 듬직한 남동생. 부유하진 않지만 평범하고 행복한 가정이었다. 모범생으로 좋은 대학을 졸업하고 대기업의 비서로 순탄한 삶을 살아가던 순정은, 얼마 전 직장을 그만두고 동생을 죽음으로 몰고 간 사람들에게 복수하기로 결심했다.

현재 순정은 동생을 죽음으로 몰고 간 카지노에 와 있었다. 산속에 위치한 우리나라 최대의 도박장인 로열카지노는 평일 오전임에도 불구하고 주차장에 차를 대 놓을 곳이 없을 정도로 사람들이 북적였다.

이곳은 다른 세계인 것 같았다. 아무리 경기가 어렵다고 해도 카지노에서 쓸 돈들은 있는 모양이었다.

주차할 공간이 부족해서 겨우 차를 댄 순정이었다. 흰색 소나타에서 내린 순정은 한숨을 쉬며 중얼거렸다.

"천국의 가면을 쓴 지옥."

이곳은 그랬다. 국내 최고의 휴양시설로 가족 단위로 여행을 온 고객들과 자신의 전 재산과 인생까지 모조리 내놓은 사람들이 공존하는 곳이었다. 이곳의 겉모습은 굉장히 평화로웠다. 무서울 정도로…….

또각또각.

하이힐 소리가 로열호텔의 로비를 울리고 있었다. 호텔과 카지노를 동시에 운영하는 이곳은 순정이 봐도 스케일이 대단했다. 사람들의 시선이 로비를 걷고 있는 순정에게 향해 있었다. 검은 색 정장을 입고 스튜어디스처럼 단정하게 묶어 망에 넣은 머리를 한 그녀는, 화장도 짙게 하지 않아 평범하고 단정한 복장이었다.

하지만 사람들은 넋을 잃고 그녀를 보았다. 차분하고 눈에 띄지 않은 복장도 그녀의 아름다움은 가리지 못하고 있었다. 어릴 때부터 예쁘다는 말과 사람들의 시선에 익숙한 그녀였지만 오늘은 사람들의 시선이 불편했다. 동생과 같이 도박에 미쳐 자신의 삶을 버린 사람들처럼 보였기 때문이었다.

"내가 여기서 견딜 수 있을까?"

가장 큰 걱정은 바로 이것이었다. 동생과 동생의 뒤를 따른 부모님이 생각나면 순정은 아무것도 할 수 없을 것 같았기 때문이었다.

"내가 과연 할 수 있을까?"

그렇지만 천만 번을 고민해도 결론은 하나였다. 두렵지만 해야한다는 것이었다. 반드시 그들의 몰락을 보고 말 것이다.

대기업을 그만두고 로열카지노 회장 비서 면접을 보기 위해 이 자리에 왔다. 1차, 2차는 합격이었고 3차 면접만 남은 상태였다. 면접시험을 보는 곳에는 5명이 대기하고 있었다.

"안녕하세요?"

그녀가 자리에 앉자마자 옆에 여자가 말을 걸었다. 예쁘장하게 생긴 여자는 옷도 명품을 입고 있었다. 이 면접에 얼마나 신경을 썼는지 느껴졌다. 대기실에 들어오기까지는 자신감이 있었는데 막상 오니 떨어질까 봐 두려웠다.

"여기 월급이 아주 끝장이라고 소문이 나서 지원자가 많았는데 마지막으로 5명이 남았다고 하더라고요."

"……."

물어보지도 않은 말을 잘도 했다.

"여기 회장님이 조폭이라는데 진짜 걱정이에요. 전 태어나서 조폭은 한 번도 못 봤거든요. 무섭죠?"

"……."

이 여자와 함께 뽑힐까 더 무서웠다. 최종인원은 2명을 뽑는다고 했다.

"김순정 씨!"

"네."

"파이팅!"

여자가 주먹을 쥐며 파이팅을 외쳤다. 순정은 들은 척도 하지 않고 면접장으로 들어갔다.

면접관 6명이 앉아서 그녀를 바라보고 있었다. 카지노가 주된 업종이라서 그런지 면접관들은 모두 남자였고, 그들의 인상은 그리 좋지 않았다. 덩치도 굉장히 좋고 꼭 경호원들 같은 인상이었다. 호텔도 같이 운영하고 있는데 호텔 쪽 면접관은 나오지 않은 게 확실했다.

"김순정 씨?"

이제부터 시작이구나, 라고 생각하니 손이 다 떨렸다.

"네."

"음…… 대성그룹 비서실에 있었다고요?"

"정확히 대성그룹 회장실에서 일했습니다."

모두가 아주 의아하다는 얼굴로 그녀를 보고 있었다.

"그런 대기업에서 있다가 어째서 로열카지노에 지원을 하게 된 거죠?"

"로열카지노가 대성그룹보다 연봉이 많이 높습니다."

이럴 때에는 현실적인 답을 하는 게 가장 좋았다. 다른 일을 해 보고 싶었다거나 로열카지노에 대한 지나친 충성발언은 오히려 감점 요인임을 순정은 잘 알았다.

"우리 회장님은 까다로우신 분입니다."

면접관의 말에는 걱정스러운 마음이 담겨 있었다. 도대체 어떤 사람이기에 면접관이 벌써부터 겁을 주는 것일까?

"모르긴 해도 대성그룹 회장님도 만만치는 않으십니다."

순정은 면접관의 말을 가볍게 받아치는 쪽을 택했다.

"어떻게 이겨 내실 생각입니까?"

"회장님을 아직 뵙지 못해서 모르겠으나 그림자처럼 말없이 묵묵히 곁을 지킬 겁니다. 아무리 악한 사람이라도 자신의 그림자는 쳐 낼 수 없으니까요."

시간이 오래 지나지 않은 것 같았는데 금세 면접이 끝이 났다. 순정은 자신이 이곳에 입사하게 되리란 걸 예감했다. 그 힘들다는 대성그룹을 수석으로 입사한 순정이었다.

면접을 마친 순정은 바로 로열호텔을 빠져나가지 않고 주변 분수를 한 바퀴 돌아볼 생각이었다. 더운 여름이었지만 이곳은 산중에 있어서 그런지 그렇게 덥다는 생각이 들지 않았다. 간간히 찬 바람이 불기도 했다.

동생은 이곳에서 몇 달 만에 인생을 날려 버렸다. 그만큼 지옥의 소굴일 거라 생각했는데 막상 와 보니 여느 호텔 못지않게 쾌적한 공간이었다. 이곳의 분수쇼는 라스베이거스의 분수쇼만큼이나 유명했다.

하지만 지금은 해가 중천에 떠 있어서 분수쇼는 볼 수가 없었다. 그래도 솟구치는 물살이 장관을 이루고 있었다.

"저기요?"

누군가 순정에게 말을 걸었다.

"네?"

"내려갈 차비가 없어서 그러는데 1만 원만 빌려줄 수 있겠소?

전화번호를 알려 주면 내가 반드시 갚을 테니……."

행색도 멀쩡한 남자가 아주 미안해하는 표정으로 그녀에게 손을 내밀었다. 순정이 지갑을 가방에서 꺼내는 순간, 남자가 순정의 지갑을 채서 달아나기 시작했다.

"도둑이야!"

너무 놀란 순정은 한 박자 늦게 소리치며 남자를 뒤쫓았다. 모퉁이를 돌자마자 다른 남자에게 붙잡혀 있는 남자가 보였다. 신장이 굉장히 커다란 남자의 뒷모습이 순정의 눈에 들어왔다. 그녀의 지갑을 훔친 남자는 멱살이 잡혀 거의 발끝으로 서 있었다.

"캑캑."

남자는 숨이 막히는지 캑캑거리며 몸을 부르르 떨었다.

"이런 짓은 이곳에서 하지 마. 돈을 잃었으면 깨끗하게 돌아갈 줄도 알아야지."

"……."

남자의 힘이 어찌나 강한지 상대방은 기절을 한 것 같았다. 순정은 무서웠지만 자신의 지갑을 찾으러 남자의 옆으로 달려갔다. 순정이 곁으로 온 걸 눈치챈 남자는 지갑을 훔친 사람을 바닥에 내동댕이치고는 쓰러진 사람의 손에서 지갑을 빼앗아 그녀의 눈앞에 들어 보였다.

"이거 당신 건가?"

"헉헉헉, 네."

숨을 거칠게 몰아쉬며 순정이 말했다.

"앞으로 여기서 누군가 차비를 빌려 달라고 하면 빌려주지 마."

한두 번 있는 일이 아닌 것 같았다.

"헉헉, 왜죠?"

"카지노 입장료를 대신 내 주는 거니까. 집 팔고, 차 팔고, 가진 거 다 팔고 남에게 돈을 구걸해서라도 카지노에 들어가고 싶어서 안달인 사람들이거든. 불쌍하다고 생각할 필요 없어."

"……."

도박의 도 자도 싫어하는 그녀인데 저도 모르게 다른 사람의 도박 자금을 주려고 했다니 기분이 좋지는 않았다. 그녀에게 지갑을 건넨 남자는 운동을 많이 한 듯 굉장히 다부진 몸이었다.

커다란 사람은 굼뜨기 마련인데 이 사람은 굉장히 날렵했다. 마치 무협영화에 나오는 사람 같은 느낌이었다. 물론 제대로 싸우는 건 보지 못했지만 말이다. 조금 전은 너무 놀라 남자의 외모를 보지 못했는데 지금 보니 상당한 미남이었다.

"이거 안 받을 거야?"

"네? 아, 감사합니다."

그녀가 지갑을 받아 들고 남자에게 감사의 인사를 했다. 하지만 남자는 그녀의 인사를 듣는 둥 마는 둥 하며 자리를 떠났다.

"정신 차려야 돼."

순정은 더는 로열카지노를 둘러보지 않고 자리를 떴다. 눈 뜨고 강도를 당하다니, 더 무서워지기 전에 떠나고 싶었다. 그렇지 않으면 복수고 뭐고 간에 이곳에 올 용기가 사라질 것 같았기 때문이었다.

서울로 돌아오는 내내 순정의 머릿속은 남자에 대한 의문으로 가득했다.

"이상해."

평소 남자에게 그렇게 관심을 두지 않는 순정인데 도움을 받아서 그런지 남자의 모습이 자꾸만 떠올랐다. 운동선수 뺨치는 몸매에 잘생긴 얼굴 때문이 아니라 그녀를 바라보던 남자의 눈빛 때문이었다.

"서늘했어."

마치 모두가 적인 것 같은 그런 눈빛이었다. 무슨 사연이 있기에 그런 눈빛을 하고 있는 것일까? 순정은 궁금했다. 문득 실타래처럼 꼬여 버린 그녀의 삶과 비슷할 것 같다는 생각이 들었다.

이상하게도……

빠르게 홀을 누비는 현우의 걸음을 비서가 따라오지 못하고 있었다. 쓸모없이 거추장스럽기만 해서 잘라 버리기로 했다. 새로운 비서가 다음 주에 온다고 해서 이번 주까지는 출근하겠다고 하는데 역시 눈에 거슬렸다.

카지노 입구에 들어서자 오늘도 5천 원의 입장료가 없어서 주변을 어슬렁거리는 인간들이 그의 비위를 건드리고 있었다. 어제 분명히 요주의 인물들은 카지노 출입을 막으라고 했는데 전달이 안 된 모양이었다.

그의 눈빛을 본 비서가 얼른 핑계를 댔다.

"어제 경호팀장님께 말씀드렸는데 오늘 휴무시라……."

"……."

어차피 그만둘 비서이니 송 팀장에게 직접 지시를 하면 그뿐이었다. 객장에 들어서자 눈이 돌아간 사람들이 미친 듯이 슬롯머신을 하고 있었다. 인생을 낭비하면서 한탕을 노리는 인간들이었다. 물론 그의 배를 불려 주니 고맙기는 했지만 말이다. 그는 카지노를 한 바퀴 돌고 카지노의 중심이라고도 할 수 있는 모니터실로 향했다.

"안녕하십니까?"

"집중해."

그의 등장에 모두가 모니터에 잠시 시선을 뗐다. 이렇게 순간 눈을 돌리면 도박사들의 장난이 시작되기 때문에 그는 모니터에서 잠시도 눈을 떼지 말라고 명령했다.

그는 하루에 한 번 이렇게 매일 카지노를 돌았다. 그래야 모두들 정신들을 차리지, 그렇지 않으면 낭패를 보기 때문이었다. 화투판에만 눈속임이 있는 게 아니었다. 이곳 카지노에서도 치열한 두뇌싸움이 벌어지고 있었다.

"오늘 이 사장님 오셨습니다."

"그래?"

모니터 안에 보이는 룸에선 바카라가 한창이었다. 이 사장은 국내 최고의 건설사 사장이었다. 딱 놀 만큼만 놀고 가는 사람이라서 VVIP 중의 하나였다. 잃기도 하고 따기도 하면서 말이다.

"오늘 이 사장님의 파트너는?"

"오늘은 직접 모시고 오셨습니다. 접대를 하신다고."

"그래? 오늘은 일을 하러 오셨네."

"네, 정부 관리인 모양입니다. 보안을 다른 때보다 철저하게 요구했습니다."

"신경 써 줘."

"네, 고객들의 얼굴이 나가지 않도록 이동통로를 보안통로로 운영 중입니다."

"알았어."

간혹 손님들이 각자 접대할 사람들을 데리고 올 때가 있었다. 쉽게 말해서 돈을 직접 전달할 수는 없으니 게임을 통해서 잃어 주는 것이다. 골프 접대와 비슷했지만 돈의 규모가 달랐다. 액수가 큰 만큼 저 안에서 청탁하는 규모도 스케일이 다른 것이었다. 건설사와 국가공무원의 만남이라면 공공사업일 게 분명했다.

"다른 일은?"

"특이사항은 없습니다."

사무실에 들어간 그는 비서의 엉망진창인 일솜씨에 다시 한 번 화를 냈다. 정말 구제불능이었다. 그래서 한바탕을 하고는 면접이 열리는 아래층으로 향했다. 이번은 경력직 사원들이라 그도 기대가 컸다. 그는 면접실이 아닌 영상실에서 그들의 모습을 보았지만 말이다.

면접을 대충 보고 1층으로 나간 현우는 흡연구역에서 담배를 꺼내 입에 물었다.

다다다닥!

그의 눈에 한 남자가 정신없이 그가 있는 쪽으로 달려오는 게 보였다. 호텔 앞에서 달릴 이유는 두 가지였다. 화장실이 급하거나, 도망을 치거나…….

현우가 보기엔 후자 쪽에 가까웠다.

탁!

"아악!"

남자가 그대로 바닥에 꼬꾸라졌다. 넘어진 남자의 뒷덜미를 잡은 현우는 핑크색 지갑을 손에서 놓지 않는 남자의 멱살을 잡아들어 올렸다.

"이런 짓은 이곳에서 하지 마. 돈을 잃었으면 깨끗하게 돌아갈 줄도 알아야지."

"……."

그때였다. 누군가 그에게 다가오는 게 느껴졌다. 힐끗 보니 여자였다. 지갑의 주인일 것이다. 얼마나 뛰었으면 숨이 목까지 차올라 거친 숨을 쉬고 있는 게 그에게까지 들렸다. 경호원들이 그를 향해 오고 있는 게 보였다.

현우는 남자를 바닥에 내동댕이치고는 분홍색 지갑을 남자의 손에서 빼앗았다.

"이거 당신 건가?"

"헉헉헉, 네."

여자가 숨을 거칠게 쉬며 말했다. 가까이서 보니 그녀는 이번에 면접을 본 직원이었다. 상당한 미인이었다. 화면보다 실물이 백배는 나았다. 그리고 그녀의 이력서의 사진은 그녀의 인물을 다 담아내지 못했다.

"앞으로 여기서 누군가 차비를 빌려 달라고 하면 빌려주지 마."

"헉헉, 왜죠?"

"카지노 입장료를 대신 내 주는 거니까. 집 팔고, 차 팔고, 가진 거 다 팔고 남에게 돈을 구걸해서라도 카지노에 들어가고 싶어서 안달인 사람들이니까. 불쌍하다고 생각할 필요 없어."

"······."

여자는 그의 말에 굉장히 당황한 얼굴이었다. 이런 걸로 당황하다니 꽤 순진한 여자인 것 같았다.

"이거 안 받을 거야?"

"네? 아, 감사합니다."

여자는 굉장히 다소곳하게 그에게서 지갑을 받아 들었다. 스치듯 지나는 들꽃향이 그의 코를 간질였다. 이상한 일이었다.

그는 여자에게 돌아서면서 아주 이상한 느낌을 받았다. 뭐라고 말로 표현하기 힘들었다. 이제 채용이 되면 어떤 느낌인지 알 수 있을 것이다.

"웃기는군."

그는 한심하게 그를 찾아다니는 덕만을 향해 손짓했다.

"회장님······."

"날 찾은 건가?"

"네, 조금 전에 부탁하신 것과 최종 면접자 중 합격자 명단입니다. 만장일치로 2명이 뽑혔습니다. 여기."

모처럼 덕만이 마음에 들게 그에게 파일을 건넸다.

"느낌이 맞았군. 오늘은 바카라를 하면 싹쓸이하겠어."

"네?"

덕만이 그에게 되물었다.

"아니야."

다음 주면 새로운 비서들을 보게 되는데 이상하게 벌써부터 기대가 되었다. 단아하지만 날카로움이 숨겨진 여자였다. 아름답지만 가시가 있는 장미 같은 느낌이었다. 현우는 아주 오랜만에 여자를 떠올렸다.

그동안 너무 바쁘게 살아서 여자 따윈 신경조차 쓸 여유가 없었다. 그런데 이상하게도 새로운 비서는 그에게 무척 새롭게 다가왔다.

"김순정……."

생긴 것 같지 않게 이름이 촌스러웠다. 그녀의 이력 또한 대단했다. 왜 대성그룹을 포기하고 이곳에 왔을까? 현우는 새로운 비서에게 관심이 갔다. 어차피 차차 알아보면 되는 문제였다. 현우는 사무실로 돌아가면서 그녀에 대한 생각을 잊었다. 현우에겐 할 일이 너무나 많았기 때문이었다.

1. 복수의 시작

한 달 전.

7월의 평범한 어느 날, 순정은 오늘도 바쁘게 회장의 스케줄을 정리하고 있었다. 입사한 지 벌써 5년 차인 순정은 비서실에서도 가장 유능한 비서였다. 회장도 순정에 대한 신임이 두터웠다.

"김 비서, 회장님이 찾으셔. 매일 김 비서만 찾으시니 좋겠어?"

박 실장의 목소리에 가시가 돋쳤다. 이번에 실장으로 부임한 박 실장은 그녀가 라이벌이라도 되는 것처럼 사사건건 못살게 굴고 있었다.

"……."

"대답은 안 해?"

"어디에 포인트를 둬야 할지 몰라서요."

너무 그러니 없던 반항심도 생겨 버렸다.

"뭐?"

"……."

그녀는 대답하지 않고 그대로 서류를 들고는 회장실로 들어갔다. 하루하루가 예민한 회장의 비위를 맞추느라 신경이 곤두서 있는데 이제 직속상사의 비위까지 맞춰야 하니 답답한 노릇이었다. 박 실장이 오기 전에 있던 최 실장과는 손발이 잘 맞았지만 갑작스럽게 둘째를 갖는 바람에 회사를 그만두게 됐다.

그 후로 순정의 인생에 먹구름이 끼기 시작했다. 만사에 태클을 거는 박 실장 때문이었다.

"김 비서."

"네?"

"뭘 그렇게 멍하게 있나?"

회장에게 이런 소리가 나오게 하다니, 순정은 아차 싶어 얼른 정신을 차렸다.

"죄송합니다."

"박 실장이 많이 힘들게 하나?"

"아닙니다."

회장은 오래 자신의 곁을 지켜 준 그녀를 이런 식으로 위로를
해 주었다. 그나마 이런 위안들이 그녀의 버팀목이 되어 주었다.
그녀가 박 실장을 밀어낼 날도 그리 오래 걸리진 않을 것 같았다.

회장실을 나온 순정은 동료들과 식사를 마치고 오후 회의를 준
비하기 위해 사무실로 복귀를 하던 순정에게 갑자기 집에서 전화
가 왔다. 출근을 하면 웬만한 일로는 전화를 하는 엄마가 아닌데
걱정이 되었다.

"응, 엄마."

[순정아…….]

얼마나 울었는지 엄마의 목소리가 잠겨 있었다.

"엄마, 울어?"

[순정아…… 흑흑흑…….]

"왜 그래? 무슨 일이야?"

[서진이가…….]

"서진이가 왜?"

사법고시 준비 중인 동생 때문에 울 일은 거의 없었다. 항상 전
교 1등에 집안의 자랑인 동생이었다. 다만 사법고시와는 그다지
인연이 없는지 세 번이나 낙방의 고배를 마셨지만 말이다.

[우리 서진이가…… 죽었다…….]

귀를 의심했다. 지금 엄마가 무슨 얘기를 하고 있는지 이해가

되지 않았다.

"엄마, 뭐라고?"

[서진이가 죽었어. 이 엄마를 놓고 서진이가 먼저 갔어.]

"엄마…… 어디야?"

[한국병원 영안실.]

순정은 그대로 자신의 차를 몰고 한국병원으로 향했다. 제발 사실이 아니길 바라며 그녀는 차를 몰았다. 자꾸 눈앞이 뿌옇게 변하고 있었다. 눈물을 흘리면 동생의 죽음을 인정하는 것 같아 순정은 병원에 도착하기 전까지 기를 쓰면서 눈물을 참았다.

─한국병원 영안실.

순정은 수많은 방 중에 동생의 이름이 적힌 방 앞에서 그대로 서 있었다.

"김서진……. 아니야, 아닐 거야."

두려운 마음에 동생의 영정사진이 있는 방을 볼 수가 없었다.

"서진아! 아이고, 서진아!"

엄마의 비명에 가까운 울부짖음이 들렸다.

"아니야…… 아닐 거야."

그녀는 조심스레 방 안을 들여다보았다. 순정은 황급히 눈을 감아 버렸다. 그녀가 잘못 본 게 분명했다. 동생의 영정사진은 그녀가 잘 아는 사진관에서 찍은 증명사진이었다.

"아니야…… 아니라고…….'

이건 믿을 수가 없는 일이었다. 거기다가 동생의 자살은 도박 빚에 시달려서라고 했다. 아니다. 그럴 리가 없었다. 동생은 공부만 했다. 세상 물정이라고는 모르는 아이였다. 이건 뭔가 잘못됐다.

순정은 장례식장에 온 경찰을 붙들고 물었다. 그리고 믿기지 않은 진실을 알게 됐다. 도박에 빠진 동생이 장기까지 팔며 1년을 로열카지노에서 살았다고 말이다. 더 이상 아무것도 없었던 동생은 로열카지노 근처의 야산에서 목을 매 자살했다고 말이다.

엄마는 동생이 도박을 하는 줄도 모르고 집문서까지 넘긴 상황이었다. 그 사실을 안 아버지는 장례식 내내 넋이 나가 있었다.

"순정아, 서진이는 그럴 아이가 아니란 거 알지?"

"네, 알아요."

"분명히 이유가 있을 거야…….'

아버진 넋이 나가 있었고 엄마는 거의 기절 상황이었다. 가족 간의 유대관계가 좋았던 만큼 슬픔의 무게도 감당하기 힘이 들었다.

"아빠, 엄마……. 제발 두 분부터라도 정신을 차리셔야 해요."

순정은 슬퍼할 겨를도 없었다. 장례식장에 오는 손님들을 맞이

하랴, 장례의 모든 절차를 신경 쓰랴, 미친 듯이 혼자서 일을 처리하고 있었다.

그렇게 그녀가 정신을 쏟고 있는 사이에 그녀의 부모님은 충격을 이기지 못하고 차를 몰고 나가 극단적인 방법을 선택하셨다.

자식의 잘못은 부모의 잘못이라면서 그녀에겐 미안하다는 아주 짧은 유서만을 남긴 채.

완전히 넋이 나간 순정은 부모님의 장례를 어떻게 마쳤는지도 기억나지 않았다.

그런 그녀에게도 빚을 받겠다며 빚쟁이들이 찾아왔지만 경찰의 도움으로 빚 독촉은 피할 수 있었다. 그렇게 회사에 사직서를 낸 순정은 그 후로 동생의 죽음에 대해 조사하기 시작했다.

그러다가 우연히 동생과 같이 도박을 한 사람을 만났다.

"로열카지노의 '독사'라는 인간 때문이야. 처음에는 이자도 없이 돈을 빌려주거든. 그 후로 도박에 완전히 빠지면 아주 비싼 이자를 받고 돈을 빌려주지."

로열카지노의 독사…….

"돈을 못 갚으면 직접 장기 브로커에게 데려가서 장기를 하나씩 팔게 하지. 바카라 귀신이 씌면 못 헤어 나와. 서진인 특히 더 심했지. 머리 좋고 잘생기고 실패라는 걸 모르던 놈이 계속해서 고시에 떨어지니 한탕을 노린 거지. 부모님에게 돈이라도 가져다 주려고……."

동생이 불쌍하다는 생각이 든 건 처음이었다. 고시에 합격하지 못해도 부모님은 동생에게 뭐라고 하지 않으셨을 것이다. 물론 실망은 하실 수도 있지만 그건 잠깐일 뿐인데……. 동생의 선택은 참혹한 결과를 낳고야 말았다.

"서진이는 독사에게 속았고, 그 독사 같은 인간은 로열카지노에서 키운 거지. 그런 곳만 없었어도 도박은 하지 않았을 거야."

"아저씨는요?"

"나? 난 이제 팔 장기도 없어. 심장을 팔면 모를까?"

무서운 말을 아무렇지 않게 한 아저씨는 그녀에게 말했다.

"나에게 고맙다고 사례 같은 거 하지 마. 돈이 있으면 난 다시 로열카지노에 갈 테니까."

남자와 헤어진 후에 순정은 로열카지노의 독사를 만나기 위해 많은 노력을 기울였지만 독사를 만날 수가 없었다. 독사를 만나기 위해선 도박을 하거나 아니면 로열카지노의 직원이 되어 우연히 만나는 수밖에 없다고 했다.

"직원이라……."

순정의 머릿속엔 로열카지노의 청소부라도 되어야겠다는 생각뿐이었다. 그러다가 우연히 그녀는 비서 구인 광고를 보게 되었다.

"하늘이 돕는구나."

순정은 씁쓸한 미소를 지었다. 이렇게 그녀의 복수는 시작되었다.

출근 첫날, 비가 몹시도 강하게 내리고 있었다. 마치 순정의 피눈물 나는 속마음을 대변해 주는 것처럼 앞이 안 보일 정도로 강하게 내렸다.

"김순정 씨?"

"……."

로열카지노도 시작이 좋지 않았다. 엘리베이터에서 만난 사람은 다름 아닌 면접 날 보았던 쓸데없이 말 많은 여자였다. 제발 같이 근무하지 않기를 바라고 바랐던 여자였다.

"놀라셨나 보네. 하긴 나도 좀 놀랐어요. 당연히 전 떨어질 줄 알았는데 운이 좋았죠. 난 강선영이에요."

"……."

뭐라 말을 할 틈도 주지 않고 제 말만 하고 있었다. 해맑다고 해야 하나, 뇌가 깨끗해 보인다고 해야 하나…….

"난 순정 씨는 될 줄 알았어요. 사람들이 보는 눈은 다 똑같다니까. 그런데 좀 무서워요. 회장이 완전 조폭이라는데……. 으으……."

선영이 진저리를 쳤다.

"보지도 않은 회장에 대해 선입견이 너무 많은 것 아니에요?"

선영은 그녀보다 어려 보였다. 그래서인지 말하는 데 필터가 없었다. 도저히 참을 수가 없어서 한마디를 했지만 선영의 말은 그후로도 사무실로 갈 때까지 계속되었다. 귀를 막고 싶은 순정이었다.

카지노 이름이 로열인 이유를 회장실을 보고 알 것 같았다. 모든 게 화려한 금이었다. 어떤 건 진짜 금이라고 하는데 놀라울 따름이었다. 기존에 있는 사원들은 모두가 무섭게 생긴 남자들이었는데, 여사원들은 한 달을 견디지 못한다고 했다. 이유는 회장이 굉장히 까다롭다는 게 그들이 알고 있는 전부였다.

"안녕하십니까? 저는 경호실장 유덕만입니다. 잘 부탁드립니다."

남자는 기분 나쁜 시선으로 그녀와 선영을 보았다. 떨고 있는 선영과는 다르게 순정은 그들이 겁나지 않았다. 지금 그녀가 가장 두려운 건 독사를 만나지 못하는 일이었다. 순정은 지금 겁날 게 없었다.

"김순정 씨가 누구죠?"

무섭게 생긴 덕만이 그녀를 보며 물었다. 꼭 그녀를 알고 있는 사람의 시선 같았다.

"저입니다."

"김순정 씨가 실장으로 채용이 되었습니다."

"제가요?"

금시초문이었다. 실장 자리 얘기는 듣지도 못했고 그녀는 그냥 일반 비서직인 줄 알았었다. 잘된 일인 것 같지만 실제로는 어떨지 아직 모를 문제였다.

"비서실장님께서 갑자기 퇴사하시는 바람에……."

덕만이라는 사람은 보기엔 우락부락한데 말을 해 보니 아주 사나운 사람은 아닌 듯했다.

"아…… 네……."

선영은 놀라는 눈치가 아니었다. 마치 알고 있는 일인 것 같았다.

"축하드려요. 실장님."

"……."

이렇게 변죽이 좋은 여자는 처음이었다.

"회장님께서 기다리십니다."

순정은 마음을 다잡고 회장실의 문을 열고 안으로 들어갔다.

"안녕하십니까?"

선영의 활기찬 인사가 아니었다면 순정은 인사조차 건네지 못할 뻔했다. 너무 놀라 숨 쉬기조차 힘이 들었다. 그녀 앞에 태연히

앉아서 서류를 검토하고 있는 검은 양복에 검은 넥타이를 맨 남자
는, 며칠 전 그녀를 도왔던 그 남자가 분명했다. 면접 날의 잊고
싶은 기억이 다시금 생각이 난 순정은 입술을 깨물었다.

거기다 동생을 그렇게 만든 로열카지노의 회장이 그녀를 도운
남자였다. 순정의 심장이 터질 것 같이 뛰었다. 그녀는 주먹을 꼭
쥐며 무표정을 유지하려 안간힘을 썼다.

"새로 들어온 비서들인가?"

낮은 저음으로 말하는 그는 존재 자체만으로도 여자들의 마음
을 설레게 할 남자였다.

"네."

역시 선영이 씩씩하게 대답했다. 들어올 때는 무서우니 어쩌니
하더니 완전히 물 만난 고기가 따로 없었다.

"이거."

그는 그냥 서류뭉치를 그녀에게 건네고는 다른 말은 하지 않았
다.

"……."

어쩔 줄 몰라 가만히 서 있는 그녀들에게 그는 매서운 눈초리로
한마디를 했다.

"일일이 말해야 하나?"

"아닙니다."

순정은 이렇게 대답하고는 사무실을 나왔다. 박 회장의 스타일을 알 것 같았다. 그리고 부족한 점은 혼나면서 배우면 그만이다. 일단 그의 눈 밖에 난 상황은 아니니 천천히 고민해도 늦지 않을 것 같았다.

"김 실장님."

선영이 뒤에서 그녀를 불렀다.

"전 뭘 하면 될까요?"

그래도 시키지 않아도 알아서 하려고 하니 다행이었다.

"이 서류는 내가 정리할 테니 선영 씨는 오늘부터 일주일 동안의 회장님 스케줄 좀 정리해 줘요. 인수인계를 받은 게 없으니 꼼꼼하게 체크하구요. 그리고 오늘 스케줄은 30분 안에 파악해서 먼저 줘요."

"네."

순정은 그녀가 가지고 있는 온갖 노하우를 다 동원해서 그가 준 파일을 정리하기 시작했다. 일단 독사에 대한 정보를 빼내려면 박 회장의 도움이 필요할 수도 있었다. 그때를 대비해서 수정은 그의 눈에 들도록 노력할 생각이었다.

정확히 50분 후에 그녀는 회장실 안으로 들어갔다. 떨리긴 했지만 최대한 아무렇지 않게 행동하려 애쓰며 스케줄을 박 회장에게 말했다.

"오늘 10시에 카지노 순회가 있으십니다. 1시간 후에 시장님의 접견이 있으십니다. 그리고 곧바로 국회의원님과 오찬이 있습니다. 오후 일정은 점심 식사 후에 다시 브리핑해 드리겠습니다."

"객장에 보안요원들 강화시켜."

"조치하겠습니다."

그녀는 수첩에 받아 적었다. 그의 말을 하나라도 놓쳐서는 안 되는 상황이었다. 완벽한 일처리를 보여 주고 싶었다. 어떻게 해서든지 박 회장의 마음에 들어야 했다. 그의 곁에 있어야 뒤통수를 치던 복수를 하던 할 수 있으니까 말이다.

"인수인계 받은 게 없어서 직접 여쭤볼 게 있습니다."

순정은 최대한 군더더기를 빼고 말했다.

"말해."

그는 그녀를 보지도 않고 자신의 모니터만 보며 말을 하고 있었다.

"커피는 어떻게 드십니까?"

"블랙."

간결한 답이었지만 그녀는 알았다. 그가 그녀를 떠보고 있다는 걸……

"언제 드릴까요?"

"출근하고 바로."

"드레스룸이 있습니까?"

"있어."

"셔츠와 넥타이는 직접 고르시겠습니까?"

"그래."

성의가 전혀 없는 아주 간단명료한 대답이었다. 그녀의 반응이 궁금한 모양이었다. 이럴 땐 그냥 무시하는 게 최고였다. 걸려들면 안 된다.

"혹시 필요하신 것 있으십니까?"

"카지노 순찰 시 지시사항은 바로바로 이행하도록 조치해."

"알겠습니다."

"왜 대성을 그만두고 여기에 온 거지?"

그게 그녀에게서 가장 궁금한 것이었다. 왜 전에 회사를 그만뒀는지 말이다. 속으론 '독사와 당신 때문에.' 라고 말하고 싶었지만 입 밖으론 절대로 못 낼 말이었다.

"연봉이 더 많아서입니다."

가장 좋은 핑계였다.

"그럼 더 힘들다는 건 알고 있겠군."

"각오하고 있습니다."

"좋아, 기대하도록 하지."

인간미라고는 하나도 없는 것 같았다. 복수를 하고 싶은 마음은 간절했지만 서두르면 될 일도 안 된다는 게 그녀의 생각이었다. 준비를 하고 기다리다가 한 번에 무는 게 좋은 방법이었다.

10시, 카지노 순찰 시간이었다. 처음 보는 광경에 순정은 입을 다물 수가 없었다. 수많은 슬롯머신 기계들이 쉴 새 없이 돌아가고 있었다. 그리고 더 놀라운 건 빈자리가 없다는 것이었다.

"입구 쪽에 보안요원 더 늘리고."

"네."

정신을 바짝 차려야 했다. 박 회장은 계속해서 부족한 부분들을 지적하고 있었다. 이렇게 매일 도는 것 같은데 날마다 이렇게 많은 시정사항들이 나온다는 게 믿어지지 않았다. 그렇다면 이유는 하나였다.

그와 모니터실을 나오면서 순정이 박 회장에게 물었다.

"회장님."

"말해."

그는 앞에 걷고 있었고 순정은 그의 뒤를 따랐다.

"이렇게 매일같이 고칠 것들이 나옵니까?"

"그래."

"그렇다면 시정이 되지 않고 있다는 얘긴데, 이런 걸 누구에게 말하면 가장 빠르고 효과적으로 이행이 될까요?"

그가 갑자기 뒤를 돌아 그녀를 보았다.

"유덕만. 유덕만 경호실장."

"네, 알겠습니다."

회장이 있으니 사장이나 전무가 있을 텐데 유덕만 경호실장이라는 게 조금은 의문이었지만 순정은 더 이상 묻지 않았다. 순정은 박 회장의 신임을 얻는 데 최선을 다하고 있었다.

선거가 코앞으로 다가오니 손을 벌리는 버러지 같은 놈들이 많았다. 국내에서 가장 크게 현금이 돌아가는 곳이 이곳 로열카지노다. 하루에도 어마어마한 현금이 돌아가는 곳이었다.

돈 냄새를 맡고 오는 수많은 버러지들 중에 단연 최고는 나라의 녹을 먹는 인간들이었다. 그들은 자존심도 없었고 오로지 돈에 목숨을 거는 인간들이었다. 오늘의 첫 번째 손님은 이곳을 관할하는 시장이었다.

회장실로 들어온 유 시장은 뚱뚱한 체격의 아저씨였다. 현우는 자기 관리를 안 하는 사람들은 그다지 신임하지 않았다. 본인 몸하나 관리를 못하는데 다른 건 관리를 하겠나 하는 생각 때문이었다.

"아이고, 박 회장님. 그동안 잘 지내셨습니까?"

머리가 땅에 닿을 듯이 인사를 하는 걸 보니, 오늘은 큰 걸 바라는 모양이었다.

"네, 앉으세요."

"지난번보다 훨씬 좋아 보이십니다."

"네."

"비서가 대단한 미인으로 바뀌었습니다."

"……."

생각과는 달리 비서까지 챙기는 걸 보니 아직 돈 때문에 똥줄이 타지는 않는 모양이었다. 그의 표정을 본 유 시장이 얼른 주제를 바꾸었다.

"요즘 카지노 단속이 너무 심하지요?"

이렇게 시장이나 정치인들이 카지노를 방문하기 며칠 전부터 갑작스럽게 단속에 들어가는 게 관례였다. 그래야 그가 돈을 줄 거라고 생각하는 모양이었다.

"저희야 항상 유 시장님이 계시니까 걱정이 없습니다."

"그래서 말인데……."

오늘은 서론도 거의 생략하고 바로 직진이었다.

"이번 보궐선거에 저와 아주 인맥이 두터운 분이 국회의원으로 공천이 될 것 같습니다."

공천이 된 것도 아니고 공천이 될 것 같다는 유 시장의 말에 웃음이 터질 뻔한 현우였다.

"신경 좀 써 주십사 하고……."

"알겠습니다. 공천이 확실해지면 연락 주십시오."

"아이고, 감사합니다."

유 시장은 그 후로 한참을 떠들다가 돌아갔다. 아주 신경이 쓰이는 인간들이었다. 점심식사는 조 의원과 함께 했다. 이번에 국회의원 자격이 박탈되고도 정신을 못 차리는 인간이었다.

"박 회장……."

그는 거의 울기 직전의 얼굴이었다.

"네, 의원님."

"의원은 무슨……."

조 의원의 목소리가 기어들어 가고 있었다.

"오늘은 무슨 일로 절 보자고 하셨는지?"

"이번에 힘써 준 것도 고맙고……."

조 의원을 위해 힘을 쓴 게 아니다. 조 의원의 돈줄이 현우라는 사실을 입막음하기 위해 힘을 쓴 것이었다. 작은 사건이라도 얽히는 건 좋지 않았다.

"제가 뭘요?"

"내가 이 은혜는 꼭 보답하겠네."

그가 은혜에 보답하는 일은 카지노에 전 재산을 가져다 바치는 일이었다. 빈털터리가 되고 가진 걸 전부 잃어 봐야 정신을 차릴 인간이었다.

"그리고 한 가지 부탁이 있네."

"……."

"우리 딸이 이번에 대학을 졸업했는데 딜러가 너무 하고 싶은 모양이야. 면접이라도 한번 봐 줄 수 있겠나?"

전혀 예상하지 못한 말이었다. 딸의 취직이라……. 딸을 그에게 시집보내고 싶어 하는 인간들은 많았지만 이런 방식은 처음이었다. 참신하다고 해 줘야 하나?

"네?"

그의 속내를 눈치 못 챈 것처럼 다시 물었다.

"부탁하네."

그가 고개까지 숙이며 그에게 부탁을 했다.

"한번 카지노로 보내십시오."

어쩔 수 없이 대답을 했다.

"고맙네."

이렇게 딸을 그의 앞에 보내는 건 카지노가 문제가 아니었다. 그는 딸을 그에게 시집보내려고 보여 주는 것이었다. 하지만 그는 조 의원에게서 이미 마음이 떠났다. 하지만 굳이 그를 등 돌리게 할 필요는 없었다. 그에게 딸을 시집보내려 하는 걸 보니 아직 정치에 미련이 남은 모양이었다.

식사를 다 마치고 나오는 길에 조 의원이 순정을 보았다. 입에 침을 흘리며 보는 게 그의 눈에도 보였다.

"새로 온 모양이지?"

"네."

"아주 미인이군."

"다들 예쁘게 봐 주시는 것 같습니다."

순정은 조금 떨어진 위치에 있었기에 조 의원의 말을 듣지 못했다. 순정은 그만 바라보며 대기하고 있었다. 멀리서 봐도 순정의 미모는 빛이 났다. 그건 인정할 수밖에 없는 사실이었다. 하지만 그는 절대로 비서와 깊은 관계를 갖지 않는다는 철칙이 있었다. 그의 아버지처럼 비서와 눈이 맞아 가정을 버리는 일이 생기지 않도록 말이다.

현우는 얼른 시선을 조 의원에게 돌렸다. 조 의원의 눈은 여전히 순정에게 가 있었다. 정신을 차리려면 아직 먼 것 같았다.

조 의원이 돌아간 후 순정이 그에게 말을 걸었다.

"식사 맛있게 하셨습니까?"

"체할 것 같아."

조 의원 때문에 소화가 안 된 건 사실이었다.

"팔걸이 안쪽에 보시면 소화제가 구비되어 있습니다."

진짜 팔걸이를 열어 보니 그 안에 두통약에 감기약까지 기본적인 상비약이 들어 있었다.

"이거 산 건가?"

"식사하시는 동안 약국에서 구매했습니다. 혹 다른 약이 필요하시다면……"

"아니 됐어."

"네."

그는 소화제 하나를 따서 마셨다. 그러니 속이 좀 편안해진 것 같았다. 아직 근무한 지 하루도 되지 않았는데 순정은 아주 잘 해 내고 있었다. 하지만 이게 하루로 끝날지 그건 아무도 모를 일이었다.

다음 날, 출근해 보니 그의 책상엔 커피가 놓여 있었고, 그가 시키지 않았지만 넥타이도 그의 책상에 놓여 있었다. 그가 진한 색상의 옷을 즐겨 입는 걸 알고 화사한 톤의 넥타이를 골라 놓았다.

카지노를 돌 때도 그가 어제 말한 거의 대부분이 시정이 되어 있었다. 그렇게 말을 해도 고쳐지지 않던 부분이 이제야 시정이 된 것이었다.

"일 하나는 똑 부러지는군."

현우는 혼자서 중얼거렸다. 순정은 아무리 생각해도 각이 잡힌 비서였다. 찔러도 피 한 방울 안 나올 스타일이었다. 그는 일처리를 완벽하게 하는 순정이 마음에 들었다. 물론 더 두고 봐야겠지만 말이다.

카지노를 한 바퀴 돌고 오니 덕만이 현우를 찾았다.

"회장님."

"왜?"

"그게……."

덕만의 표정은 그렇게 좋아 보이진 않았다.

"말해."

"독사가 이번에도 말썽을 피운 것 같습니다."

"독사가?"

"네, 지난번 회장님께서 경고를 했던 장기 브로커에게……."

그가 옆에 서 있는 김 실장을 힐끗 보았다.

"김 실장, 나가 있어."

도박판의 얘기는 김 실장도 결국 알게 되겠지만 벌써부터 들어서 좋을 얘기는 아니었다. 현우의 말에 순정이 조용히 물러났다.

"말해."

"이번에도 사람들을 넘긴 것 같습니다. 몇 명인지는 알 수 없지만 자꾸 이렇게 놔두다가는……."

독사는 아버지의 친구였다. 그가 이 바닥에 들어설 때 도움을 주었던 사람이었다. 그래서 그가 룸의 손님들을 상대로 사채업을 해도 그냥 봐주었다. 하지만 점점 도가 지나치고 있었다.

"회장님."

"내가 한번 독사를 만나지."

"네."

조용한 게 좋았다. 뭐든 시끄러우면 좋을 게 없다는 걸 현우는
알고 있었다.

독사라는 소리를 들은 순정은 자신이 이제 누구를 공략해야 하
는지 알게 되었다. 어떻게 해서든 박 회장을 그녀의 편으로 만들
어야 했다. 그는 독사를 만날 수 있는 키를 제공해 줄 수 있었다.
그리고 종국에는 그녀가 복수할 대상이기도 했다.

"실장님, 한 달간 스케줄이요."

"고마워."

생각보다 선영은 일을 척척 잘했다. 첫인상이 좋지 않아 선입견
을 가졌는데, 겪어 보니 생각보다 괜찮은 구석이 많았다.

"선영 씨도 비서 일을 했나 봐?"

"삼촌 밑에서 잠깐이요. 삼촌이 워낙 별나서요."

"뭐 하시는 분인데?"

"나중에요."

선영의 말에 순정은 말하기 곤란한가 보다, 라고 생각을 하고
자신의 일을 하기 시작했다.

일이란 만들면 한도 끝도 없는 것이었다. 박 회장의 일이 그랬다. 만나야 할 사람도 많았고 잠시도 사무실에 붙어 있지 않으려고 하는 박 회장 덕에 챙겨야 할 일들이 많았다.

박 회장은 일에 미쳐 있는 사람이었고 그녀도 까다로운 그의 비위를 맞추느라 피땀을 흘리고 있었다.

"김 실장님?"

유덕만은 박 회장의 오른팔이었다. 그래서인지 아주 거만했다. 뭐든지 자신이 마치 2인자인 것처럼 굴었다. 하지만 로열카지노에서 일을 잘 처리하려면 그의 도움이 필요했다.

"커피 잘 마실게."

"선영 씨가 타 놓은 겁니다."

"선영 씨, 땡큐."

선영에게 윙크를 날리는 그의 모습에 속이 울렁거렸다. 회장을 지킨다는 핑계로 경호실을 놔두고 매일같이 비서실 한쪽에 앉아서 그녀들에게 군침을 흘리고 있었다.

"경호실엔 안 가십니까?"

곰같이 커다란 덩치로 비서실에 있는 그 때문에 답답함을 느낀 순정이 눈치를 주었다.

"내가 경호할 사람은 회장님이야."

"그래도 관리를 하셔야……"

"내가 여기 있어도 다들 알아서 해. 그리고 전화로 보고받고 있으니까 김 실장이 걱정 안 해도 돼."

"……."

할 말이 없었다. 덕만의 말이 맞았다. 그는 노는 것 같지만 순정이 부탁을 하면 그다음 날 칼같이 해결을 해 주었다. 그리고 회장의 그림자처럼 그의 옆에 대부분 붙어 다녔다. 둘의 업무가 겹치지 않는 이상은 예외가 없었다.

"회장님……."

오후 스케줄을 말하기 위해 들어간 순정은 그대로 멈춰 버렸다. 그리고는 멍하게 자신의 앞에서 벌어지는 일을 보고만 있었다. 회장이 웃통을 완전히 벗어 던지고 푸시 업을 하고 있었다. 그의 역삼각형의 완벽한 등판이 순정의 눈에 들어왔다.

눈을 돌릴 수도, 그렇다고 당황한 기색을 보일 수도 없었다. 대신 그녀는 드레스룸 안에 있는 샤워실에서 수건을 가져다가 그의 옆에 놓았다.

"뭐지?"

"30분 후에 카지노 룸에서 도 회장님 일행의 게임이 있습니다."

"헉헉, 알았어."

그는 거친 숨을 내쉬며 일어났다. 순정은 저도 모르게 그에게 수건을 건넸다. 하지만 시선은 어쩔 수 없이 그의 명품 복근을 향해 있었다. 땀방울이 그의 근육이 만든 골짜기를 타고 흘러내렸다.

순정은 얼른 시선을 거두고 회장실을 서둘러 나왔다. 페로몬 향을 위험스럽게 뿌리는 남자였다.

"실장님, 무슨 일 있으세요?"

당황한 얼굴을 들킨 모양이었다.

"어?"

"얼굴이 빨개지셨어요."

"감기 기운이 있나 봐."

얼른 둘러대기는 했지만 스스로 생각을 해도 궁색한 변명이었다.

"감기약 드릴까요?"

"나한테 있어."

선영이 의심스러운 시선으로 그녀를 보는 것 같았다. 순정은 박 회장을 의식하는 자신에게 실망했다. 이러려고 이곳에 온 게 아니었다. 더 이상 엉뚱한 곳에 신경을 쓰고 싶지 않았다. 아무리 박 회장이 멋진 몸을 가졌다고 해도 안 되는 일이었다. 그녀의 복수는 이미 시작되었기 때문이었다.

2. 경멸과 관심 사이

　　로열카지노에 입사를 한 지도 벌써 한 달이 되어 가고 있었다. 하루가 가면 갈수록 나아져야 하는데 순정은 더 예민해지고 있었다. 그녀가 이곳에 온 후에 동생처럼 목을 매 자살한 사람이 두 명이나 되었다.

　　일에만 집중하고 싶은데 자꾸만 신경이 쓰였다.

　　"그거 아세요? 지난번에 자살한 사람도 신장을 팔았고, 어제 자살한 사람도 신장을 팔았대요. 왜 신장까지 팔면서 도박을 할까요?"

　　"……."

　　"저는 그 정도의 갈급함이 있다면 열심히 살 것 같아요."

"우리는 그 사람들의 입장을 모르잖아. 그럴 만큼 절실한 게 있었겠지."

순간적으로 동생이 생각난 순정은 이렇게 말하고 말았다.

"하긴……. 그래도 장기 판매는 좀……."

책상 위의 인터폰이 울렸다. 인터폰이 울린 적은 한 달 동안 거의 없었다. 그녀가 다 미리미리 일을 처리했기 때문이었다.

"네, 회장님."

순정은 인터폰을 받으며 자신이 빠트린 것이 있는지 생각해 봤지만 떠오르는 것이 없었다.

"들어와."

"네."

회장은 모니터에서 눈을 떼지 않고 있었다. 처음엔 몰랐지만 부채 모양으로 회장 책상 위에 놓인 모니터는 도박을 하는 룸이 비쳐지는 것이었다. 회장은 사무실 안에서 도박사들을 살피며 혹시 모를 부정행위들을 잡아내고 있었다.

"카지노에 대해 알고 싶다고?"

뜻밖의 말에 놀라긴 했지만 그래도 좋은 신호였다.

"도박에 대해 알고 싶은 건 아니고 회장님께 짐이 되지 않는 그림자가 되려면 어느 정도는 알아야 한다고 생각합니다."

"그럼 내가 덕만이에게 부탁해 놓지."

현우와 가까워질 좋은 기회가 날아갈 순간이었다. 어떻게든 잡아야 했다.

"싫습니다."

"뭐?"

그가 모니터에서 눈을 떼고 그녀를 보았다. 놀란 눈치였다. 하긴 그에게 싫다는 말을 하는 간 큰 사람을 이제껏 없었을 테니까 말이다.

"그럼?"

"회장님께 직접 가르침받고 싶습니다."

순정은 그의 눈을 똑바로 바라보며 말했다.

"나에게? 왜?"

"유 실장님도 잘 가르쳐 주시겠지만 전 감정을 배재한 배움이 필요합니다."

"유 실장을 좋아하나?"

왠지 그의 인상이 찌푸려졌다.

"유 실장님의 지나친 관심이 부담스럽습니다."

"하하하, 그래?"

박 회장이 처음으로 유쾌하게 웃었다. 뭐가 웃긴지는 모르겠지만 말이다.

"좋아. 언제 시간이 되지?"

"전 아무 때나 괜찮습니다."

시간을 가릴 상황이 아니었다.

"김 실장은 애인이 없나?"

"네?"

"퇴근하면 애인을 만나야 하는 거 아냐?"

"없습니다."

"당당하게 말하는 건가?"

현우와 이런 대화를 나누는 게 조금 당황스럽긴 했지만 그가 개인적인 관심을 갖는다는 건 좋은 신호였다.

"아직은 시기가 아닙니다."

"알았으니 나가 봐. 시간은 내가 되는대로 말해 주지."

"네."

박 회장의 승낙을 한 번에 받다니 오늘은 운이 좋은 날인 것 같았다. 기약 없는 기다림이 되겠지만 평소의 박 회장은 허튼소리를 하는 사람이 아니었기 때문에 약속은 반드시 지킬 것이다.

불쑥 들어온 골이 들어가 버렸다. 비서와 단 한 번도 단둘이 카지노에 대한 이야기를 한 적은 없었다. 둘이 있는 자리를 만들고 싶지 않았다면 선영도 같이 데리고 오라고 하면 될 일이었다.

하지만 현우는 순정이 궁금했다. 왜 저렇게 아름다운 여자가 아무 희망도 없는 것처럼 구는지 알고 싶었다.

똑똑.

"손님이 찾아오셨습니다."

"누구?"

"조 의원님이십니다."

조 의원과 약속을 잡은 적은 없었다.

"약속은 한 달 전쯤에 하셨다고, 따님과 같이 오셨습니다."

딸이라고 하니 기억이 났다. 딜러가 하고 싶다고 했던가? 핑계에 불과하지만 일단은 봐야 할 것 같았다.

"다음 일정은 얼마나 남았지?"

귀찮았지만 이것도 그의 일이었다.

"1시간 정도 여유가 있습니다."

"시간은 잘 맞췄군. 들어오라고 해."

"네."

순정이 나가고 조 의원과 그의 딸이 들어왔다. 아주 어린 여자였다. 얼굴에 보송보송한 솜털이 그대로 남아 있을 것 같았다.

"앉으세요."

"오랜만입니다. 박 회장."

"네, 그간 잘 지내셨습니까? 전 좀 더 일찍 따님을 보내실 줄 알았습니다."

"일본에서 유학 중이라서 그걸 정리하고 오느라 시간이 좀 걸렸습니다."

딸은 머리에 피도 안 마른 애기였다.

"따님 나이가……."

"올해 스물하나 됐습니다."

갓 성년을 넘긴 어린 나이의 딸을 재물로 바치고자 하는 아비의 얼굴은 음흉했다.

"딜러를 하고 싶다고요?"

"……."

어린 나이라 수줍음이 많아 그의 얼굴도 보지 못할 줄 알았는데 그녀는 눈을 똑바로 뜨고 그를 보고 있었다.

"어서 말씀드려야지?"

"네."

목소리도 꽤 차분했다.

"딜러의 일이 그렇게 생각보다 쉽지가 않습니다. 도박에 중독된 사람들과 마주하는 직업이라서 위험하기도 하죠. 물론 경호가 잘 되고 있지만, 몇 년에 한 번은 딜러가 테러를 당하기도 합니다."

"……."

그의 말에 조 의원 딸의 눈동자가 흔들리고 있었다. 테러를 생각하면 당연한 반응일지도 몰랐다.

"그래도 하겠습니까?"

"전……."

"암요, 하고말고요. 뭐든 일을 하다 보면 위험하죠. 그리고 우리 예슬이는 일어, 영어가 가능해서 아주 유리할 겁니다."

"그건 확실히 유리한 점이죠. 그럼 한번 해 보세요. 다음 주 월요일부터 딜러 연수가 있으니 그 프로그램부터 듣도록 하세요."

"박 회장님, 정말 감사합니다."

조 의원의 태도에 순간 현우도 딸을 진짜로 딜러로 만들고 싶은 건가 하는 생각이 들 정도였다.

"그런데 공부를 먼저 마치고 오는 게 낫지 않을까요? 나중을 위해서."

"나중을 위해서 딜러가 되게 하려는 거죠. 혹시 압니까? 로열카지노보다야 못하지만 카지노를 운영하게 될지? 남편을 도울 수도 있고……."

그 말의 뉘앙스가 상당했다. 조 의원의 눈빛이 빛났다.

"여자들이 가장 예쁠 땐 20대 초반이죠. 그다음은 생기가 없어서……."

딸을 둔 아버지가 할 말 같진 않았다.

"어쨌든 잘 부탁드립니다. 예슬이 너도 인사하고."

"잘 부탁드립니다."

처음에 들어올 땐 싫은 얼굴이었지만 이상하게 지금 그를 뚫어 지게 보고 있는 예슬의 눈빛이 신경 쓰였다. 뭔가를 강하게 원하 는 눈빛이었다. 아마도 지금 그녀가 원하는 것은 그일 것 같았다.

찜찜했다. 어린 여자아이가 어른의 눈빛을 흉내 내고 있었다.

순정은 사무실 안으로 들어간 부녀를 한참이나 보고 있었다. 들 어가기 전에 그들이 한 말을 들었기 때문이었다. 들어가서 제대로 못하면 죽여 버리겠다는 조 의원의 말이 귓가를 맴돌고 있었다.

부모가 딸에게 할 말은 아닌 것 같았다.

"조 의원 저 사람, 진짜 무서운 사람이에요."

선영이 어느새 그녀 옆으로 와서 말 폭탄을 투하하기 시작했다.

"첫 번째 부인은 아들 못 낳는다고 바로 이혼하고, 두 번째 부인 에게 아들 하나를 얻었어요. 그런데 소문엔 첫째 부인에게 얻은 딸 둘이 있는데 아예 인간 취급을 안 한다고 하더라고요."

"딸만 낳아서?"

"네. 생활비를 주는데 난리도 아닌가 봐요. 있는 것들이 더하 죠. 이번에 뇌물받아서 잘렸어요. 아주 구린 인간이죠."

선영은 이 지역 주민이라서 그런지 카지노에 관련이 된 일들을 꽤 많이 알았다.

"정보통이네."

"별말씀을요. 집안 어른들 하는 얘기 귀동냥으로 들은 거예요."

"그런데 내가 준 파일은?"

"아차! 죄송합니다. 얼른 드릴게요."

순정은 한번 말을 하기 시작하면 그칠 줄을 모르는 선영을 이렇게 다뤘다.

조 의원과 그의 딸이 간 후에 순정은 생각이 많아졌다. 조 의원이 딸을 딜러로 만들기 위해서만 이곳에 온 건 아닌 것 같았다.

저렇게 어린 딸을, 아무리 돈이 많다지만 십 년은 훨씬 넘게 차이 나는 남자에게 보내고 싶을까 하는 생각이 들었다. 진짜 딸을 막 대하는 아버지 같았다.

그녀의 아버지라면 상상도 하지 못했을 일이었다. 살아 계신다면 순정이 이런 일을 하는 걸 끝까지 말릴 분이었다. 가정적인 아버지는 딸 바보이기도 했다. 그녀가 성인이 된 후에도 늦게 들어오는 날이면 집 앞에서 그녀를 기다렸다. 딸의 안전이 언제나 최우선인 분이었다. 오늘따라 그런 아버지가 그리웠다.

"아빠……."

순간 눈물이 핑 돌았다.

"김 비서!"

덕만이 그녀를 불렀다. 얼른 눈물을 훔친 순정은 아무렇지 않은 표정으로 덕만 쪽을 보았다.

"회장님께서 내일과 모레에 갑작스럽게 서울에 가셔야 하니까 일정을 취소해 줘."

"네."

덕만이 회장의 오른팔임은 확실한 것 같았다. 선영이 잠시 자리를 비운 사이에 덕만에게 정보를 얻으려 넌지시 지난번 사건에 대해 물었다.

"여기는 사람들이 많이 자살을 하나 봐요?"

"아, 그거?"

"네……. 좀 무섭기도 하고……."

"여기 그렇게 넋 빠진 녀석들이 있어. 그놈들이 죽어도 슬퍼할 사람은 없지. 다 가족들 애먹이고 죽은 놈들이니까."

"그게 아니라 장기를……."

"아 그거? 돈이 궁하니까 다 팔고 몸까지 파는 거지."

"진짜 있었네요? 영화에서나 보던 일이라서……."

"나도 처음엔 좀 징그럽더라고. 장기 팔고 일어날 힘만 있으면 여기 와서 앉아 있으니까."

"못하게 해야 하는 거 아닌가요?"

"우린 돈만 벌면 그만이야."

이런 식의 생각이니 동생이 죽은 것이다. 남이야 죽거나 말거나 카지노는 돈만 벌면 그만인 것이었다.

"살벌하네요."

"더 살벌한 일들이 이곳에서 조용히 벌어지고 있지. 김 비서가 알면 도망갈 일들이 말이야."

"전 안 도망가요."

"하긴, 여기 월급이 다른 곳에 비해 월등히 높지. 축하해."

"네?"

"두 달째 월급을 받는 유일한 비서가 될 것 같아서. 선영 씨하고 함께."

덕만이 자리를 뜨려고 하자 순정이 덕만의 팔을 잡았다. 순간적으로 권투 자세를 취하는 덕만이었다. 그녀가 적이었다면 바로 치고 들어올 기세였다.

"다음부턴 함부로 잡지 마. 주먹부터 나갈 수 있어."

"그, 그런 것 같아요."

"그건 우리 회장님도 그래."

"주의할게요."

"근데 왜?"

"도박장에서 돈을 다 쓰면 어떻게 해요?"

"뭐?"

덕만이 그녀를 보았다.

"가진 거 다 팔고 나면 집에 가야 하는데 안 가고 버티려면 어떻게 하는지 궁금해서요."

"룸에는 돈을 빌려주는 사채업자가 있어. 그 이자가 대단해."

"불법 아닌가요?"

"서로 윈윈 하는 거지. 눈감아 주고."

"아⋯⋯."

"뭐가 그렇게 궁금해?"

"그냥⋯⋯ 여기는 외지에서 온 사람들에겐 아주 신기한 곳이거든요. 궁금할 수밖에요."

"하긴⋯⋯."

덕만이 사무실을 나가자 순정은 생각이 더욱 복잡해졌다. 다음엔 독사에 관해 물어볼 생각이었다. 아니면 룸의 풍경이라도 볼 수 있게 해 달라고 할 셈이었다. 쉽지 않은 일이겠지만 말이다.

"돈이 해결이 안 된 거야?"

낡은 사무실 안에 피투성이가 된 남자가 무릎을 꿇고 앉아 있었다.

"팔 건 다 팔았고. 이젠 뭘 파시려나?"

"그, 그러니까⋯⋯."

"그러니까 뭐?"

"아주 고급 정보입니다."

"들어 보고."

정남철의 눈이 독사처럼 번뜩이고 있었다. 나이가 들어 주름이 자글자글했지만 그의 눈빛만큼은 아직 살아 있었다. 육십이 넘은 나이에도 그는 왕성하게 활동하고 있었다.

"박 회장이 룸 안의 사람들을 쳐 내려 하고 있다고……."

"룸 안에 사람을 쳐 내면 자기는 돈을 어떻게 벌고?"

"그러게 말입니다. 하지만 덕만이 형님이 그러셨습니다."

"덕만이가?"

지금 그의 앞에 앉아 있는 버러지 같은 녀석은 유덕만의 사촌 동생이었다. 유덕만이 카지노에 있었고 다행인지 불행인지 이놈은 화투판에 타짜였다. 초반에는 기술이 좋더니만 요즘은 수를 금방 읽혀서 돈 한 푼 못 따는 신세가 되었다.

"제가 선수들을 조금 모아서 다시 판을 짜 보겠습니다. 1억은 금방 갚습니다……!"

퍽!

남철이 그에게 주먹을 날렸다.

"그래서 나한테 또 투자하라고? 됐어. 도박 말고 차라리 덕만이에게 정보를 물어 오는 게 더 낫겠어."

"네, 네. 제가 가 보겠습니다."

하지만 아무래도 녀석에게 정보를 흘릴 덕만이 아니었다. 친동생도 아니고.

"됐어. 돈이나 내놔."

"사장님…… 제발……."

"없어? 그럼 내가 돈이 나오게 해 주지."

남철이 부하들에게 고갯짓을 하고는 자리를 떴다. 피비린내는 아주 지겨웠다. 오랜 세월 사채업을 하다 보니 일주일에 한두 번은 겪는 일이었다. 그래도 죽는 일은 없었다. 자신들이 알아서 목을 매는 경우가 많았다.

그는 돈을 불리는 것 외에 다른 즐거움은 없었다. 여자들도 돈에 얽히니 싫었고 그가 피땀 흘려 모아 놓은 돈을 자식들에게 물려주는 것도 싫어서 그는 자식도 없었다. 오로지 돈이 그의 전부였다.

그는 하루에 두 번 이상 집 지하실에 있는 비밀 금고를 확인하곤 했다.

"돈의 향기가 최고야."

그는 돈 냄새를 맡으러 지하에 들어갈 때가 가장 행복했다.

"사장님."

"왜?"

그가 혼자만의 시간을 마치고 밖으로 나오기가 무섭게 부하 하나가 그를 숨넘어갈 듯이 불렀다.

"큰일 났습니다."

"뭐가?"

"로열이 돈줄들을 룸 안으로 못 들어가게 한답니다."

"누가 그래? 확실해?"

"아직 정해지진 않았지만 박 회장이 물밑으로 움직이는 모양입니다."

"왜 그러는데?"

"장기 브로커 때문에요."

"돈이 필요해서 마련하게 해 준 건데 까다롭기는…… 전화 가져와."

그가 직접 나서야 할 것 같았다. 현우는 친구의 아들로, 그가 아들처럼 생각하는 이였다. 이런 아들만 있다면 자식을 만들고 싶긴 했다.

[여보세요?]

"어이, 박 회장."

[…….]

싸가지 없이 대답이 없었다.

"바쁘신가?"

[네.]

"그럼 내가 간단히 묻지. 우리를 철수시킬 건가?"

[생각 중입니다.]

"생각 중?"

어이가 없었다. 아버지의 친구이자 로열카지노를 세운 일등 공신인 그에게, 함부로 할 말은 아니었다.

[많이 버시지 않으셨습니까? 단속도 심하고 요즘 덕분에 자살하는 사람들도 많아서 이러면 제가 못 들어가게 하는 게 아니라 카지노가 문을 닫아 못 들어가십니다.]

열이 받긴 받은 모양이었지만 이건 아니었다.

"내가 도와준 게 얼만데 이렇게 서운한 소리를 하는 거야?"

[저도 할 만큼은 한 걸로 압니다. 자꾸 이렇게 압박하시면 검토 중인 것도 실행해 버리는 거 모르십니까?]

"알지."

[그럼 기다리세요.]

"알았어. 그래도……."

[바쁩니다.]

"그래, 그래. 알았다."

전화를 끊은 남철은 핸드폰을 바닥에 내동댕이쳤다.

"개새끼, 이제 보이는 게 없어."

주변에 서 있던 그의 부하들이 꼬리를 내렸다. 그가 얼마나 잔

혹한지 잘 알기 때문이었다.

"작업 하나 하자."

"……."

"잘난 박현우를 묻어야지. 애들 불러."

"네."

남철의 눈에 독기가 흘렀다.

"내가 여기까지 오는 데 얼마나 힘이 들었는데, 날 끌어내리려고 해?"

뒤통수를 맞은 기분이었다.

"두고 보자."

남철은 이를 꽉 다물며 현우를 별렀다.

이틀간 회장이 자리를 비웠다. 뭔지 모르게 허전했지만 순정에겐 나름 의미가 있는 이틀이었다. 선영과 시간을 내서 로열호텔과 카지노를 둘러보았고 손님이 없긴 했지만 룸이란 곳도 가 보았다.

순정이 보기엔 그냥 오락실의 오락기 같은데 사람들은 아닌 것 같았다. 그곳의 기계에 눈길이 가는 게 아니라 기계 앞에 앉아 있는 사람들의 눈빛이 소름이 끼칠 정도로 무서웠다. 그들은 돈이 아닌 인생을 건 것 같았다.

"서진이도……."

"네?"

"아니야."

"좀 무섭죠?"

"무서워."

퇴근 시간이 가까운 시간에 회장으로부터 문자가 왔다. 자신의 집으로 오라는 내용과 함께 주소가 적혀 있었다.

"왜 굳이?"

여러 가지 생각이 들었지만 순정은 뜻하지 않게 자신이 기회를 얻을 수 있다는 생각이 들었다. 오늘같이 둘만 있는 시간에 독사에 관한 이야기를 물을 수 있을 것 같았다. 덕만에게 물었던 것처럼 자연스럽게 말이다.

그녀는 퇴근을 하고 로열호텔에서 5분 거리에 있는 박 회장의 집으로 향했다. 박 회장의 집은 호텔의 끝에 있는 것 같은 느낌을 주는 곳이었다. 마치 최고급 레지던스 호텔 같은 느낌이었다. 아직 회장의 집으로 가서 업무를 처리한 적은 없었지만 아마도 호텔에서 관리를 하는 것 같았다.

흰색의 커다란 건물은 무척 현대적이었다. 집 앞에 수영장이 있고 파티를 할 정도의 넓은 정원도 있었다. 대성그룹 회장님의 성북동 집도 이보다는 작았다. 이 집의 특색이라면 높은 담장과 많은 경호원들이었다.

조용히 회장과 만나나 했는데 덕만이 그녀를 마중 나왔다.

"비서가 이 집에 온 건 김 비서가 처음이야."

"뭐든 처음이네요. 비서로서……."

"맞아. 아주 신기한 일이지만 난 좋아. 자꾸 바뀌니까 내가 이것저것 설명해 주느라 바빴거든."

"고생하셨겠어요."

"맞아, 힘들었지. 서울에서 도착하신 지 얼마 되지 않았으니까 너무 많은 걸 묻지는 마."

"네."

덕만은 들어오지는 않고 현관문만 열어 주었다. 온통 화이트인 외관과는 다르게 집 안은 죄다 블랙이었다. 거기다가 가구까지 블랙이니 이건 날씨만 흐려도 아무것도 보이지 않을 것 같았다. 거기에 암막 커튼까지, 조금 이상한 인테리어였다.

"왔어?"

"잘 다녀오셨습니까?"

"그런 것 같아."

"제가 비서로서 능력이 안 돼서 유 실장님이 고생을 하시는 것 같습니다."

"아니야, 나중에 자연스럽게 이쪽의 일도 김 비서가 관리하게 될 거야. 지금은 아무리 능력이 좋아도 아직은 아니야."

그는 돌려 말하는 법 없이 늘 직설적이었다. 비서이기 때문이 아니라 그 누구에게도 그랬다. 자신감이 넘치는 남자라 그런 것 같았다.

"앉아."

"네."

"그래, 뭐가 궁금해?"

그가 블랙 소파에 앉았다. 불편한지 그녀가 엊그제 골라 주었던 노란색 넥타이를 아래로 풀어 내렸다.

"제가 지금 관리하는 건 외부인사와의 약속이나 호텔과 카지노를 순시하시는 것 이외에는 아무것도 없습니다. 그렇다고 누가 전달을 해 주는 것도 아니고 해서 저도 호텔과 카지노가 어떤 곳이다, 라는 정도는 알고 있어야 능동적으로 일을 할 수 있을 것 같습니다."

그녀가 말을 하고 있는 동안 처음으로 현우가 그녀의 말을 경청했다. 사무실에선 항상 모니터에 집중을 하고 있는 그였기 때문에 순정은 눈을 어디다가 둬야 할지 순간적으로 당황스러웠다.

"능동적이라……."

현우가 민망할 정도로 그녀를 뚫어지게 보고 있었다.

"네."

"좋아. 일을 하겠다는데 말리진 않아."

"감사합니다."

"유 실장에게 말해 놓을 테니까. 그렇게 해."

"네."

"다른 건?"

"전 오늘 바카라 시연이라도 볼 줄 알았습니다."

솔직하게 그 정도는 기대했었다. 현우가 타짜는 아니라도 어느 정도의 도박 실력은 갖고 있을 줄 알았기 때문이었다.

"난 도박 안 해. 잘하지도 못하고. 물론 다 할 줄은 알지. 배우고 싶은가?"

"룰 정도는 알아야⋯⋯."

솔직한 말이었다.

"그건 인터넷으로 찾아보면 다 나와."

"그런 의미가 아니었습니다. 회장님께서 매일 모니터를 보시기에 전 그런 손장난을 잡기 위한 건 줄 알고⋯⋯."

"내가 모니터로 보는 건 그런 게 아니야. 그건 전문적으로 잡아내는 팀이 따로 있어. 내가 보는 건 그 방에 들어간 돈줄들이지."

"돈줄이요?"

묻지도 않았는데 어쩌면 그녀가 필요한 정보를 얻을 수 있을 것 같았다.

"바카라를 하는 룸에선 특히 더 심하지. 명품시계, 외제차는 기본이고 몸에 걸치고 있는 건 모든지 다 돈으로 바꿔 주지. 물론 아주 헐값에 쳐 주는 거지만……."

"그렇게 판이 커지면 이쪽에선 막아야 하지 않나요?"

"표면적으로는 막지만 우리도 돈을 벌어야 하니까. 초창기에는 그냥 놔뒀어."

"지금은요?"

"너무 심한 건 못하게 하지. 하지만 언제나 뛰는 놈 위엔 나는 놈이 있어서 잡는 거야."

그는 정말 무서운 이야기를 아무렇지 않게 하고 있었다. 하지만 이 정도도 모르고 이곳에 온 자신이 한심스럽다고 느껴지는 순정이었다. 동생의 경우가 아주 특별한 케이스라고 생각했지만 이곳은 더 심한 사람도 많다는 걸 느끼게 되었다.

"이런 걸 생각하는 건 카지노에 도움이 되는 게 아니야."

"알고 있습니다."

"그럼 무슨 생각이라도 있어?"

"제가 다닌 지는 얼마 되지 않지만, 국내 소비자들만 가지고 운영을 한다면 이미지만 나빠지고 매출은 그냥 현 상태 유지나 하락밖에 없다고 생각합니다."

"그래서?"

"해외 카지노의 운영 자료를 보니 현지인들보다는 외국인들에

중점을 두고 있었습니다."

"알아, 하지만 여긴 교통 사정이 열악한 산속에 있어. 내국인들도 자가용이 없으면 못 오는 곳이지."

"그래서 제 생각엔 여행사를 끼고 운영을 하면 어떨까 합니다. 어차피 수익이야 카지노에서 내면 되니까 호텔비를 좀 저렴하게 하고 근방의 문화재나 먹거리를 투어하게 한다면 지역발전에도 도움이 되고 자살을 방조하는 파렴치한 기업의 이미지도 벗고 여러모로 나쁠 건 없을 듯합니다."

현우의 시선을 한 몸에 받고 있자니 얼굴이 화끈거렸다. 달갑지 않은 반응이었다. 앞의 남자는 그녀의 보스고 동생을 죽게 만든 곳의 수장이었다.

"아주 좋은 의견이야."

"감사합니다."

"내가 생각하고 있었던 것도 그래. 국내에서 이대로 있다가는 정치인들의 돈줄이 되거나 아니면 검찰의 돈줄이 되어 사건을 막는 데만 신경을 쓰고 있겠지. 발전이 없는 건 나도 싫어."

"그런데 왜 이곳은 기획팀이나 운영본부 같은 팀은 없습니까?"

"존재는 하지만 실효성이 없는 곳들이지."

"전 다른 카지노에서 인재들을 발굴해 오는 것이 좋다고 생각합니다."

"그건 간단한 게 아니야. 눈치는 챘겠지만 이곳은 조직 중심으로 운영이 되는 곳이고 다른 곳도 마찬가지야."

다른 곳의 인재는 그곳의 조직원이라는 소리였다. 어둠의 세계에도 분명 룰이 있다. 서로를 건드리지 않는 것이었다.

"언제나 다른 곳과 비슷하게 나갈 수는 없습니다."

"……."

그녀의 똑 부러지는 말에 현우는 고민이 가득한 표정을 지었다.

"생각해 보도록 하지."

"감사합니다."

"차라도 한잔 하겠나? 난 도우미를 고용하지 않고……."

"이 집의 관리도 제가 하겠습니다."

최대한 그의 곁에서 그와 친근한 관계가 되고 싶은 순정이었다. 그의 오른팔이 덕만이라면 그녀는 그의 왼팔이라도 되어야 했다.

"뭐?"

"대성그룹에 있을 때 전 회장님의 그림자였습니다. 하지만 이곳에선 그저 스케줄을 관리하는 사람입니다. 전 비서의 일을 하고 싶습니다."

"……."

현우가 알 수 없는 표정을 지었다.

"그럼, 한번 해 보고 싶은 대로 해 봐."

그는 뜻밖에도 쉽게 승낙을 했다. 그녀를 믿는다는 의미보다는 지켜보겠다는 의미가 강하다는 걸 순정은 알고 있었다. 그래도 시작이 좋았다.

"유 실장님이 계십니다."

"유 실장은 내 경호만 관리하지. 그리고 할 일도 많아."

신경 쓰지 않아도 된다는 말이었다.

"알겠습니다."

"왜 이렇게 애를 쓰지?"

현우는 이런 식으로 그녀를 완전히 믿고 있지 않다는 걸 숨기지 않았다.

"전 가진 게 없습니다. 빨리 능력을 인정받아서 조금 더 많은 연봉을 받기 위해서입니다."

"결국은 돈이군."

"정당하게 버는 돈입니다."

"왜 그렇게 돈, 돈 하는 거지?"

그가 그녀에 대해 궁금해하기 시작한 것 같았다.

"제가 가진 재산이 마이너스기 때문에 어쩔 수가 없습니다. 할 줄 아는 게 비서일 뿐이라서……."

"……."

"식사는 하셨어요?"

"아직."

"저녁은 어떻게 해결하십니까?"

"먹고 싶으면 룸서비스를 부르지."

"솜씨는 없지만 오늘은 제가 간단히 만들어 드리겠습니다. 씻고 나오세요."

"비서의 일인가?"

"저에게 도움을 주신 것에 대한 감사인사 정도라고 생각해 주십시오."

그녀가 자리에서 일어나 주방으로 향했다. 그리고 냉장고 문을 열어 간단히 먹을 수 있는 음식을 만들었다. 그동안 그는 자신의 방으로 들어갔는지 보이지 않았다.

순정은 회사생활을 하는 내내 자취생활을 해서 그런지 음식은 잘 만들었다. 평소 외식을 그다지 즐기지 않는 그녀였다. 그런데 오늘 이렇게 도움이 되다니 다행이었다. 그래도 집에 제법 요리 재료들이 있어서 화려하진 않지만 정성이 깃든 밥상은 차릴 수 있었다.

된장찌개에 고등어로 밑반찬을 하는 동안 밥이 다 되었다. 상을 다 차리고 나니 현우가 검은색 반바지에 검은 브이넥 티셔츠를 입고 나와 식탁에 앉았다.

"픕!"

그녀는 저도 모르게 웃고 말았다. 가뜩이나 집 안 전체도 블랙이었다. 잘못하면 그를 찾지도 못할 것 같았다. 완벽한 보호색이었다.

"왜?"

"모든 게 다 검은색이라서……."

"밝은 게 있으면 잠을 못 자. 그게 옷이건 물건이건 사람이건."

"……."

왠지 슬프게 들렸다. 이유는 모르겠지만.

"앉아, 어차피 김 비서도 카지노에서 바로 오느라 밥 못 먹었을 것 아니야."

"집에 가서……."

"같이 먹어."

그녀는 자신의 밥과 국을 떠서 현우의 맞은편에 앉았다. 밥숟가락을 잡은 손이 떨리고 있었지만 순정은 최대한 아무렇지 않은 척 밥을 먹었다.

"오랜만에 집밥을 먹어 보는군."

그의 목소리에 외로움이 묻어 있었다.

"입맛엔 맞으세요?"

"아주 맛있어. 어머니의 밥이 생각나."

그의 목소리가 떨린다고 느낀 건 분명 그녀의 착각일 것이다.

"매일 이렇게 밥을 해 주는 사람이 있으면 좋겠어."

"결혼을 하시면 되죠."

마음에도 없는 소리를 했다. 아마도 그가 결혼을 생각하는지 궁금해서 자신도 모르게 질문을 한 것 같았다.

"하긴."

그는 밥 한 공기를 다 비웠다. 순정은 밥을 먹고 식탁을 정리했다.

"놔둬. 내일 호텔 메이드들이 와서 정리할 거야."

"아닙니다. 이건 아무것도 아닌데요."

그녀가 설거지를 하고 행주로 손을 닦으며 돌아서다가 깜짝 놀라고 말았다. 현우가 그때까지 그녀의 뒤에 서 있었기 때문이었다.

"깜짝이야."

"놀랐어?"

그의 표정은 화가 난 듯 굳어 있었다.

"괜찮습니다."

"원래 대성그룹 회장님의 집에서도 이렇게 했나?"

"회장님은 성북동에 본가가 있고 사모님도 계십니다."

"그래서 기회를 못 잡은 건가?"

그가 아주 큰 오해를 하고 있었다. 그녀가 그를 유혹한다고 생각하는 모양이었다.

"네? 무슨 뜻이신지…….."

그가 위험스럽게 그녀에게 한 걸음씩 다가왔다.

"난 여자들에게 아주 많은 유혹을 받지. 언제 어디서 어떻게 접근하는가만 다를 뿐 쉴 새 없이 공세를 펼치지."

그가 한발 더 그녀에게 다가섰다.

"무슨 말씀이신지?"

순정은 저도 모르게 뒤로 물러서다가 싱크대에 몸이 닿았다. 더 이상 물러설 곳이 없었다.

"김 비서도 나에게 뭔가를 기대하고 이러는 게 아닌가 해서."

심장이 뚝 하고 떨어졌다. 그녀에 대해 뭔가 아는 게 분명했다. 동생의 복수를 위해 들어온 걸 안다면 어떻게 반응할까? 생각만 해도 끔찍했다.

"제가 왜……?"

"그야 돈 때문이겠지? 아닌가?"

그마나 다행인 이유였다.

"아, 아닙니다."

"그럼?"

"그러니까……."

현우가 그녀를 가운데 놓고 싱크대의 양옆을 잡았다. 그의 향기가 훅 하고 들어왔다. 몸을 조금만 움직여도 그의 몸에 닿을 수 있었기 때문에 순정은 최대한 몸을 뒤로 뺐다.

"돈 많고 권력도 있고 나름 잘생긴 난 여자들의 아주 좋은 먹잇감이지."

인정하긴 싫지만 맞는 말이었다. 그는 최고의 먹잇감이었다. 다만 사냥하기 아주 어렵다는 게 문제였지만……

"……"

"아닌가?"

"아닙니다."

"거짓말."

그의 목소리가 잠겨 왔다.

"우리 아버지를 유혹한 여자는 유부남이든, 많은 나이 차든 상관하지 않았어."

아버지에게 받은 상처가 큰 것 같았다.

"전 그 여자가 아닙니다."

"그런가?"

"네."

"그럼 어디 시험해 볼까? 내가 기회를 주는데도 안 잡는지?"

그의 목소리는 위험하게 잠겨 있었고, 눈동자는 그녀의 얼굴을 살피고 있었다. 도대체 뭘 원하는 건지 순정은 알 수가 없었다. 순간 그가 순정의 허리를 잡아 끌어당겼다.

"회장님!"

"내가 회장인 건 맞아."

"장난 그만하시죠. 이건…… 읍!"

그가 갑자기 입술을 겹쳐 오는 바람에 순정은 놀라지 않을 수 없었다. 그리고 머릿속엔 '왜?'라는 단어가 가득했다.

"읍!"

호흡까지 빼앗아 가는 그의 강렬한 키스에 순정은 정신을 놓아 버렸다. 순정이 그러는 사이에 그는 순정의 입안으로 사정없이 혀를 밀어 넣었다. 그녀의 보스가 지금 순정에게 딥키스를 하고 있었다. 뽀뽀같이 가벼운 게 아니었다.

"으으읍."

고개가 뒤로 넘어가도 그는 멈추지 않았다. 일을 할 때처럼 그는 키스도 저돌적이었다. 거칠고 자극적이었다. 뒤로 넘어지지 않기 위해 순정은 그의 어깨를 잡았다. 단단한 근육이 손 아래에 그대로 느껴지고 있었다.

도대체 어떻게 이런 상황이 됐는지 순정은 정신을 차릴 수가 없었다. 그의 키스는 숨을 쉴 틈도 없이 계속되었다. 그의 혀가 입안을 돌아다니면서 그녀에게 복종을 요구하고 있었다. 거친 남자의 키스였다.

"흡!"

그의 손이 갑자기 옷 속으로 들어와 그녀의 가슴을 잡자 순정은 너무나 깜짝 놀랐다. 키스야 몇 번 해 보았지만 이 정도의 접촉은 처음이었다. 순정이 그의 손을 잡아 거부의 뜻을 보냈지만 그는 멈추지 않았다.

그가 속옷을 가슴 위로 들어 올리고는 그녀의 단단히 솟은 유두를 손바닥으로 문지르기 시작했다.

"으으윽."

몸을 비틀었다. 하지만 나쁘진 않았다. 아주 묘한 기분이 들었다. 현우를 밀어내야 맞는 건데 몸이 말을 듣지 않았다. 그때였다. 그가 갑자기 그녀를 놓아주었다.

"돌아가!"

"……."

"지금 안 가면 안 보낼 테니까."

그의 말에 순정은 뒤도 돌아보지 않고 현우의 집을 빠져나왔다. 전혀 예상하지 못한 일이 벌어지고야 말았다.

3. 욕망의 시작

"미쳤어, 미쳤어. 미쳤어!"

순정은 자신의 침대에 앉아서 벌써 30분째 머리를 쥐어뜯고 있었다. 생각지도 못한 상황에 당황스러웠고 동생에 대한 죄책감도 있었다.

"이러려고 여기에 온 게 아니잖아!"

울다가 웃다가, 조울증 환자가 따로 없었다.

"어쩌지?"

발밑에 떨어진 머리카락이 한 움큼이었다.

"김순정, 이게 아니잖아!"

그녀는 답답한 마음이었다.

윙—

그녀의 멘토인 대성그룹 비서실 최 실장의 전화였다. 지금은 전업주부지만 말이다. 아무래도 그녀가 카지노에 취직한 걸 알게 된 모양이었다.

"여보세요."

[잘 지냈어?]

언제 들어도 반가운 목소리였다.

"아뇨, 우리 최 실장님이 보고 싶어서 어디 잘 지냈겠어요?"

솔직하게 그동안은 그럭저럭 잘 지냈지만 오늘은 최악이었다.

[내가 장례식도 못 가고…… 미안해.]

"아니에요. 애기가 그렇게 아팠는데 저라도 못 갔죠."

[그리고 연락이 계속 안 돼서…….]

"그땐 제가 아파서……."

[미안해.]

"아니에요."

최 실장님은 그때 아이가 아파서 장례식장에 못 오고 대신 남편 분이 오셨었다.

[오늘은 또 목소리가 왜 그래?]

귀신같은 분이었다.

"아니에요. 그냥 몸이 안 좋아서……."

[카지노는 돈은 많이 줄진 몰라도 정신적으로도 힘들고 잘못하면 위험해. 거기 출입하는 사람들 중에 제정신이 아닌 사람들이 많거든.]

　"어쩜 그렇게 잘 아세요?"

　[우리 집안에도 하나 있거든. 집마다 골칫거리는 하나씩 있어. 그리고 고민 있으면 말해.]

　"아니에요."

　[내가 남자 문제까지 다 상담해 줄 테니까.]

　"알았어요. 그럼 하나만 물을게요…….. 진짜 마음에 없는 사람한테 키스를 할 수 있을까요?"

　[키스했어? 마음에 없다고 생각하는 사람하고?]

　눈치가 아주 백단이었다.

　"아뇨, 영화 보는 중이거든요."

　[난 아니라고 봐. 싫으면 안 하지.]

　"……."

　솔직히 그녀도 싫은 건 아니었다. 그게 더 양심에 걸리는 것이었다.

　[거기는 살기 좋아?]

　"공기도 좋고 사람들도 좋고, 놀 건 아무것도 없고 심심하죠."

　[호호호, 그래?]

"네, 실장님 보고 싶어요."

[나도 그래. 신랑이랑 휴일에 놀러 갈게.]

"오시면 제가 맛있는 거 사 드릴게요."

[남자 때문에 고민하는 건 괜찮아. 살도 빠지고.]

"……네."

최 실장과 통화를 하고 나니 조금은 마음이 편했다. 세상에 내 편은 하나도 없었지만 최 실장은 그녀의 편에 최고로 가까운 사람이었다.

"싫으면 안 하는 거였어. 억지로 당한 건 아니니까……."

또다시 그때의 일이 떠올랐다. 늦은 밤이었다. 이렇게 주말을 꼬박 후회하다가 자신을 합리화하다가 끝낼 것 같았다. 그리고 그녀의 우려는 현실이 되었다.

평소의 월요일 아침은 순정의 일주일 중에 가장 바쁜 시간이었다. 하지만 오늘 아침은 좀 달랐다.

주말 동안 울었다가 웃었다가, 조울증 환자도 그런 환자가 없었다. 침대에 누웠다가 베란다에 나갔다가 정신이 하나도 없는 주말을 보낸 순정이었다. 출근하기가 두려웠다. 현우가 어떤 식으로 여자를 보는지도 알았다.

"짐승!"

그녀는 원초적인 현우의 행동이 떠오르자 온몸에 소름이 돋았다. 그녀를 더 소름 돋게 하는 건 그녀도 좋았다는 것이었다.

"미쳤어."

7시…… 이제는 출근 준비를 해야 했다. 할 수 없이 순정은 침대에서 일어났다.

"아아악! 진짜 미쳤어."

그녀는 소리를 지르며 욕실로 들어가서 출근준비를 시작했다. 검은색 치마정장 유니폼을 입기까지 오늘처럼 시간이 많이 걸린 적은 없었다. 회사에 어떻게 도착을 했는지도 모르게 도착한 순정은 심호흡을 한 번 하고는 차에서 내렸다.

하지만 언제나 그랬듯이 신은 그녀의 편이 아니었다. 그녀가 엘리베이터를 기다리고 있는 사이에 그녀의 옆에 현우가 와 있었다.

"안녕하십니까?"

"주말은 잘 보냈고?"

"네."

평소와 다름없는 출근 인사를 할 수 있었던 건 덕만이 그들 사이에 있었기 때문이었다. 덕만과 현우는 거의 매일 함께 출근을 했다.

"오늘 오전에 임원들 회의 소집해."

"네, 알겠습니다."

갑작스런 회의라니, 무슨 일이 있는 게 분명했다. 그는 평소와 마찬가지로 차가웠고 그날의 일은 잊은 듯했다. 다행이라 생각해야 하는데 이틀을 정신병자처럼 보낸 자신이 너무 한심스러워 실망이 되기는 했다.

사무실에 들어서자 선영은 여느 날처럼 현우에게 줄 커피를 타서 들어갔고 덕만에게도 커피를 주었다.

"선영 씨, 10시에 임원 회의실에서 긴급회의가 열릴 예정이니까 회의실에 간단한 다과 비치하고."

"네."

"난 회장님께 회의 내용 물어보고 자료 준비해야 하니까 빠르게 움직이자고."

"네."

회장실 앞에서 순정은 크게 호흡을 들이마셨다. 그녀에겐 충격적인 일이지만 그에게는 그의 말대로 넘치는 여자들 때문에 흔한 일일 수도 있었다. 그러니 이제 더 이상 겁먹지 말자고 생각하며 회장실 안으로 들어갔다.

그는 소파에 앉아서 커피를 마시고 있었다.

"오늘 회의 자료를 만들려고 하는데……."

"필요 없어."

"그래도……."

"회의할 때 안에 들어와서 오늘 내용을 정리해."

"네? 제가요?"

"안건을 낸 건 김 비서니까."

"제가 무슨 안건을 낸 건지……."

"우리가 키스하던 날 김 비서가 해외 관광객들에 대한 의견을 냈잖아?"

키스라는 말에 순정의 두뇌가 완전히 올 스톱을 했다.

"키스는 처음인가?"

"아닙니다."

"그래? 난 처음이라고 답할 줄 알았어. 그날 너무 순진한 척을 해서."

"……."

그녀가 봐 온 현우는 이런 식으로 비꼬듯 말하는 인물은 아니었다. 그는 직선적인 거지 못된 것은 아니었는데 지금은 그녀에게 못되게 말을 하고 있었다.

"나가 봐."

눈물이 날 것 같았다. 그녀의 의견을 받아 줘서 눈물이 나는 게 아니라 그녀의 자존심을 건드려서 화가 났다. 하지만 참아야 했다. 현우가 이보다 더한 모욕을 했더라도 순정은 참아야 했다. 그녀는 아직 독사가 누군지도 모르기 때문이었다.

"바쁘세요?"

선영이 그녀를 불렀다.

"아니."

자료를 만들 필요가 없어져서 시간이 좀 남았다.

"이번 주말에 삼촌이 집에 초대하셨거든요."

"삼촌이?"

"네."

"작은 사업을 하시는 분인데 연세가 많으세요. 그런데 가족이 없으셔서 생일인데 너무 허전하다고 해서요."

"그래?"

가족이 없는 순정에게 선영의 삼촌이야기는 괜히 남 일 같지 않았다.

"그래서 말인데, 같이 가서 자리 좀 채워 주시면 안 될까요?"

"내가?"

"네, 어차피 실장님도 혼자 자취하시니까. 집에서 혼자 드시는 것보다 낫잖아요."

"그래도……."

"돈은 많아서 음식은 진수성찬일 거예요."

선영의 말에 웃음이 났다.

"혼자 가기 싫은 거지?"

"빙고."

"알았어. 토요일?"

"네, 감사해요. 다음에 제가 밥 한번 살게요."

"알았어."

오전 회의시간은 살벌한 가운데 이루어졌다. 박 회장은 임원들에게 일도 안 하면서 월급만 받아 가는 인간들이라고 대놓고 핀잔을 줬고, 다음 주 월요일까지 기획안을 만들어서 다시 회의를 하자고 했다. 다음 주까지 참신한 아이디어를 내놓지 못하면 사직서를 받겠다는 경고도 했다.

회의실에서 현우는 살벌하기 그지없었다. 그리고 그런 그를 보면서 느낀 건 뭐든 자신의 알아서 하려고 한다는 것이었다. 하지만 사업은 혼자 하는 것이 아니었다. 직원들이 회사를 이끌어야지 오너 혼자 아등바등해서는 될 일도 안 되는 법이었다. 순정은 한숨을 쉬며 회의시간 내내 회의내용을 적느라 바빴다.

회의가 끝이 나고 피곤한 현우는 점심을 먹는 대신에 사무실의 소파에 누워 잠을 청했다. 소파에 누워 한 팔을 머리에 올리고 있는 사이에 김 비서의 향수 향이 잠깐 느껴졌다. 하지만 그는 눈을 뜨지 않았다.

김 비서도 그를 방해하지 않았기에 그는 모처럼의 휴식을 취했다. 그는 주말 내내 아버지로부터 시달림을 받았다. 아버지와는 인연을 맺고 싶지 않았다. 아버지는 유명한 사채 업자였는데, 그는 그런 아버지가 부끄러웠다.

아버지는 그가 가장 예민하던 중학생 시절에 어머니를 버리고 젊은 여자와 눈이 맞아 집을 나가 버렸다. 어머니가 돌아가시던 날까지 생활비를 주었지만 그렇게 풍요로운 어린 시절을 보내지 못했었다.

중학교, 고등하교에서 일명 일진으로 불리며 주먹질을 하는 등 삐뚤어진 생활을 했었다. 덕만은 같은 중학교 한 학년 후배였다. 그를 형님으로 모시고 지금까지 충성을 다하는 인물이었다. 어머니는 아버지 때문에 속을 썩으셨지만 지금 생각해 보면 대학도 안 가고 싸움질만 하던 그 때문에도 속을 썩이신 것 같았다.

고등학교를 졸업하기 전 그는 조직에 들어갔고 졸업 후에 작은 조직을 만들어 영등포 등지에서 성인 오락실을 운영하기 시작했다. 그리고 서른이 되기 전에 성인 오락실의 황제가 되었다.

운도 따랐다. 그가 어릴 때부터 모시던 어르신이 국회의원에 당선이 되었고 그의 도움으로 대권까지 잡으며 비록 강원도 산중이지만 카지노를 차리게 되었다. 개인이 운영하는 카지노로는 최대 규모를 자랑하고 있었다.

서른다섯인 그는 남들이 보기엔 모든 걸 다 이룬 것처럼 보일 테지만 현우의 꿈을 이루려면 아직 멀었다. 하지만 아버지는 그가 장가를 가면 모든 걸 다 이룬다고 생각하는 모양이었다.

그래서인지 작년 말부터 거의 난다 긴다 하는 집안의 딸들을 그에게 매주 보내고 있었다. 매번 돌려보내는데도 자꾸만 반복해 사람을 질리게 만들고 있었다. 동네 사채업자에 지나지 않는 아버진 아들을 발판 삼아 또 다른 기회를 노리고 있는 게 분명했다.

"어림없지."

그는 아버지에 대한 생각이 눈곱만큼도 없었다.

"후……."

눈을 뜨고 보니 샌드위치와 생과일주스가 놓여 있었다. 좀 전에 김 비서가 가져다 놓은 모양이었다.

"김 비서라……."

며칠 전에 김 비서가 그의 집을 방문했을 때 그는 김 비서도 그에게 돈을 노리고 접근한 여자가 아닐까, 라는 의심이 들었다. 완벽한 사업구상, 거기에 숨기지 않은 돈에 대한 욕심 그리고 훌륭한 음식 솜씨, 이 모든 게 다 그를 유혹하기 위한 치밀한 계획 같은 느낌이 들었다. 물론 그걸 확인하고자 부르긴 했지만 말이다.

그런데 왜 그녀를 붙들고 키스를 했는지 스스로도 이해가 가지 않았다. 현우는 자신의 입술을 손가락으로 쓸었다.

"빌어먹을……."

그 빌어먹을 키스는 여자에겐 잘 반응하지 않는 그의 페니스가 미친 듯이 날뛰게 만들었다. 그냥 그동안 바빠서 여자를 안지 못했기 때문에 생긴 일시적인 일일 것이다. 익숙하지 않은 느낌이 기분 좋지 않았다. 그에게 여자들은 귀찮은 존재였다.

"회장님."

덕만이 들어와 그를 불렀다.

"식사 안 하십니까? 김 비서가 식당에 가서 직접 만들어 온 모양이던데……."

"그래?"

그가 못이기는 척하며 자리에서 일어나 샌드위치를 손에 들었다. 순정이 직접 만들었다는 말에 손이 절로 갔다. 순정의 음식 솜씨는 그가 덕만보다 잘 알았다.

"독사 쪽에서 지금 룸에 못 들어가게 됐다는 것 때문에 슬슬 움직이는 모양입니다."

덕만의 말이 귀에 들어오지도 않았다.

"욕심도 적당히 부려야 하는 법이야."

"어떻게 할까요?"

"지켜만 봐."

"네."

샌드위치를 한입 베어 물었다. 맛이 그만이었다. 음식 솜씨가 있는 김 비서였다. 그녀 나름의 매력이 그처럼 여자에게 관심이 없는 남자에게 통하고 있었다.

"저도 먹었는데 아주 솜씨가 좋습니다. 회장님께서 점심식사를 나가지 않으셔서 김 비서가 선영 씨랑 제 것까지 만들어 왔습니다."

나름 인성도 좋은 것 같았다.

"알았어."

덕만이 사무실을 나가려 했다.

"김 비서가 물어보면 자세히 알려 줘."

"네."

덕만은 그의 말에 토를 단 적이 한 번도 없었다. 그래서 신임이 갔다. 그를 위해 목숨까지 내놓을 사람이 덕만이었다. 덕만이 나가고 얼마 지나지 않아 김 비서가 들어왔다.

"샌드위치는 잘 먹었어."

"다행입니다. 오후 스케줄 때문에 왔습니다."

"그래."

차분하게 메모를 읽어 내려가는 순정을 현우는 말없이 보았다. 왜 그에게 접근을 하는 걸까? 분명 돈일 것이다. 돈을 더 많이 벌 수 있어서 우리나라 최고의 기업을 포기하고 이곳에 왔고 연봉을 더 올리기 위해서 열심히 일을 할 거라고 대놓고 얘기했다.

돈을 버는 가장 쉬운 방법은 그를 유혹하는 것이었다. 우리나라 최고의 현금 부자가 그였다.

"회장님?"

"말해."

"듣지 않고 계시는 것 같아서……."

"아니야. 듣고 있어."

"카지노 객장의 매니저들과 미팅을 잡았습니다."

"왜?"

"도움이 되실 겁니다. 카지노에서 근무를 하시는 분들의 말을 직접 들어 주시는 것도 경영에 큰 힘이 될 거고 그분들에겐 위로가 될 겁니다."

"알았어."

"매니저 6명을 호출했습니다."

"그들도 준비를 해야……."

"준비를 하면 오히려 복잡한 이야기만 들으실 겁니다. 못다 한 이야기는 다음으로 미루세요."

순정은 일에 있어서 만큼은 철두철미한 것 같았다. 그리고 뭔가 임원들과는 달랐다. 뭐랄까? 진짜 카지노에 열정이 있는 것 같은 느낌이었다.

현우는 순정이 뭘 원하는 건지 아주 궁금해졌다. 그래서 일단 가만히 지켜보기로 했다. 뭔가 꿍꿍이가 있다면 반드시 드러날 테니까.

"1시간 정도 더 쉬시고 미팅하시면 될 것 같습니다."

아까부터 그는 순정의 향수 냄새 때문에 미칠 것 같았다. 그날 그의 손안 가득했던 순정의 가슴도 생각났고 그녀와의 뜨거웠던 키스도 기억났다. 현우는 자신보다 더 냉정한 표정을 하고 있는 순정을 보았다.

그녀는 아무렇지 않아 보였다. 확실한 건 순정은 지금까지 그가 만난 여자와는 다르다는 것이었다.

"오늘 저녁에 잠깐 집에 들러."

"네?"

"어제의 된장찌개가 먹고 싶어서."

순정이 그를 당황한 눈으로 보았다.

"네."

하지만 그녀는 순순히 그의 말에 답했다. 오늘 한 번 더 그녀를 관찰하기로 마음먹은 현우였다.

회장실에서 나온 순정의 얼굴은 굳어 있었다. 오늘 또 그의 집에 간다면 무슨 일이 벌어질지 모르는 문제였다. 문제는 그가 그녀에게 어제와 같이 군다면 순정은 받아들일 것 같다는 생각이 들었다.

육체가 흔들리는 건 괜찮았다. 처음이야 언제고 있을 수 있는 거니까. 하지만 문제는 동생의 복수를 위한 마음이 흔들릴까 두려웠다. 절대로 그래선 안 되는 건데 걱정이었다.

"김 실장님, 표정이 왜 그래요?"

선영은 그녀의 표정만 살피는 사람 같았다.

"뭐가?"

"완전 안 좋으세요."

눈치 빠른 선영이 그녀의 얼굴을 살피며 말했다.

"아니야."

"제가 웃긴 얘기 해 드릴까요?"

"뭔데?"

"조 의원 딸이 딜러로 들어왔잖아요. 그런데 아주 골칫덩어리인가 봐요."

"왜?"

"여기 매니저 딜러 중에서 제 고등학교 선배님이 있는데요, 아주 미친대요. 가르쳐 줘도 잘 모르고 자기 동기들한텐 곧 여기 카지노 안주인이 될 거라고 떠벌리고 다닌다고 골치가 아프다면서."

"그래?"

"아니, 결혼도 하기 전에 저러는데 결혼하면 오죽하겠어요."

현우가 결혼을 한다는 생각은 한 번도 해 보지 않았다. 그가 결혼을 한다면 당연히 좋은 집안의 딸과 할 것이다. 조 의원의 딸처럼 말이다.

"그래?"

"전 걱정이에요. 둘이 결혼할까 봐."

"나도 그래."

순정도 다른 의미에서 걱정이 되기는 마찬가지였다.

카지노의 비상구는 언제나 담배연기로 가득했다. 누가 피우는 건지 모르겠지만 도박으로 인해 타는 속을 이곳에서 달래는 것 같았다. 선영은 마땅히 통화할 곳이 없어서 이곳에서 하는데 아무래도 장소를 바꿔야 할 것 같았다.

"여보세요?"

[선영아.]

"네, 삼촌."

선영은 노름꾼인 아버지 때문에 팔자에도 없는 삼촌들이 많았다. 특히 독사 삼촌은 그녀에겐 굉장히 어려운 사람이었다. 아버지의 노름빚은 독사 삼촌에게 다 지고 있었기 때문이었다. 어머니는 독사 삼촌의 발이라도 핥을 것처럼 은인으로 생각하는 사람이었다. 그녀에게도 대학까지 마칠 수 있었던 건 다 독사 삼촌의 덕이란 말을 끊임없이 했다.

　[이번 주에 김 실장님은 온다고 했어?]

　"네."

　[다행이야. 박 회장이 가장 신임을 한다고?]

　"유 실장님이 1순위고 다음이죠."

　[하여튼 이상하구나. 별난 성격의 박 회장이 그렇게 신임을 한
다니 말이야. 내가 알기론 한 달을 넘긴 비서가 없었어. 아무리 절
세미인이라도 말이지.]

　"회장님은 저희들에게 아주 잘해 주시는데요? 좀 무뚝뚝하셔서
그렇지."

　[너에 대해선 어떤 반응이시지?]

　"저야……."

　[하긴 너도 지금 한 달은 넘긴 상황이니. 마음에 안 드는 건 아
닌 것 같고…….]

　"근데 조 의원의 딸과 결혼하실 것 같던데……."

　[뭐?]

　"잘은 모르겠지만 소문이 하도 무성해서……."

　[그렇게는 안 될 거다.]

　"네?"

　[박 회장과 결혼하는 여잔 내 사람이어야지.]

독사는 야심가였다. 그 누구에게도 공짜로 친절을 베푸는 걸 보지 못했다. 지금 그가 그녀의 집안에 친절한 건 그녀가 자신의 사람으로 카지노에서 정보통 역할을 하기 원했기 때문이었다. 그래서 명문 대학을 나오고도 이곳에 입사를 한 것이었다. 이건 다 독사의 큰 그림 중에 하나였다.

"그럼 제가 결혼을 해야 하는 건가요?"

[선영이 널 박 회장이 좋아한다면 그렇게 하겠지. 네가 꼬리 쳐 보든가.]

"삼촌…… 전……."

그런 생각은 한 번도 해 본 적은 없었다. 박 회장은 그녀를 여자로 보지 않는다는 걸 누구보다 잘 알았다. 벗고 덤빈다고 해도 쳐다보지도 않을 것 같았다.

[왜 자신이 없어?]

"그게……."

[사람이 급해지면 뭐든 하게 되어 있는 법이지.]

삼촌의 말뜻을 너무나도 잘 알고 있는 선영이었다. 아빠를 가만히 두지 않겠다는 얘기였다.

[하하하, 걱정하지 마. 나의 머릿속에는 아직 그런 구상이 없으니까.]

"네."

[넌 그저 준비만 하고 있어. 박 회장의 눈 밖에 나지 말고.]

"네."

통화가 끝이 나고 선영은 고민을 한 보따리 안고서 사무실로 들어가다가 박 회장과 마주쳤다. 공손히 인사를 하는 그녀를 박 회장은 무심하게 그냥 지나쳤다.

"저런 사람하고 어떻게 평생을 살까?"

숨 막히게 잘생기고 멋있는 남자였다. 하지만 그런 남자와 살면 평생 '바람이나 피우지 않을까? 아니면 버려지지 않을까?' 매번 이런 고민을 하며 살아갈 것 같았다.

"그냥 조 의원의 딸이 어울려."

그런 집안의 여자들은 박 회장 같은 거물급들의 여인들로 교육받으며 자란다는 말을 들은 적이 있었다.

"피곤한 삶이야."

선영에겐 그런 욕심은 없었다. 마음이 편안한 게 제일이었다.

발걸음이 안 떨어지는 순정이었다. 어제는 그저 용감하게 직진을 했다면 오늘은 두려웠다. 동생의 복수를 위해 독사의 정보를 캐려는 데 정신을 쏟았을 때는 느끼지 못한 두려움이었다.

그의 현관 앞에 서서 순정은 한참을 망설이고 있었다.

"김 비서!"

그때 뒤에서 덕만의 목소리가 들렸다.

"오늘은 어쩐 일이신가?"

약간 의아하다는 반응이었다.

"된장찌개가 드시고 싶다고……."

"뭐? 회장님께서?"

"네, 어제 해 드렸거든요."

"어허, 의왼데?"

"저도 그렇게 생각해요. 음식을 잘하지 못하는데 말이에요."

"아니야, 샌드위치 맛을 보니 아주 잘하던데."

"그거야, 주방에 있는 재료로 한 건데요."

"그래도 맛있었어. 어서 들어가 봐."

"네."

순정은 안으로 들어갔다. 어제처럼 온통 칠흑같이 검은 거실을 지나 주방으로 직진했다. 오늘은 박 회장이 보이지 않았다. 이럴 때 얼른 만들어 놓고 가는 게 나았다. 냉장고에는 어제보다 많은 재료가 있었다. 그녀가 올 걸 대비해서 호텔에서 재료를 가져다 놓은 모양이었다. 그렇다면 열심히 하는 수밖에 없었다.

해물들이 보여 해물 된장찌개와 갈치구이 그리고 간단하게 나물 반찬까지 빠르게 한 순정은 식탁을 차리려고 돌아서는 순간 깜짝 놀라고 말았다. 박 회장이 어느새 와서 소파에서 그녀가 요리

하는 모습을 지켜보고 있었다.

"차리기만 하면 됩니다."

"그래? 같이 먹고 가."

"저는……."

"혼자 먹기엔 많은 양이야."

"유 실장님을 부를까요?"

"말이 많아."

"……."

현우는 뭔가 사람을 쥐락펴락하는 힘이 있었다. 그의 말은 어릴 때 학생주임의 말과 똑같은 효력을 지닌 것 같았다.

그와 마주 앉아 밥을 먹었다. 조금은 비현실적인 그림이었다. 어쩌다가 이렇게 되었을까? 다 그녀의 섣부른 행동 때문이었다. 집을 찾아오는 게 아니었다. 그냥 사무실에서 물을 수도 있었다.

"무슨 생각을 그렇게 하지?"

"후회요."

"무슨 후회?"

"회사에서 말씀드렸어도 되는데, 왜 이곳까지 와서 쓸데없는 오해를 받고 있는 걸까?"

"무슨 오해?"

"돈이요."

그녀가 돈만 바라고 있다고 생각하는 게 확실했다.

"핵심인가?"

"돈은 제가 살아가는 데 기본이 되는 것이라 중요하다고 말했습니다. 동생의 잘못으로 지금은 정말 빈털터리거든요. 하지만 전 허황되게 많은 돈을 바라는 게 아니라 제가 앞으로 살아가는 데 필요한 돈을 벌고 싶었던 겁니다. 정당하게."

"그런가?"

그는 갈치를 젓가락으로 휘저으며 말했다. 보다 못한 순정이 손으로 갈치를 발라서 그의 밥 위에 올려 주었다.

"그러니 쓸데없는 오해는 하지 말아 주십시오."

"못 믿겠어."

"그러면 할 수 없고요. 그냥 전 월급을 받으니 열심히 일하겠습니다. 그러니 부당한 해고만 말아 주십시오."

"난 부당한 해고는 하지 않아."

"감사합니다."

벽을 보고 말하는 기분이었다. 그런데 이상한 건 현우를 대하는 데 있어 확실히 회사보다는 집이 편하다는 것이었다. 밥이 입으로 들어가는지 코로 들어가는지 정신이 없는 그녀와는 다르게 그는 밥을 아주 잘 먹고 있었다.

"갈치는 안 주나?"

"네? 아……."

그녀는 서둘러 그의 밥 위에 갈치를 올려 주었다.

"엄마가 항상 이렇게 해 주셨어요."

순정은 아무 말이나 막 내뱉었다. 도대체 현우가 왜 이러는지 알 수가 없었다. 그녀는 불편한데 그는 너무 편하게 그녀를 대하는 것 같았다.

"내일부터는 부르지 말아 주셨으면 합니다."

큰마음을 먹고 속마음을 얘기했다.

"집에 같이 밥 먹을 사람이라도 있나?"

"그건 아니지만……."

"특별한 일이 없으면 와."

"전 매일매일 특별한 일이 있습니다."

이 사람이 왜 이렇게 답답하게 구는지 알 수가 없었다.

"……."

식사를 마치는 동안 둘은 특별한 대화가 없었다. 순정은 설거지를 하면서 어제와 같은 상황이 벌어지지 않게 신경 쓰고 있었다. 하지만 다행히 그는 보이지 않았다.

설거지를 빛의 속도로 마친 순정은 그에게 인사도 하지 않고 자신의 가방을 들었다. 혹시나 다음에 다시 오게 된다면 덕만을 데리고 들어오겠다는 생각뿐이었다.

현관이 이제 바로 앞이었다.

"어딜 그렇게 도둑처럼 나가지?"

"……."

온몸이 그 자리에서 굳어 버렸다. 그녀의 등 뒤에서 마치 악마의 속삭임처럼 들리는 소리에 순정은 그대로 서 있었다.

"인사도 안 하고 가나?"

"안녕히 계십시오."

돌아서면 안 될 것 같아 앞만 보고 인사했다. 집을 나서려는 그녀의 작은 소망은 그에게 손목을 잡히는 바람에 사라졌다.

"아악!"

저도 모르게 소리를 친 순정이었다.

"왜 그렇게 놀라지?"

그의 스킨 향이 강하게 느껴졌다.

"난 아무것도 하지 않았는데 말이야."

"회장님……."

"자꾸 미꾸라지처럼 굴면 잡고 싶어지는 법이거든."

그가 순정을 그의 앞으로 돌려세웠다. 그의 눈이 위험스럽게 빛나고 있었다. 모든 게 블랙인 세상에서 그의 눈만 반짝이고 있었다.

"어머!"

현우가 순정의 허리를 잡아 자신의 앞으로 끌어당겼다. 어제의 상황이 되풀이될 거라는 생각이 들었다.

"모든 비서에게 이러십니까?"

"뚫린 입이라고 말을 함부로 하는군. 내가 아무 여자에게나 이러는 줄 아나?"

"그렇지 않고서는 왜 이러시는지 이해가 가지 않습니다."

"나도 궁금해. 내가 왜 이러는지."

"읍!"

그의 입술이 그녀의 입술을 덮어 버렸다. 그의 강인한 입술은 그녀의 부드러운 입술을 먹어 치울 듯이 오늘도 밀어붙이고 있었다. 그의 손이 그녀의 허리를 감싸고 다른 한 손은 뒷목을 받치고 있어서 고개를 돌릴 수도 없었다.

"으읍!"

그의 혀가 강하게 그녀의 입안으로 밀고 들어왔다. 그가 입안 구석구석을 훑는데도 순정은 가만히 있을 수밖에 없었다. 그가 아랫입술을 빨아들였을 때는 저도 모르게 거친 숨을 토해 냈다.

오늘도 그의 손이 그녀의 블라우스 안으로 들어와 가슴을 움켜 쥐었다. 초가을인데도 온몸에 소름이 돋았다.

탁!

그가 벽으로 그녀를 밀어붙였다. 둘의 몸이 한 치의 오차도 없이 붙었다. 그의 흥분한 페니스가 그녀의 복부를 자극했다. 처음엔 밀어내려 애쓰던 그녀의 손이 언제 그랬냐는 듯 그의 가슴에 얌전히 올려져 있었다.

마치 말을 잘 듣는 약이라도 먹은 것처럼 순정은 그가 하는 대로 내버려 두고 있었다. 처음으로 그녀의 가슴을 두근거리게 만드는 키스를 하고 있었기 때문이었다.

남자친구가 아닌 보스라서가 문제지, 그의 키스는 정말 에이플러스였다. 키스를 위해 태어난 사람인 것 같았다.

"으으읍."

그러다가 불쑥 어제처럼 저를 밀쳐내지 않을까? 하는 걱정이 들기도 했다. 하지만 오늘 그는 어제와 다르게 그녀를 안아 들었다.

"회장님…… 읍!"

그의 입술에 다음 말이 막혔다. 뭘 하려는 건지 모를 정도의 나이는 아니었다. 다만 자꾸만 그가 왜 이러는지 궁금할 따름이었다. 그는 순정을 안아 들고는 어디론가 이동하고 있었다. 침실일까? 아니면 소파? 키스를 하면서도 머리가 복잡했다.

이러고 있을 때가 아닌데, 하는 생각이 들었지만 이미 거절할 타이밍이 늦어 버렸다. 그가 그녀를 침실까지 데려가지 못하고 소파에 눕혔다. 그리고 그녀의 블라우스를 가슴 위로 들어 올렸다.

어찌나 급한지 옷을 벗길 시간도 없는 것 같았다. 그는 그녀의 가슴을 미친 듯이 핥기 시작했다. 그리고 그녀의 흥분한 유두를 삼켰다. 이래도 되는 걸까? 순정은 찌릿하고 묘한 느낌을 받았다. 멈추게 하고 싶지 않았다.

"아름다워⋯⋯."

그가 거친 숨소리와 함께 평소엔 잘 하지 않은 칭찬을 하니 순정은 더 흥분이 되어 그의 머리를 손으로 감싸 더 깊이 끌어당겼다. 그가 가슴을 빨 때마다 미칠 것 같았다. 순정은 저도 모르게 고개를 들어 그의 정수리에 입을 맞추었다.

"아아앙⋯⋯."

이제 신음도 자연스럽게 나왔다. 이 커다란 집에 그와 순정 둘뿐이었다. 거칠 것이 없었다. 집 안 전체가 블랙으로 어둡다는 게 이렇게 고마울 수가 없었다. 그의 손이 가슴을 주무르고 그의 입술은 점점 더 아래로 내려오고 있었다. 가슴까지는 흥분되고 좋았는데 그의 움직임 점점 아래로 내려오자 순정은 다시 불안해지기 시작했다. 그의 손이 그녀의 여성을 옷 위로 잡았다.

그녀의 느낌이 어떻든지 간에 그녀의 속옷은 그의 손길에 촉촉하게 젖어 들어 있었다.

"아앗!"

그의 손이 예고도 없이 그녀의 팬티 안으로 들어왔다. 놀란 순정이 그의 손을 다급하게 잡았다.

"전 아직……."

"아직?"

"그러니까…… 마음의 준비가……."

솔직하지만 완곡하게 거절의 의사를 밝혔다.

"왜 아직이지?"

"전 아직 남자 경험이 없어서……. 그러니까 키스 정도는 했지만…… 이렇게……."

"남자를 미치게 만드는 재주가 있어."

"네?"

화가 난 모양이었다. 그녀가 경험이 없을 거라고 생각할 리가 없었다. 요즘 세상에 그녀처럼 예쁘다는 소리를 듣고 사는 여자치고 스물여덟 살이 되도록 경험 없는 여자는 흔하지 않으니까 말이다.

"처음이라……."

"네."

"그 말을 믿어라?"

그녀의 생각대로 그는 그녀가 처음이라는 게 기분이 나쁜 모양이었다.

"그래서 마음의 준비가 안 됐다는 말인가? 기가 막히는군."

"……."

그가 몸을 일으켰다. 섹스고 뭐고 할 맛이 떨어진 모양이었다. 순정도 몸을 일으켰다. 그는 어두운 공간에서 잘도 담배를 찾았다. 그리고 입에 담배를 물었다.

"다시는 이런 일이 없도록 하겠습니다."

"중간에 멈추지 않겠다는 소린가?"

"아뇨, 안 하겠다는 소립니다."

"나랑 하는 게 싫은가?"

"……."

"나랑 하는 게 싫으면 싫다고 분명하게 말해. 그럼 안 건드려."

"……."

그의 말에 쉽게 답이 나오지 않았다. 왜일까?

"김 비서!"

"그건 아닙니다."

"뭐야, 여지를 두는 거야?"

"……."

솔직히 말을 해도 난리였다. 하긴 지금 그는 순정에게 화가 나 있었다. 순정이 자신의 옷을 추슬렀다. 옷의 꼴이 말이 아니었다.

"죄송합니다."

그렇게 한 마디 인사를 남기고 순정은 집 밖으로 나와 버렸다.

더 이상 그와 있는 건 힘이 들 것 같았기 때문이었다. 시원한 밤공기가 그녀의 화끈거리는 얼굴을 식혀 주고 있었다.

"미쳤어."

지금처럼 중요한 때에 이렇게 정신없이 구는 건 옳지 않았다. 그의 동생을 위해서도 그녀를 위해서도…….

4. 검은 그림자

로열카지노에서 비서의 일은 그렇게 많지 않았다. 대기업의 비서는 회장의 많고 많은 스케줄을 하나부터 열까지 챙겨야 하지만 이곳은 비밀리에 움직이는 회장 때문에 주된 일이 약속 변경이었다.

약속을 잡아 놓으면 무슨 일이 생겨서 유 실장과 박 회장이 같이 사라지기 때문이었다.

그러다 보니 선영과 함께하는 시간이 많았다. 일을 만들어서 하는 것도 한계가 있었다. 그래서 둘은 카지노를 한 바퀴 돈다거나 아니면 회장이 그동안 못한 지역의 행사 찬조라든가 하는 기업 이미지에 대한 아이디어를 교환하기도 했다.

"가끔은 우리가 기획실인지 비서실인지 헷갈릴 때가 있어요."

선영이 한숨을 쉬며 말했다.

"난 매일 헷갈려."

"그렇죠? 저만 느낀 게 아니네요."

"하지만 우리는 비서로서 회장님의 일을 도와야 할 의무가 있는 거야."

순정은 선영을 조심스럽게 타일렀다. 비서의 일은 기업 전체를 운영하는 회장을 돕는 것이었다. 그러니 모든 부서의 일을 다 알아야 했다.

"김 실장님은 일을 만들어서 하는 편이신 것 같아요."

선영이 은근히 불만을 표했다.

"그럼 우리 둘이 가만히 놀고 있을까?"

"그건 저도 좋아하는 일은 아니에요."

순정은 말은 많아도 시키는 일은 뭐든지 열심히 하는 선영이 예뻤다. 대성에 있을 때 최 실장이 이런 눈으로 그녀를 봤을 것 같다는 생각이 들었다. 그래서인지 선영에게 잘해 주고 싶은 마음이었다.

일주일 동안 순정은 거의 눈과 귀를 막고 살았다. 그리고 박 회장과의 접촉을 최소로 하였다. 아침의 커피도 선영에게 시키고 스케줄만 그녀가 보고했다. 그도 순정에게 필요 이상의 말을 걸지 않았다.

둘은 서로를 피하고 있었다.

"오늘 저녁 약속 잊지 않았죠?"

"어?"

"오늘 토요일인데……."

대부분 토요일 근무를 하지 않았지만 갑작스럽게 외국의 VVIP가 방문하는 바람에 오전에 잠깐 출근을 한 선영과 순정이었다.

"기억하지."

깜박 잊고 있었다. 약속을 잊은 것이 아니라 중요하게 생각하고 있지 않았다. 현우 때문에 다른 곳에 정신이 팔려 있었기 때문이었다.

"준비하고 계시면 제가 모시러 갈게요."

선영에게 굉장히 중요한 일인 것 같았다. 너무 신경을 쓰니까 오히려 이상했다.

"그럴까? 안 그래도 모르는 분이라서……."

"우리 삼촌 보고 놀라지 마세요. 보기에 조금 무섭게 생기셨거든요."

"알았어. 여기서 하도 무섭게 생긴 사람들을 많이 봐서 놀랄 것 같지도 않아."

"하긴 그러네요."

오전의 시간을 보내는 동안 현우는 사무실에 들어오지 않았다. 빨리 이야기를 해 주고 퇴근해야 하는데 참 별일이었다.

"먼저 퇴근해. 난 회장님께 보고하고 갈 테니까."

"정말요?"

"그래, 그리고 오늘은 출근하는 날도 아니었잖아. 내가 미안하지."

"아니에요. 이럴 땐 꼭 불러 주세요."

"알았어."

"7시에 모시러 갈게요."

선영이 퇴근을 하고 순정은 현우를 기다리고 있었다. 오늘 오는 귀한 손님은 사우디 왕세자였다. 돈이라면 길바닥에 뿌리고 다닐 정도로 많은 사람이었다. 그가 왜 갑자기 현우를 찾는지 알 수 없었지만, 일단은 현우도 신경을 쓰고 있는 것 같아서 그녀는 통역과 이곳에서 그들을 돌볼 수행비서까지 구해 놓은 상황이었다.

"우리 편으로 만들면 좋을 텐데……."

그 정도의 부자를 친구로 둬서 나쁠 건 없었다. 때마침 덕만과 현우가 같이 사무실로 들어왔다.

"회장님!"

그녀가 불렀지만 현우는 자신의 사무실로 들어가 버렸고 덕만이 그녀 앞에 섰다.

"나한테 주고 퇴근해."

"네?"

"오늘 회장님 기분이 아주 안 좋으셔."

"왜요?"

"신경을 좀먹는 벌레 새끼가 있거든."

"신경계 질환이 있으신 거예요?"

걱정이 되어 묻자 덕만이 웃음을 터트렸다.

"벌레 새끼가 병균이면 약이라도 먹여서 죽일 텐데……."

그가 이렇게 말을 하며 그녀의 손에 들린 서류를 받아 들고는 회장실 안으로 들어갔다. 그의 신경을 건드리는 건 사람이 분명했다.

순정은 퇴근을 준비했다. 하지만 사무실을 나올 때까지 그녀의 눈길은 회장실로 고정되어 있었다.

"괜찮은 걸까?"

회장에 대해 아직 모르는 것이 너무 많으니 기분을 풀어 줄 방법도 없었다.

퇴근하고 집으로 돌아온 순정은 점심을 먹고는 바로 눈을 감았다. 살이 찌거나 말거나 이 순간이 가장 행복했다. 그녀가 스트레스를 푸는 유일한 방법이었다.

낮잠을 잔 순정은 빈둥거리다가 6시가 다 되어서야 선영을 만날 준비를 했다.

"삼촌이라니……."

남을 생각할 때가 아니었지만 선영의 부탁이니 안 들어줄 수도 없었다. 샤워를 하고 너무 과하지 않게 차분한 베이지 색상의 치마와 흰색 블라우스를 입었다. 순정은 화려함보다는 여성스럽고 단아한 스타일의 옷이 참 잘 어울렸다. 아마도 오랜 비서 생활 덕분인 것 같았다. 사람은 환경에 지배를 받으니까.

드디어 7시였다. 선영은 칼같이 와 있었다. 선영을 닮은 핑크색 마티즈를 타고 말이다.

"차가 작아도 이해해 주세요."

"귀여운데?"

"귀엽기도 하지만 아주 편해요. 주차도 쉽고."

선영이 웃으며 말했다. 이럴 때 보면 영락없이 귀여운 동생이었다.

선영과 같이 도착한 곳은 마티즈와는 정말 안 어울리는 곳이었다. 현우의 집과 맞먹는 크기의 화려한 저택이었다.

"여기서 삼촌 혼자 사신다고?"

굉장한 부자인 모양이었다.

"네, 우리 삼촌 부자라고 했잖아요."

"진짜 그러네. 솔직히 좀 놀랐어."

"저도 처음에 이 집에 와서 놀랐어요."

흰색 건물은 굉장히 깔끔했다. 거기에 넓은 정원 그리고 경호원……. 현우의 집처럼 이곳도 곳곳에 경호원이 있었다. 이게 강원도 부자들 사이에서 유행인 것 같았다.

"유행인가 봐."

"네?"

"경호원들."

"하도 오래전부터 봐서 그런가. 전 잘 모르겠어요. 아무래도 부자시니까 지킬 게 많으신 거겠죠."

"그러게."

정원을 가로지르자 요란한 음악 소리가 울려 퍼지고 있었다.

"집 뒤에 파티장이 있어요."

선영이 집 안의 위치를 잘 아는 듯 자연스럽게 안내하고 있었다.

"자주 오나 봐?"

"삼촌이잖아요."

"아……."

하긴 삼촌의 집에 오는 건 아주 자연스러운 일이었다. 건물을 돌아 뒤쪽에 있다는 파티장에 간 순정은 입이 딱 벌어지는 광경에 놀라움을 금치 못했다. 우리나라 최고의 재벌의 비서를 했던 순정이었다. 화려함의 끝은 다 보았다고 생각했는데 그게 아니었다.

수영장을 막고 그 위에 만들어진 무대에서는 클래식 공연이 이어지고 있었고 그 아래선 요리사들이 음식을 직접 만들고 있었다. 벌써 수많은 사람들이 와서 술과 음식을 먹고 마시느라 정신이 없었다.

"내가 안 와도 될 뻔했어."

손님이 적은 줄 알았는데 생각보다 규모가 큰 파티였다. 선영이 설마 부자인 삼촌을 자랑하기 위해 그녀를 데리고 온 건 아닐 텐데 좀 이상했다.

"아니에요. 삼촌이 너무 보고 싶어 하셔서요."

"나를?"

"네."

"우리 회장님과도 인연이 있으신데 여태까지 이렇게 오래 근무한 비서는 없었다며 궁금해하세요."

현우를 아는 사람이라면 그럴 수도 있었다. 그녀 전에 근무하던 비서들은 모두가 며칠을 버티지 못했으니, 그런 상황을 아는 사람이라면 그녀가 궁금할 수도 있었다.

"그렇게 따지면 선영 씨도 같은데?"

"그래서 전 칭찬을 미리 받았죠."

"그랬구나."

선영과 맛있는 음식을 먹으며 모처럼 수다를 떨었다.

"어, 삼촌이다."

"어디?"

순정도 궁금해서 얼른 선영이 가리키는 곳을 보았다. 그곳에는 표독스럽다는 말이 어울리는 남자가 서 있었다. 느낌이 좋지 않은 남자였다.

"무섭게 생겼죠."

"어? 어."

생각보다 무섭게 생기지는 않았지만 왠지 거부감이 생겼다. 스포츠머리에 깡마른 체격의 삼촌은 평범해 보이지 않았다. 거기에 서늘한 날씨임에도 반팔을 입고 팔에 새겨진 용 문신을 자랑하고 있었다.

나이도 많아 보이는데 부자연스런 모습이었다. 마치 자신이 조폭임을 자랑하는 것 같았다.

"이리 오세요."

"어?"

"삼촌이 부르세요."

"어."

얼떨결에 그녀는 선영의 뒤를 쫓아갔다.

"삼촌."

"선영이 왔구나."

선영에게 인사를 하면서도 눈은 순정을 향해 있었다. 무서웠다. 아주 비릿한 눈빛이었다. 선영의 삼촌은 뱀 상이었다.

"이쪽 분은?"

그녀를 바라보는 눈빛이 소름이 끼쳤다.

"김순정 실장님이요."

"아이고, 그 유명하신 분이 여기 계셨구먼."

"안녕하십니까?"

"난 정남철입니다."

남자가 손을 내밀었다. 주름이 자글자글한 손이었다. 그녀가 손을 잡자 그가 손등에 입을 맞추었다. 하도 놀라서 하마터면 손을 뺄 뻔했다.

"박 회장의 신임이 왜 그렇게 두터운지 알 것 같군. 아주 미인이야."

그녀를 위에서 아래로 훑어 내리는 게 기분이 좋지 않았다.

"음식은 입에 맞아요?"

그가 부드럽게 물었지만 그녀는 고개만 끄덕였다. 두렵고 불편했다.

"너무 무서워하지 말아요. 사람들이 날 이름 대신 독사라고 부르지만 난 부드러운 사람이에요."

"......!"

독사…….

왠지 퍼즐이 맞춰지는 것처럼 독사라는 낱말이 확 맞춰지는 순간이었다. 온몸에 피가 다 빠져나가는 느낌이었다. 동생을 죽게 만든 원수를 이렇게 만나게 될 줄은 꿈에도 몰랐다. 죽이고 싶었다.

칼이라도 있다면 찌를 수도 있을 것 같았다. 순정은 최대한 평정심을 찾으려고 노력했다. 주먹을 어찌나 세게 쥐었는지 손가락이 손바닥을 파고드는 것 같았다. 정신을 차려야 했다.

"그럼 카지노에서 일을 하시나요?"

확인이 필요했다.

"왜 그렇게 생각하지?"

그가 경계했다.

"박 회장님과 굉장히 친분이 있으신 것 같아서요."

목소리가 떨리고 있었다.

"아주 어릴 때부터 알았지. 박 회장 아버지와 친구거든. 오늘도 오라고 했는데……."

"삼촌, 회장님 오늘 아주 바쁘세요. 사우디 왕자님이 오셨거든요."

선영이 끼어드는 게 처음으로 반가웠다.

"안 그래도 그러더구나. 가끔 박 회장은 바보 같을 때가 있어. 국내의 노름꾼만 상대해도 돈방석에 앉을 텐데. 해외 관광객이라니……."

독사라는 남자는 쉴 새 없이 떠들고 있었지만 순정은 그냥 그 자리에 얼어붙어 있었다.

"실장님?"

"어? 미안……. 죄송해요. 파티의 규모에 너무 놀라서……."

"내가 몸집은 작아도 한번 놀 땐 화끈하게 놀지."

독사가 파티의 규모에 놀라는 그녀를 보며 자랑스럽게 말했다. 다른 사람들의 목숨 값으로 독사는 이렇게 화려한 파티를 하고 있었다. 그런 생각이 들자 온몸이 부르르 떨렸다.

"그러신 것 같아요."

이 남자가 일부러 그녀를 부른 이유가 알고 싶었다.

"실장님이라고 불러야 하나, 순정 씨라고 불러야 하나?"

"편하게 부르세요."

"그럼 순정 씨라고 부르지."

독사는 진짜 독사같이 혀를 낼름거리며 그녀를 관찰하고 있었다. 뭐지?

"이렇게 얼굴도 알았으니 다음에 편한 시간에 우리 식사나 한번 해요."

"네."

그녀도 바라는 바였다. 그리고 순정은 알았다. 그가 그녀를 다시 찾을 거라는 걸. 그 후로 순정의 눈은 독사를 향해 있었다. 그가 누구와 이야기를 하는지 선영에게 물었고 선영이 다 답을 해 주었다.

"선영 씨는 어떻게 이렇게 모르는 사람이 없어?"

솔직히 많이 놀라긴 했다.

"삼촌 덕분이죠."

"어?"

"로열카지노에 오기 전에 삼촌 옆에서 비서 생활 했거든요."

선영도 독사와 한패였던 것이다. 순정은 씁쓸한 생각이 들었다.

"그런데 왜 그만뒀어?"

"너무 힘들어서요. 다른 곳은 이보다 쉽겠지, 하는 생각이 들었거든요."

"그래서?"

"전 지금에 아주 만족합니다."

선영이 웃으며 말했다. 순정도 그녀에게 맞춰 웃어 주었다. 굳이 어색하게 굴 필요는 없었다.

"실장님, 우리 잘리지 말고 계속 이렇게 다녀요."

"호호호, 그래?"

"네."

선영이 그녀를 꼭 안았다.

"알았어. 답답해."

"절대 놓치지 않을 거예요."

"호호호……."

선영의 농담에 순정은 웃음이 터지고 말았다. 그때였다. 한 무리의 손님이 들어왔다. 딱 보기에도 조직이었다.

"누구야?"

"이 지역 조폭이에요. 전국구죠."

남자들은 검은 양복을 입고 단체로 독사에게 90도로 인사를 했다.

"무섭네."

"좀 그렇죠? 전 하도 봐서……."

선영이 왜 조폭들을 많이 봤을까 하는 의문이 생겼지만 굳이 묻지는 않았다. 독사의 비서로 일하면서 선영도 조직생활이나 도박판의 일에 어느 정도 가담했을 수도 있겠다는 생각이 들기 시작했다.

"선영 씨가 담이 큰 이유가 있었어."

"어쩔 수 없었던 거죠. 첫 직장이 아주 별나서."

삼촌의 회사를 두고 하는 말이었다.

"그런데 실장님, 삼촌이 밥 먹자고 한 건 진짜예요."

독사는 진심이었다.

"알아."

"어떻게요?"

"빈말을 하실 분은 아니잖아."

"식사하실 거예요?"

선영은 그게 가장 궁금한 모양이었다. 그녀가 독사와 친해지는 게 싫은 모양이었다.

"못할 것도 없지. 나도 인맥을 좀 넓힐까 해."

"다행이다."

"뭐가?"

"안 만난다고 하실까 봐……."

선영은 무서운 삼촌을 안 만날까 걱정인 모양이었다. 순정이 그를 만나기 위해 서울에서 왔다는 걸 알면 어떤 표정을 지을지 궁금했다.

"삼촌이 혹시 조폭이야?"

"아뇨."

"그럼?"

"이건 비밀인데요. 사실 삼촌은 사채업자세요."

확실하게 독사가 맞았다. 그녀의 생각보다 나이가 좀 있기는 했지만 그는 동생을 죽음으로 만든 독사가 분명했다.

"그럼 선영 씨도……."

"아뇨, 전 사람들 만나는 스케줄 잡고 지금의 일과 별반 다를 게 없었어요."

그녀의 말에 믿음이 가지 않았다. 이제부터 선영도 경계를 해야 할 것 같았다.

집으로 돌아온 순정은 머리가 복잡해졌다. 독사는 분명히 그녀를 원하고 있었다.

"왜일까?"

씻지도 않고 침대에 누워서 계속 생각을 했다.

"어쩌면……."

독사는 그녀를 통해서 현우의 약점을 빼내려 할 것 같았다. 그러기 위해 먼저 선영을 심었지만 별다른 성과를 못 얻은 것이다. 그래서 그녀에게 접근을 한 것 같았다.

"어떻게 해야 하지?"

머리가 터질 듯이 복잡했다. 어떻게 하는 게 독사에게 치명적인 일이 되는지 알아야 했다. 그러려면 그와 친밀해져야 하는데…….

"박 회장의 정보를 팔 순 없어."

하지만 현우도 동생의 죽음에 관련이 있는 사람이었다. 순정의 머리가 복잡해지고 있었다.

다른 때와는 다른 분위기의 월요일이었다. 이제 선영도 그녀의 경계의 대상이 되었기 때문이었다. 수다스런 부하직원일 때가 좋았다. 선영이 쳐다보는 곳에 그녀의 시선도 같이 향해 있었다.

"은근히 스트레스받네."

순정은 한숨을 쉬며 일에 집중하려고 애를 썼다. 오후에는 덕만을 따라다니며 카지노의 이런저런 내용을 배웠고 배운 내용은 다 기록해 두었다. 그런데 참 이상하게 영업에 도움이 될 만한 것들이 생각이 났다.

평생직장도 아닌데 순정은 로열카지노에 애착을 느끼고 있었다. 카지노 자체는 재미있는 직장이었다. 하지만 카지노가 얼마나 무섭게 변질이 될 수 있는지 순정은 잘 알았다.

"실장님, 회장님께서 잠깐 들어오시랍니다."

그녀는 수첩을 들고 회장실 안으로 들어갔다. 카지노 다음으로 요즘 순정의 관심사는 현우였다.

"부르셨습니까?"

"불러야 오는군."

그의 목소리엔 퉁명스러움이 가득했다.

"죄송합니다."

"내 생각이 정리가 됐어."

"정리요?"

화들짝 놀란 순정이었다. 뭐가 정리가 되었다는 건지 걱정이었다.

"그런 이상한 표정 짓지 마. 일에 관한 거니까."

"네."

"이번에 온 사우디의 왕자가 같이 사업을 하자고 했어."

"그래서요?"

"싫다고 했지. 난 동업은 안 해. 특히 카지노에서 동업은 언제 칼부림을 당할지 모르는 거거든."

안 좋은 기억이 있는지 동업을 유난히 싫어하는 현우였다.

"그럼?"

"난 경상도에 2호점을 낼까 해."

뜻밖의 말이었다. 카지노를 또 오픈할 거란 생각은 못했었다. 그 만큼 어려운 일이기 때문이었다.

"허가가……."

"이곳처럼 인적이 드문 곳에 낼 예정이야. 폐공단도 좋고."

아주 좋은 아이디어였다. 놀고 있는 땅에 이런 놀이공원이 들어선다면 싫어할 지자체는 없을 테니까.

"어때?"

"아주 좋은 생각이십니다."

"칭찬하는 건가?"

"네."

"그래서 며칠을 고민했지."

"잘하셨습니다. 제가 할 일은?"

"나와 같이 며칠 출장을 다녀와야겠어."

출장이라니. 그것도 그와 함께……. 위험했다.

"네?"

"내일 당장은 아니니까 걱정하지 말고."

회장실을 나오는데 기분이 좋았다. 그가 사업을 그의 집 인테리어처럼 어둡게 하는 게 아니라 조금 더 밝게 끌어내다니 기쁠 따름이었다. 그래도 어차피 도박이지만 아주 밑바닥을 친 나쁜 도박은 아니었다.

선영의 전화통에 불이 나고 있었다. 이쯤 되면 스토커나 다름이 없었다. 독사의 전화는 언제나 심리적 부담이 컸다.

"네, 삼촌."

밖으로 나와서 전화를 받느라 늦었다.

[왜 이렇게 늦게 받아?]

"건물 밖으로 나오느라……."

[왜 안에서 받으면 안 돼?]

"혹시나 해서……."

[죄인이야!]

"죄송해요. 근데 무슨 일이신지……."

[김 실장하고 약속 잡아.]

"언제로 할까요?"

[오늘이라도 당장. 약속 잡고 전화해.]

어지간히 마음에 든 모양이었다. 왜 이렇게 보채는지 알 수가 없었다.

"선영아!"

누군가 뒤에서 그녀를 불렀다. 뒤를 돌아보니 그녀와 아주 친한 선배 언니였다. 선영은 얼른 전화를 끊고 그녀를 맞았다.

"선미 언니, 밥은 먹었어요?"

선영은 빠르게 둘러댔다. 다른 사람들에게 들켜서는 안 되는 전화였기 때문이다. 특히 카지노 안에서는 말이다.

"그럼."

"오후 타임이에요?"

생각나는 대로 말을 이어갔다. 선미가 빨리 가길 바라는 마음뿐이었다.

"아니, 저기……."

하지만 선미는 갈 마음이 없어 보였다.

"네."

"안 그래도 찾으러 가던 중이었어."

"저를요?"

"저기……."

선배가 손으로 가리키는 곳에 조 의원의 딸이 서 있었다. 팔짱을 끼고 서 있는 게 보기에도 싸가지가 없어 보였다.

"왜요?"

"물어볼 말이 있다고 해서. 잠깐."

그렇게 말을 하며 그녀를 조 의원 딸 앞으로 데려갔다. 나이도 선영보다 어려 보이는데 조 의원의 딸 앞에서 선미가 아주 쩔쩔매고 있었다.

"안녕하세요?"

그녀가 인사를 했지만 조 의원의 딸은 받지 않았다.

"물어볼 말이 있어요."

"제가 답을 해야 하나요?"

"네."

아주 당당했다. 그렇게 당당할 이유는 없어 보이는데 말이다.

"들어는 보죠."

선영도 기죽지 않았다. 나이 어린 여자이고 아버지 잘 둔 것 빼고는 선영이 밀릴 이유가 없었다.

"내가 누군지 알죠?"

"알아야 하나요?"

일부러 모른 척했다.

"네."

"왜요?"

"여기 안주인이 될 사람이니까."

어이가 없었다. 하지만 왠지 궁금증이 생긴 선영이었다. 안주인이라니······.

"말해요."

"오늘 우리 현우 씨 일정을 좀 알고 싶어요."

"전 모르죠."

더 이상 말을 섞고 싶지 않아서 선영은 돌아서려고 했다. 그러자 선배가 그녀의 손에 뭔가를 쥐여 주었다.

"백만 원이야. 그냥 스케줄만 말해 줘."

"······."

공돈이라고 하기는 큰돈이었다.

"오늘은 별거는 없고 7시에 퇴근해서 집으로 가실 거예요. 술 약속은 거의 안 잡으시고 오늘은 출장도 안 가실 거니까."

"고마워."

선배는 이렇게 말하고는 조 의원의 딸과 같이 가 버렸다.

"돈 벌기 쉽네."

선영은 이렇게 말하며 사무실로 향했다.

"실장님……."

"애교 부리지 말고 일이나 해. 자꾸 자리 비우면 다음번엔 혼날 줄 알아."

순정이 서류를 보며 답했다. 선영이 그런 순정을 가만히 보았다. 참 아름답게 생긴 여자였다. 기품도 있고 말이다. 로열의 안주인은 이정도의 포스는 있어야 한다는 생각이 잠시 그녀의 머리를 스쳤다.

"죄송해요. 삼촌한테 전화가 와서 언제 저녁 먹을지 약속 정하래요."

"금요일."

단번에 대답을 하는 바람에 깜짝 놀란 선영이었다.

"진짜요?"

"두 번 말하기 싫어."

"저도요. 역시 멋지십니다."

단번에 순정에게 허락을 받은 선영은 삼촌에게 문자를 보냈다. 엄청 힘들게 약속을 잡은 것처럼 말이다.

퍽퍽퍽!

"윽! 살려 주세요."

마치 새소리처럼 매일같이 그의 사무실에서 나는 소리였다. 오늘도 그의 사무실엔 도박 빚 때문에 모든 걸 버린 사람들이 가득했다.

"그래서 돈은 언제 준다고?"

"집에 가서 당장 드릴게요."

"집이 어딘데?"

"하루만 시간을 주시면 다녀올게요."

"같이 가자니까. 미친 새끼야."

그의 부하들이 시끄럽게 하고 있었다.

"돈 없어?"

독사가 나섰다.

"내가 깔끔하게 갚게 해 줘?"

"……"

"콩팥 하나만 떼."

"네?"

"그러면 네 빚 다 갚을 수 있어. 야, 운이 좋으면 아주 잘 쳐 주는 사람도 만나."

"진짭니까?"

"그래."

이렇게 해서 하나를 또 처리했다. 도박판에서의 빚은 이자가 상상을 초월했다. 백만 원은 금방 천만 원의 되어 그의 주머니를 채워 줬다. 이곳은 전당포들이 많았다. 사실 전당포가 아닌 전당사들이었다.

그 말이 그 말인데 전당포는 싫어했다. 그는 돈 몇 푼 벌자고 전당사를 열지 않았다. 룸에 들어가면 판돈이 장난이 아니었다. 잔챙이들과는 상황이 달랐다. 그런데 박 회장이 그들이 룸에 들어가는 걸 막으려고 했다.

"개새끼!"

그가 갑자기 그의 앞에 놓인 재떨이를 벽으로 던졌다. 플라스틱 재떨이가 사방으로 깨졌다. 그의 부하 녀석들은 더 이상 유리 재떨이를 가져다 놓지 않았다. 다들 살 궁리들을 하는 것이었다.

"왜 그러십니까?"

머리에 땜빵이 있는 정구 녀석이 물었다.

"카지노는 어떻게 돼 가?"

"그렇게 말만 흘려 놓고 아주 조용합니다. 요즘은 박 회장이 다른 카지노를 하려는지 거물급 인사들을 만나고 다닌다는 첩보가 있습니다."

"거물?"

"네, 사우디 왕자도 만나고 일본의 야쿠자 두목과도 만나고 아주 정신이 없어 보입니다."

"왜 그러는지 조사해 봐."

"네."

미친 새끼가 갑자기 발작을 하고 있다. 그냥 얌전히 로열에서 돈이나 벌지. 무슨 수작인지 알 수가 없었다. 하지만 그에겐 요즘 믿는 구석이 생겼다. 선영이었다. 아주 여우같이 일을 잘하는 년 이다. 아빠 때문에 자신을 희생할 줄도 아는 보기 드문 효녀였다.

그런데 선영이는 박 회장까지 가기엔 매력이 없었다. 하지만 이 번에 소개받은 순정은 남자를 홀릴 만했다. 정실부인은 아니어도 소실 정도는 가능한 아이였다.

"투자를 해야겠어."

"네?"

"김순정에 대해서 알아봐. 사돈의 팔촌까지 다 찾아서 가져와 봐. 분명히 약점이 있을 거야."

"네."

"어쩌면 선영이 년보다도 더 쓸모가 있을지도 몰라."

독사의 얼굴에 오랜만에 만족스러운 미소가 번졌다.

5. 욕망에 눈을 뜨다

낡은 조명이 눈에 거슬렸지만 예슬은 그 조명이 자신을 아름답게 비출 거라는 걸 확신했다. 일본에서 무대 연출을 공부하던 그녀였다. 어릴 때부터 미술을 배워서 그런지 색감도 아주 뛰어났다.

그래서일까? 예슬의 화장 솜씨는 정말 놀라웠다. 스물한 살이라는 나이가 믿어지지 않을 정도로 오늘은 섹시하게 꾸미고 나왔다.

박 회장을 만나기 전까지 예슬은 결혼은 하고 싶지 않았다. 아직 어린 그녀였다. 하고 싶은 것도 많은 나이에 시집이라니. 그 말을 처음 들었을 땐 진짜 아빠가 미친 줄 알았었다. 하지만 박 회장의 모습을 본 다음엔 마음이 바뀌었다. 그는 예슬의 이상형에 완벽하게 맞는 외모를 가진 사람이었다.

어릴 때부터 미국, 일본 등지로 유학을 다니며 부모님의 간섭 없이 자유롭게 성생활을 했던 예슬이었다. 박 회장은 돈도 많을뿐더러 재벌가의 남자들처럼 비실거리지 않았다. 그는 한마디로 상남자였다.

"10분……."

약속을 잡은 지 10분이 지났다. 그래도 용서할 수 있었다. 그녀가 기다리는 건 박 회장이기 때문이었다. 그녀의 마음을 사로잡은 유일한 남자였다. 책이나 영화 속의 남자들보다도 멋진 사람이었다. 박 회장은 꿈속의 남자였다. 아주 에로틱한 꿈속의 섹시한 남자 말이다.

"너무 쉬우면 재미없지."

그때였다. 문을 열고 박 회장이 들어왔다. 역시나 오늘도 멋진 모습이었다.

"안녕하세요?"

"그래, 오랜만이군."

"앉으세요."

그가 그녀의 앞에 앉았다.

"힘들겠어."

"아뇨, 딜러 일은 재미있어요."

"그게 아니라 아버지 등쌀에 이렇게 나이 많은 남자를 만나려면."

"아뇨, 전 회장님이 나이가 많다고는 생각 안 했어요."

"그건 고맙군."

"진짜인데……."

예슬은 그녀만의 특기인 코를 찡긋거리는 귀여운 표정을 지었다.

"내가 보기엔 예슬 씨는 아기 같아."

"전 아기가 아니에요."

"기분 나빴군. 어릴 때는 다 그렇지."

"제가 마음에 안 드시나요?"

돌려 말할 줄 모르는 예슬이었다.

"마음에 안 드는 건 아니지만 너무 어려."

"나이는 중요하지 않아요."

"그래?"

그가 픽 하고 웃었다. 어떤 남자도 그녀에게 그런 섹시한 비웃음을 짓지 못했다.

"오늘은 아버지의 부탁 때문에 어쩔 수 없이 나왔다. 내가 만난 수많은 여자들 중에 하나가 되지 마. 그러기엔 너무 어리고 예뻐."

그가 하는 말은 정중한 거절이었다.

"제가 나이가 많다면요."

"그래도 내 스타일은 아니야. 그러니 딜러 그만두고 일본으로 가서 하던 공부 마저 해."

"싫어요. 전 마음을 정했어요. 전 박 회장님과 결혼할 거예요."

예슬은 평소 남들에게 하던 것처럼 조르기 시작했다.

"제가 얼마나 노력했는 줄 알아요? 아빠한테 말해서 한 번만 보게 해 달라고, 그전에도 퇴근 시간에 맞춰서 그 앞에서 기다렸는데 오지도 않고."

그의 전용 주차장이 따로 있었다. 그걸 모르고 기다린 그녀였다. 그건 다 얄미운 비서가 안 가르쳐 준 덕분이었다.

"내 주차장은 따로 있어. 직원들의 동선과는 전혀 부딪치지 않아."

전용 엘리베이터도 따로 있었다. 아빠의 말로는 로열카지노처럼 도박장은 언제든지 미친놈들이 나타날 수 있어서 그렇게 보안이 철저하다고 했다.

"애인 있으세요?"

"아니."

"그럼 마음에 드시는 사람이라도……."

"없어."

"남자 좋아하세요?"

"하하하, 아니."

말을 막 던졌다. 왠지 그러지 않고서는 포기가 될 것 같지 않았다. 아니, 그의 부인은 자신이어야 한다는 생각이 더 명확하게 들었다. 하지만 그는 꿈쩍도 하지 않았다. 아빠의 도움이 필요했다.

현우는 예슬과의 뜻하지 않았던 만남을 가진 후에 집으로 돌아가는 길이었다. 어린 여자라서 그런지 직설적인 면이 있었다.

"남자를 좋아하냐고?"

어이가 없어서 웃음이 났다. 하긴 스캔들 하나 없던 그였다. 그건 시간도 없었을 뿐만 아니라 그의 마음을 사로잡는 사람이 없었기 때문이었다.

"마음에 드는 사람이라……."

그의 머릿속에 떠오르는 여자는 있었다. 처음부터 그의 호기심을 자극했고 지금도 끊임없이 자극하는 여자였다. 일을 하다가도 문뜩문뜩 생각이 났고 궁금해서 쓸데없이 밖으로 나가 그녀를 힐끗 보며 지나갈 때도 있었다.

생각하면 유치했지만 그는 지금 유치한 짓을 할 수밖에 없었다. 안 보면 궁금했기 때문이었다. 그녀가 다른 누군가를 보고 웃으면 그놈의 면상을 날리고 싶은 충동에 휩싸였다. 그에게는 아주 가끔만 미소를 보였기 때문이었다.

"짜증나."

생각을 해 보니 그녀의 웃음을 보기 위해 그는 수백 번은 가자미눈이 되어야 했다. 로열카지노의 회장 박현우가 말이다. 그래도 그녀가 그에게 웃어 보일 때면 표정 관리가 쉽지 않았다. 따라 웃지 않기 위해 어떤 때는 필사적으로 안면 근육을 경직시켜야 했다.

"하하하."

기사가 룸미러로 그를 이상하게 보고 있었다.

"괜찮으십니까?"

"괜찮아."

그가 생각해도 하는 짓이 어린아이 같았다. 그를 이렇게 만든 건 그의 비서였다.

"김순정⋯⋯."

알다가도 모를 여자가 김순정이었다. 순정은 그를 자극하는 무언가 있었다. 그녀의 입술을 보면 키스가 하고 싶어지고 가슴을 보면 만지고 싶어졌다. 그의 원초적인 욕망을 자극하는 여자였다.

어쩌면 그는 웃기게도 연애란 걸 할지도 모른다는 생각이 들었다.

끝도 없이 펼쳐진 바다가 보이는 창가에 서 있었다. 산속에 있는 카지노의 푸른 숲도 좋았지만 그녀의 눈앞에 탁 트인 바다는 답답한 속을 뻥 뚫어 주는 느낌이었다. 현실감은 조금 없었지만 말이다.

"꿈이야."

이건 꿈이어야 했다. 회장과 단둘이 출장을 오다니, 제정신이 아니었다. 아무리 그가 막무가내로 원한다고 해도 거절했어야 했다. 아무리 생각을 해도 이건 그녀의 잘못이었다.

"미쳤어."

하지만 속도 없이 창가에 계속 서 있게 되었다. 창밖의 바다가 그녀의 마음의 짐들을, 그리고 복수심을 조금은 누그러트리고 있었다.

"예쁘네."

1시간의 여유가 있었다. 현우는 아는 사람과 미팅 중이었고 그녀에게 호텔방에서 기다리라고 했다. 순정은 아무것도 묻지 않았다. 그의 표정에서 경계하는 게 그대로 느껴졌기 때문이었다.

윙—

갑작스런 전화에 순정은 깜짝 놀랐다.

"여보세요?"

[선영이한테 물어봤어요. 놀랐죠?]

독사였다.

"아닙니다."

[갑자기 출장을 가게 돼서 못 만난다고 하던데······.]

독사의 목소리엔 아쉬움이 가득 묻어 있었다. 소름이 끼쳤다.

"네, 갑자기 출장을 오게 됐습니다. 다음번에 약속을 다시 잡죠."

빨리 전화를 끊고 싶은 마음이었다.

[박 회장이랑?]

"······."

왜 묻는지 알 수 없었다. 독사가 상관할 일이 아니었다.

[그건 중요한 게 아니고 우리 저녁 먹는 날을 다음 주 수요일에 잡을까 하는데.]

"알겠습니다."

[내가 할 말도 있고 물어볼 말도 있고.]

"네, 알겠습니다."

[출장 잘 다녀오고.]

"네."

갑작스런 독사의 전화에 솔직하게 놀란 순정이었다.

"전화를 왜 한 거지? 물어보겠다는 건 뭐야?"

너무 적극적이었다. 적극적이어야 하는 건 순정인데 필요 이상으로 독사가 그녀를 원하는 느낌이었다. 그렇다면 독사는 박 회장의 정보를 빼내기 위해 그녀를 매수하려 드는 것이 분명했다.

"정신 차려야 해."

순정은 자신의 사람이 필요하다는 생각이 들었다. 독사를 벌하기 위해 자신이 선택해야 하는 사람은 누구일까? 그건 당연히 자신에게 관심을 보이는 현우였다.

"돈도 많고 힘도 있고……."

하지만 자꾸만 걸리는 것이 있었다. 차라리 현우가 독사처럼 나이가 많다거나 결혼을 한 남자라면 아무런 감정 없이 덤빌 수 있을 텐데 지금 상황은 그게 아니었다. 뭔가 자꾸 마음에 걸리는 것이 있었다.

"아니, 이건 복수를 위한 거야. 날 위한 게 아니라……."

순정은 현우를 유혹하기로 마음먹었다.

윙—

"네, 회장님."

[나와.]

"네?"

[밥 먹어야지. 10분 후에 로비로 내려와.]

"네."

순정은 화장을 살짝 고치고 옷도 조금 야한 의상을 입었다. 그래도 얌전해 보이지만 말이다. 시간이 다 돼서 그녀는 로비로 향했다. 그런데 이상하게 누군가 자신을 지켜보고 있다는 느낌을 받았다.

그리고 그녀의 눈에 낯익은 얼굴이 보였다. 너무 무섭게 생겨서 한번 보면 절대로 잊어버리지 않을 인상을 가진 남자가 로비의 화분 뒤에 숨어 있었다. 독사의 생일에 본 남자가 맞았다.

"이상하네. 벌써부터?"

아무래도 그녀를 감시한다기보다는 현우의 움직임을 주시하는 것 같았다. 카지노가 하나 더 생기면 그들이 설 자리가 늘어나는 게 아니라 줄어들기 때문이었다. 두 개의 카지노를 운영하게 되면 아무래도 정부의 단속이 심해지기 때문에 오너인 현우의 입장에선 쓸데없이 오해를 살 일은 알아서 차단할 것이고 그러면 독사 같은 돈줄들은 이제 룸에 못 들어갈 게 뻔했다.

"회장님."

그녀의 눈에 현우가 보였다. 언제 보아도 멋진 회장이었지만 오늘은 좀 피곤해 보였다.

"안색이 안 좋으십니다. 오후 일정은 끝났는데 쉬시는 게⋯⋯."

"밥만 먹고 쉴 예정이야. 가지."

그는 그녀에게 묻지도 않고 앞장서서 걸었다.

"차는⋯⋯?"

"필요 없어."

그녀를 데리고 간 곳은 호텔 옆의 횟집이었다. 작은 횟집인데도 사람들이 꽉 차 있었다.

"회장님은 2층으로 가시면 됩니다."

주인이 90도로 절을 하며 쩔쩔매고 있었다. 그를 아는 모양이었다.

"예전에 데리고 있던 선웅이."

"아…… 네……."

그래서인지 남자는 굉장히 현우를 어려워하고 있었다. 식당의 2층은 VVIP 손님들을 위한 룸이었다. 조용하게 혹은 은밀하게 대화를 나눌 수 있는 공간이었다.

"횟집이 아니라 일식집 같아요."

순정이 두리번거리며 말했다.

"조폭들이 자주 와서 이런 공간이 있는 거야."

"아……."

"뭘 안다고 '아.' 야?"

"뭐 대충 알 것도 같아요."

조직들의 은밀한 대화가 이곳에서 이루어지는 것 같았다. 그들이 아는 조폭들은 뭔가 특별한 대우를 원하는 것 같았다. 일반인들과는 다른 그들만을 위한 걸 말이다.

"알 것 같다?"

"네."

그에게서 풍기는 이미지 중에 하나는 조직의 두목이었다. 지금은 카지노의 회장이기 때문에 굉장히 고급스러운 분위기도 있지만 그는 악한 이미지도 갖고 있었다.

"김 비서."

"네?"

"뭐 먹을 거냐고 물었어."

딴 생각을 하느라 그가 부르는 것도 못 들었다.

"아무거나요."

"그런 건 메뉴에 없어."

그가 퉁명스럽게 말했다.

"회장님 드시고 싶으신 걸로⋯⋯."

"선웅아, 오늘 뭐가 좋지?"

"오늘 참돔이 좋습니다."

"그걸로 하지."

선웅이란 사람이 내려가고 그들은 조용히 앉아만 있었다. 숨 막히는 침묵이 이어지자 순정은 창밖의 바다를 바라보았다. 포항의 앞바다는 조금 다른 것 같았다. 순정이 본 바다는 경포대나 해운대, 제주도가 전부였다.

바쁘게 살아온 탓에 그녀에겐 휴가를 즐길 마음의 여유가 없었다. 그래서 바다가 더 가슴에 와 닿는지도 모르겠다.

"바다를 처음 보는 사람 같군."

"처음 보는 건 아닌데 처음 보는 느낌이에요."

"왜지?"

오늘따라 그가 그녀에게 궁금한 게 많은 모양이었다.

"지금의 상황이 그렇게 만드네요."

그녀는 한탄과도 같은 말을 내뱉었다.

"지금의 상황이라……."

"부모님도 다 돌아가시고 동생도 죽고 이 세상에 저 혼자 남아 있으니 아무래도 공허한 거죠."

너무 여과 없이 말했단 생각이 들어서 후회가 되었다. 바다가 그녀를 감성적으로 만들고 있었다.

"부모님이 돌아가셨나?"

"네."

"얼마나 됐지?"

"몇 개월 안 됐어요."

"그랬군. 괜한 소리를 했어."

"……."

그녀는 다시 바다를 바라봤다. 벌써 노을이 보이고 있었다.

"한잔하지."

"전 술을 잘……."

"그래도 기분도 우울한데 한잔해. 취하면 더 좋고."

그가 소주를 잔에 따라 주었다.

"우울한 건 다 잊어."

"감사합니다."

그가 따라 주는 소주를 한 잔, 두 잔 마시다 보니 취기가 올라왔다.

"제 주량이 딱 반병인데 오늘 한 병을 마셨으니 그만 마실게요."

자신이 듣기에도 혀가 꼬부라지고 있었다.

"한 잔만 더 마셔. 그럼 한 병이야."

"한 잔만 더……."

그다음은 기억나지 않았다. 완전히 블랙아웃이 된 것이었다.

"한 잔만 더 마시죠…… 뭐."

혀가 완전히 꼬부라진 김 비서의 잔에 술을 따라 주었다. 부모님과 동생까지 잃고 혼자란 소리에 현우는 마음이 갔다. 여자 혼자서 세상에 남겨진다는 건 쉬운 게 아니니까 말이다. 아무런 감정이 없는 그라고 하더라도 순정의 말을 들으니 마음이 좋지 않았다.

그래서 술을 준 건데 순정은 생각보다 술에 약했다. 연기라고 하기에는 너무 리얼했다.

"후…… 덥다."

갑자기 순정이 블라우스의 단추를 하나씩 풀고 있었다. 하나, 둘……. 그의 시선이 그녀의 가슴을 향해 있었다. 마른 침이 저절로 삼켜졌다. 그 안에 뭐가 있는지, 얼마나 아름다운지 알기에 그는 더 미칠 것 같았다.

"김 비서!"

그녀를 말릴 수밖에 없었다. 그렇지 않으면 그에겐 장소 따위는 아무런 문제가 되지 않았을 것이기 때문이었다.

"네?"

"정신 차려."

"네, 정신 차리겠습니다. 그런데 너무 덥다……."

블라우스의 세 번째 단추를 만지작거리자 그가 순정의 옆으로 가서 그녀의 손을 잡았다.

"어? 회장님……."

"그래……."

"짐승……."

그녀가 그를 짐승이라고 말하며 배시시 웃었다. 하는 말과 행동이 너무나 달랐다.

"내가 왜 짐승이야?"

"헤헤, 키스했잖아요. 짐승······."

술이 너무 취한 것 같았다.

"가야겠어."

"싫어요. 조금만······. 바다가 보고 싶은데······."

"호텔에서 봐."

"싫은데······."

그녀가 그렇게 말을 하며 그의 어깨에 머리를 기대고는 잠이 들
어 버렸다.

"손이 많이 가는 여자야."

그는 순정을 안아 들고는 2층에서 내려왔다. 사람들의 시선이
그에게 꽂혀 있었다.

"회장님."

"좀 귀찮게 됐어."

"제가 모셔다 드릴까요?"

"아니, 밖에 애들 있어."

그는 안 받겠다는 선웅에게 화를 내며 계산을 하고는 횟집에서
나왔다. 오래전 선웅은 현우 때문에 다리 하나를 잃었다. 카지노
를 처음 시작할 때는 크게 싸울 일이 많았고 그때 선웅이 싸우다

가 상대방이 휘두른 도끼에 다리 하나를 잃었다. 그리고 선웅은 조직에서 떠났다.

그때 현우가 차려 준 횟집을 지금도 잘 운영하고 있었다. 결혼도 했고 생각보다 조용히 잘 살고 있어서 그도 안심이었다. 그래서 포항에 올 때면 그의 횟집에 들러서 음식을 사 먹었다. 하지만 오늘은 순정 때문에 아주 난감했다.

"무슨 여자가 이렇게 술이 약해."

"죄송합니다……."

마치 알아듣기라도 한 것처럼 순정이 술주정을 하고 있었다.

"아저씨, 사당동이요."

"이거 택시 아닙니다."

그녀의 말에 최 기사가 웃음을 터트렸다.

"뭘 웃어?"

"죄송합니다. 어디로 갈까요?"

"숙소."

현우는 그의 어깨에 기대서 세상모르고 자고 있는 순정의 얼굴을 가만히 들여다보았다. 평소에 피 한 방울 나올 것 같지 않던 김 비서가 술김에 자신의 상처를 드러내고 지금은 완전히 취한 상태로 그에게 기대 있었다.

"가끔은……."

그는 이렇게 혼잣말을 했다. 가끔 이렇게 흐트러진 모습을 보이는 게 더 인간적이란 생각이 들었다. 호텔에 도착했을 때 로비에 있는 사람들이 순정을 안고 들어가는 그를 보고 수군거렸다.

하지만 그는 아랑곳하지 않고 순정을 자신의 방으로 데리고 갔다. 그리고 자신의 침대에 순정을 내려놓았다. 그리고 평생 처음으로 술 취한 여자의 옷을 벗겨서 침대 옆 의자에 걸쳐 놓았다.

"별짓을 다 하는군."

그녀의 블라우스와 치마 그리고 스타킹을 차례대로 벗긴 그는 마지막으로 그녀의 속옷까지 모두 벗겨 버렸다. 한참을 침대 옆에 서서 그는 순정을 내려다보았다. 여신이 따로 없었다. 아름다운 여자였다.

"유혹적이야."

하지만 현우는 순정을 탐하지 않았다. 술 취한 여자를 건드리는 취미는 없었다. 그는 옷을 벗고는 욕실로 향했다. 차가운 샤워가 절실하게 필요한 순간이었다. 거의 얼음물에 가까운 물로 샤워를 하고 나서야 조금 흥분이 가라앉은 현우는 침대로 향했다.

"끔찍하군."

순정은 여전히 잘 자고 있었다. 그는 그녀의 옆으로 누웠다. 여자와 침대에서 잠을 잔다는 건 상상하지 못한 그였다. 여자와 관계를 맺은 후에는 반드시 헤어졌다. 집에서 섹스를 하지 않았기 때문에 가능한 일이었다.

그런데 그런 그가 여자와 한 침대에서 밤을 보내야 했다. 그것도 술 취한 여자와 말이다.

"미칠 노릇이군."

그녀의 향기가 그의 코를 자극했다. 눈을 감고 있는데도 계속해서 의식이 되었다. 이건 아니었다. 그는 몸을 돌려 그녀를 등지고는 잠을 청했다. 코는 막을 수가 없으니 할 수 없었지만 최소한 그녀의 실루엣은 보지 않아도 되니 잠은 잘 수 있을 것 같았다.

하지만 그건 어디까지나 그의 바람이었다.

"으으음."

그녀의 숨소리와 간간히 들리는 웅얼거리는 잠꼬대에 그는 청각이 열린 것 같았다. 아니, 몸의 모든 감각이 순정을 향해 있었다. 그는 가장 슬펐던 기억을 떠올리며 생각을 분산시키려 애를 썼지만 오늘은 순정이 그를 이기고 있었다.

"윽!"

갑자기 순정의 한쪽 팔이 그를 감싸 안았다. 그러더니 마치 죽부인을 안듯이 다리까지 걸치는 게 아닌가?

"미치겠군."

진짜 이건 아니란 생각이 들었다. 그는 잘 때 아무것도 걸치지 않고 자는 습관이 있었다. 그의 등에 순정의 가슴이 그대로 닿아 있었다. 그 촉감을 아는 현우로서는 미치기 일보 직전이었다.

"아니야……."

아니었다. 잠든 여자를 탐할 수 없었다. 그는 그런 남자가 아니었다.

"회장님……."

그녀가 그를 불렀다. 현우는 천장을 쳐다보며 한숨을 쉬었다. 그리고 주먹을 꽉 쥐었다. 참아야 한다…….

"왜?"

어금니를 꽉 깨물며 말했다.

"회장님……."

순정이 자꾸만 그를 불렀다.

"자꾸 이러면 못 참을지도 몰라."

"회장님……."

"……이제 안 참아."

그는 이렇게 말을 하고는 순정의 얼굴을 잡고 입술을 삼켰다. 깜깜한 방 안이었지만 그는 정확하게 그녀의 입술을 찾아 삼켰다. 희한한 정도로 정확하게 말이다. 부드러운 입술에서 소주의 맛이 느껴졌다.

다음엔 절대로 술을 먹이지 말아야겠다는 생각이 들었다. 그는 그녀가 술김에 그를 짐승이라고 했던 게 생각이 나서 이번엔 조심스럽게 그녀의 입안으로 혀를 밀어 넣었다. 현우의 인생에서 이렇게 조심스러운 키스는 처음이었다.

솜사탕처럼 부드러운 그녀의 입술과 그 안에서 달콤한 향을 풍기는 그녀의 혀는 그를 사로잡기에 충분했다.

"으으음……."

그녀가 신음했다. 그 소리에 그의 욕망은 봉인해제 되어 버렸다.

"이건 내 뜻이 아니야. 김 비서가 유혹한 거야."

"으으음……."

그녀가 마치 대답이라도 하듯이 웅얼거렸다. 현우는 이렇게 유혹적인 여자는 없다고 생각했다. 그리고 그녀의 가슴에 살며시 입을 맞추었다. 너무나 황홀했다. 키스 하나만으로 그는 갈 것 같았다.

"헉헉……."

자꾸 숨이 차올랐다. 손은 정신없이 순정의 부드러운 몸을 어루만졌고 그의 입술을 마치 굶주린 하이에나가 음식을 발견한 것처럼 다급하게 핥아 대고 있었다. 미친 것 같았다. 여자로 인해 이렇게 흥분한 적은 맹세코 한 번도 없었다.

그의 페니스는 미친 듯이 부풀어 올라 있었고 그의 이성은 요단강을 건넌 상황이었다. 그의 손은 이미 순정의 검은 숲을 감싸고 있었다. 까칠한 털의 느낌이 그의 손바닥 안에서 그대로 느껴졌다.

그의 섹스는 항상 전희 없이 바로 페니스를 넣는 스타일이었다. 한 번도 여자를 배려한 적이 없었다. 하지만 오늘은 그녀를 배려하고 싶었다. 그녀는 경험이 없다고 했다. 절대로 끝까지 가서는 안 될 일이었다.

그는 최소한의 배려는 해 줘야 한다고 생각했다. 최소한 그녀의 정신이 멀쩡할 때 끝까지 하고 싶지 아무리 급해도 지금은 아니었다. 지금은 마스터베이션을 하기 전에 할 수 있는 최소한의 것들만 할 생각이었다.

생각이 그렇다는 것이다. 언제 마음이 변해서 그녀가 말한 짐승으로 변할지 그건 모를 일이었다. 지금은 순정의 도움이 절실하게 필요했다. 빨리 깨어났으면 했지만 그녀의 상태로 봐선 절대로 그런 행운은 일어나지 않을 것 같았다.

그가 그녀의 여성을 손가락으로 가르며 안으로 들어갔다. 그녀는 술이 취해서도 그에게 반응했다. 그녀의 질 입구가 생각보다 많이 젖어 있었다.

"조금만……."

그는 순정의 다리를 벌렸다. 이왕 만지는 거 확실하게 만지고 싶었다. 하지만 그의 욕심은 끝도 없었다. 그만 만지자고 생각했지만 그의 손가락은 점점 더 은밀한 곳을 찾아 움직이기 시작했다.

"너무 좋아."

그의 손가락 끝이 질척이는 그녀의 질 입구를 건드리고 있었다. 차마 밀어 넣진 못하고 주변만 만지는 그였다.

"으으음……."

그녀가 다시 팔로 그의 목을 안았다.

"절대로 술은 금지야."

"……."

그녀는 자꾸만 그의 품 안으로 파고들었다. 더 이상의 터치는 불가능할 것 같았다. 현우는 순정을 끌어당겨 꼭 안고 그녀의 정수리에 입을 맞추었다. 그리고는 조용히 잠을 청했다.

아주 편안하게 단잠을 잤다. 회장과의 야릇한 꿈도 꾸고 별일이었다. 오늘은 이상하게 알람이 울리지 않았다. 이쯤에서 울려야 하는데…….

Rrrrrrr—

그럼 그렇지. 아주 요란한 알람이 울리고 있었다. 눈을 뜬 순정은 방을 보고는 잠시 어리둥절했다. 아참, 호텔이었지……. 그녀는 출장 중이었다. 그런데 방이 그녀가 짐을 푼 방보다 훨씬 컸다.

스위트룸처럼……

스위트룸은 박 회장만이 쓸 수 있는 아주 비싼 룸이었다. 순간 두려움이 가득한 눈으로 순정은 자신의 옆을 보았다. 그녀의 옆엔 분명히 현우가 잠들어 있었다.

"흡!"

순정은 얼른 손으로 입을 막았다. 어떻게 된 일일까? 그녀는 자신이 알몸임을 느끼고 있었다. 옷을 하나도 입지 않은 것처럼 그녀의 머릿속은 완벽하게 백지상태였다.

아무리 블랙아웃이라도 최소한의 실마리라도 있을 텐데 완전히 하얀 상황이었다. 그도 보통 미친 게 아니었다.

하지만 지금은 이렇게 놀라기만 하고 끝이 날 상황은 아니었다. 두 번째 알람이 울리기까지 시간이 얼마 남지 않았다. 그사이에 이 민망한 상황에서 탈출을 해야 했다.

'아닐 거야.'를 마법의 주문을 외우듯이 속으로 되뇌고 있는 그녀였다. 옷만 벗었지 아무 일도 없었을 것이다. 하지만 그가 무슨 고자도 아니고……. 언뜻 보니 그도 올 누드 상황이었다. 아무 일이 없는 게 더 이상했다. 다리 하나를 침대 아래로 내려 보려 했지만 하필 그녀는 벽 쪽에 있었다. 신은 그녀의 편이 아니었다.

제발…….

Rrrrrrr—

또다시 정신없는 벨이 울리기 시작했다. 그녀는 몸을 일으켜 핸드폰을 찾으려고 했지만 박 회장의 동작이 더 빨랐다.

"알람 소리를 좀 줄여. 귀먹은 사람도 들리겠어."

"……"

이걸로 놀라기는 일렀다. 그녀는 자신이 아무것도 입지 않고 있는 게 방 안에 들어오는 일출의 통해 그대로 보이고 있다는 걸 깨달았다.

"어머!"

순정이 시트로 몸을 가렸다.

"그러기엔 이미 다 봤어."

"설마……"

"아직 아니야."

그가 아직 아니라고 했다. '아직.' 이라는 말이 상당히 거슬리긴 했지만 아무 일도 없었던 것 같았다. 아니, 젖꼭지에 익숙한 느낌이 드는 걸로 봐선 무슨 일이 있었음엔 틀림없었다.

"그게 무슨 뜻이죠?"

"이제 첫 경험을 할 거라는 말이지."

"네? 어머!"

그녀가 침대와 그 사이에 눌려 있었다.

"회장님……"

"어젯밤에도 취해서 그렇게 불러 대더니."

미친 게 분명했다. 아니면 꿈이든지. 도대체 술을 얼마나 마셨기에 이런 상황을 만든 건지 그녀는 후회했다.

"죄송해요."

"아니, 이제부터는 내가 미안할지도 몰라."

"네?"

"너무 오랫동안 참아서 거칠지도 몰라."

"읍……."

그녀의 입술이 그의 입술에 의해 막혔다. 그의 혀가 진짜 굶주린 것처럼 거칠게 그녀의 입안으로 밀고 들어왔다. 어떻게 해야 할지 몰랐다. 이런 방식으로 그와 인연을 맺고 싶진 않았지만 결과적으로 그를 유혹하는 데 성공한 것 같았다.

그의 손이 그녀의 가슴을 만지고 있었고 그의 입술은 유두를 핥고 있었다.

"아아앙……."

저도 모르게 신음이 나왔다. 그의 움직임에 그녀의 몸이 뜨거워지고 있었고 아랫부분은 전기에 감전된 것처럼 찌릿했다.

"헉헉……."

그의 거친 숨이 그녀의 귓가를 울리고 있었다. 이렇게 그를 흥분시킨 게 자신이라는 게 이상했다. 완벽하게 상남자인 그가 지금 그녀를 갖고 싶어 안달이었다. 그의 손이 거칠게 그녀의 몸 위를 움직이고 있었다. 그가 다른 여자의 몸을 만진다는 건 이제 상상조차 하기 싫었다.

그는 서서히 그녀의 몸을 지배해 갔다. 순정은 저도 모르게 현우의 가슴을 손으로 쓸었다. 그의 근육들이 그녀의 손끝을 자극하고 있었다.

"아름다워."

그가 거친 숨을 몰아쉬며 햇볕에 그대로 드러난 그녀의 몸을 내려다보고 있었다.

"회장님⋯⋯."

손으로 가슴을 가리려고 했지만 그의 동작이 너무 빨랐다.

"이미 늦었으니 이제 편하게 즐겨. 난 여기서 멈출 수가 없어."

그는 진심이었다. 그의 입술이 다시 순정의 입술을 삼켰다. 키스를 하는 내내 그는 순정이 정신을 차릴 수 없게 온몸을 만지고 있었다.

"으으읍!"

숨조차 쉴 수 없는 거친 키스였다. 하지만 이상하게 찌릿하고 좋았다. 그를 놓을 수 없을 것 같았다. 그의 손이 검은 숲에 가 있어도 순정은 알아차리지 못할 정도로 그의 애무에 빠져 있었다.

"흡!"

이번엔 손이 아닌 입술로 그녀의 몸을 어루만지는 현우였다. 그의 입술이 닿는 곳마다 불에 덴 것 같은 화끈거림이 느껴지고 있었다.

"아아앙."

그의 입술이 위험하게 점점 더 아래로 내려오고 있었다. 불안했다. 그와의 섹스가 얼마나 자극적일지 두려웠지만 그녀의 몸은 다른 말을 하고 있었다. 유두는 흥분으로 찌릿했고 그녀의 질에선 하염없이 액체가 흘러나오고 있었다.

"다리 벌려."

그가 거친 숨을 몰아쉬며 말했지만 그녀는 차마 벌릴 수가 없었다. 하지만 섹스의 주도권은 그녀가 아닌 현우에게 있었다. 그가 강하게 그녀의 다리를 벌리고 그 가운데 자리를 잡았다. 그리고 머리를 내려 그녀의 여성을 입안 가득 물었다.

"아으읏!"

익숙하지 않은 애무에 순정은 소스라치게 놀랐다. 하지만 그는 멈추지 않았다. 다리를 오므리려고 했지만 그의 힘이 워낙 강해서 그녀는 다리를 벌린 채로 있을 수밖에 없었다.

"그만."

"헉헉……. 이렇게 맛있는데 멈추라고?"

그가 거친 숨을 내뱉으며 말했다. 그는 지금 미쳤다.

"미쳤어…… 읍!"

"헉헉…… 맞아."

그는 이렇게 말하더니 혀를 세워 그녀의 여성을 둘로 가르며 들어왔다.

"아아앙."

그녀의 클리토리스를 혀로 핥고 있었다. 그녀는 저도 모르게 그의 머리카락을 움켜쥐었다.

"아아아아……."

세상에, 그녀의 여성을 그가 핥고 있었다. 축축한 혀의 느낌에 미칠 것 같았다. 한참이나 그녀의 여성을 핥던 그가 몸을 세웠다. 그리고 자신의 페니스를 그녀의 여성에 대고 문지르기 시작했다. 검고 굵은 그의 페니스는 정말 놀라운 사이즈였다.

"회장님 그러니까……."

너무 놀라 아무 말이나 막 나오고 있었다.

"쉿, 그냥 즐겨."

그냥 즐길 사이즈가 절대 아니었다. 저건 무기였다. 그녀를 잔인하게 둘로 갈라놓을 게 뻔했다.

"안 돼."

그가 안으로 살짝 힘을 주었다. 그의 페니스가 뚫고 들어올 것 같아 그녀가 막았다. 하지만 소용없었다.

"아아아악!"

질이 벌어지며 그의 페니스가 그녀의 몸 안으로 들어오고 있었다.

"아아악……."

멈출 수만 있다면 얼마나 좋을까?

"헉헉…… 윽!"

"아악!"

그의 힘에 의해 페니스가 그녀의 몸 안에 들어왔다. 들어왔으면 빼야 하는데 그는 움직이지 않고 있었다. 심지어 얼굴은 충격을 받은 얼굴이었다.

"사실이었군."

이제야 그녀가 처음임을 확신한 모양이었다.

"아아……. 아파……."

그녀의 말에 그가 페니스를 빼는 대신에 살짝 허리를 움직이기 시작했다.

"빼라고요!"

그녀가 소리를 질렀지만 소용이 없었다.

"조금 있으면 괜찮아져."

그도 아픈지 인상을 찡그리고 있었다.

"윽, 너무 조여."

그가 말하는 소리를 처음엔 이해하지 못했지만 몇 번을 조인다
는 말을 하자 순정도 이해했다. 그녀는 처음이었고 그녀의 질은
타이트했다. 그게 미친 듯이 그를 흥분시키는 모양이었다. 그는
거친 숨을 몰아쉬며 점점 더 그녀를 몰아붙이고 있었다.

"헉헉헉!"

"아흐……."

방 안엔 그들의 거친 숨소리와 신음이 울려 퍼지고 있었다. 하
지만 부끄럽지 않은 건 그들만의 공간이었기 때문이었다. 그가 속
도를 내자 이제 질이 얼얼해져서 감각이 없었다. 하지만 깊은 곳
에서부터의 찌릿함이 있었다.

"미칠 것 같아."

그의 입에서 나온 소리였다. 그녀의 몸 위에서 그는 끝없이 흥
분하고 있었다. 믿기지 않았다.

"헉헉…… 이제 더 이상은……."

이렇게 말을 하는 그의 얼굴을 보았다. 이마에 땀방울이 맺혀
있었고 그의 눈동자는 칠흑같이 어두워져 있었다.

"헉헉헉…… 으윽!"

그가 빠르게 허리를 움직이더니 그녀의 배 위에 자신의 분신을
쏟아 냈다. 그녀의 질은 고통에서 해방이 되었으나 몹시 허전했
다.

"진짜였어."

그가 몸을 일으켜 티슈로 그녀의 몸 위의 분신들을 닦아 냈다.

"왜 믿지 않았죠?"

그녀는 이해할 수가 없었다.

"너무 매력적이니까."

"……."

분명 그는 선수였다. 이렇게 사람의 마음을 흔들어 놓다니…….

"가만히 있어도 남자들이 스스로 넘어갈 테니까."

"아니요. 그렇지 않아요."

그런 생각을 해 본 적은 단 한 번도 없었다. 인기가 없었던 건 아니었지만 필사적으로 그녀에게 매달린 남자는 없었다.

"아니, 그래. 존재 자체가 위험한 여자지."

"……."

"예전 같았으면 전쟁도 일으킬 수 있는……."

"지나친 과찬이에요."

그녀가 몸을 일으키다가 말고 움찔했다.

"오늘내일은 아플 거야."

"……."

"내가 너무 거칠었어."

"사과할 내용은 그게 아닌데요."

"섹스는 서로가 원해서 했으니 사과할 필요가 없지."

"서로가 원해요?"

"말을 하지 않아도 알 수 있는 게 있지."

"……."

그가 너무 당당하게 나오는 바람에 할 말이 없었다. 순정은 그
가 갑자기 일어서는 바람에 눈길을 창밖으로 돌렸다.

"왜 부끄러운 척을 하지?"

그가 정곡을 찔렀다.

"제가 언제요?"

"지금."

"아니에요."

순정은 센 척했지만 소용없었다.

"그래? 아무렇지도 않으면 샤워 같이 할까?"

"뭘 해요?"

"샤워."

"어머!"

그가 순정을 안아 들었다.

"오늘은 바쁘거든."

"그럼 먼저 씻으세…… 읍!"

그가 그녀의 입술을 자신의 입술로 막았다.

"생각보다 시끄럽군."

"......"

순정은 더 이상 시끄럽게 하지 않았다. 욕실에서 그가 벌인 모든 일들에 놀랐기 때문이었다. 그는 그녀를 정성스럽게 씻겨 주고 머리까지 직접 드라이어로 말려 주었다. 자상의 끝을 보여 주는 현우였다.

어떤 게 그의 진짜 모습일지 순정은 헷갈리기 시작했다.

6. 다가오는 위협

출장은 엉망이었다. 이건 정신적인 고문이나 마찬가지였다. 그는 일을 했고 순정은 멍했다. 하루 종일 욱신거리는 몸 때문에 몸살 약을 먹어야 했고 그는 그녀를 호텔에 거의 가둬 두고 혼자서 일처리를 하기 바빴다.

1박 2일이었기에 망정이지, 하루를 더 묵었다면 그녀는 아마 죽었을 수도 있겠다는 생각이 들었다.

"짐승."

"네?"

선영이 밥을 먹다가 말고 그녀를 보았다.

"순댓국이 맛있다고."

"아닌데······. 짐승이라고······."

"잘못 들은 거야."

그녀는 당황해서 얼른 선영의 말을 잘랐다. 오늘은 모처럼 점심
으로 순댓국을 먹었다. 이게 다 과음을 한 현우 덕분이었다. 과잉
충성을 하는 덕만이 시내에서 순댓국을 공수해 온 덕분에 순정은
좋아하지도 않는 순댓국을 먹었다.

"우리 회장님이 순댓국을 얼마나 좋아하시는 줄 알아?"

"아뇨."

"어릴 때 할머니가 순댓국 장사를 하셔서 많이 먹었다고 하시
더라고. 그래서 할머니가 생각이 나면 드시는 게 순댓국이야."

"별걸 다 아시네요."

선영과 덕만은 죽이 잘 맞았다. 선영이 성격이 좋아 누구와도
친하게 지내기 때문일 것이다.

"그래도 안 어울려요. 순댓국과 회장님은요."

"하긴······."

출장을 다녀온 다음 날 주요인사와 저녁식사를 하는 자리가 있
었다. 그래서 그녀는 출장 후에 현우와 제대로 이야기조차 나눌
시간이 없었다. 아니면 잠자리 한 번에 실망한 건가? 순정은 내심
불안했다.

"왜 안 드세요?"

"난 순댓국 안 좋아해."

덕만이 잠시 자리를 비운 사이에 그녀가 말했다.

"하긴 저도 별론데 어쩔 수가 없어서 먹는 거예요."

"나도."

"무슨 고민 있으세요?"

"아니."

"혹시 삼촌이 만나자고 한 것 때문에 그러세요?"

"아니, 어차피 선영 씨랑 같이 갈 건데 뭐."

"제가 버팀목이 되어 드릴게요."

"고마워."

선영이 웃으며 그녀에게 말했다. 순댓국을 다 먹을 즈음에 박 회장이 사무실에서 나왔다.

"오후 일정은 다 취소해. 급한 볼일이 있어서. 유 실장!"

그는 덕만을 불러 서둘러 사무실을 나갔다.

"바쁘신가 봐요."

"그러게."

박 회장이 저렇게 나가는 게 익숙해져야 하는데 순정은 불만이었다.

"마음에 안 드시죠?"

"어?"

"회장님이 실장님 모르게 저렇게 바쁘게 나가시면 실장님이 인상을 쓰시거든요."

"아니야."

"아니긴요. 얼굴에 다 드러나는데. 그럴 땐 진짜 마누라 같은 거 아세요?"

"선영 씨!"

"아니 말이 그렇다고요. 그나저나 왜 저렇게 매일 바쁘실까요?"

그건 순정도 느끼고 있었다. 정말 바쁘게 사는 사람 같았다. 사무실에서도 모니터를 보느라 쉬지 않았다.

"오늘 스케줄 전화해서 빨리 취소해."

"네."

순정은 다른 날로 스케줄을 변경하고 그의 일정을 다시 잡았다.

"마사지사요?"

"응, 집에서 받는 거라 괜찮을 것 같아. 여기가 서울하고는 달라서 남자 마사지사를 구하기가 어렵더라고. 그런데 구했어."

"누군데요?"

"그래도 이 지역에선 유명한 남자 스포츠마사지사야."

"대단하세요."

"뭐가?"

"어떤 비서가 회장의 건강까지 챙기겠어요? 실장님 덕분에 저희들까지 안 잘리는 것 같아요. 실장님 들어오시고 여기 직원들이 안 잘린다고 다들 고마워해요."

그녀도 몇 번인가 감사인사를 받은 적이 있었다. 도대체 그전엔 어쨌기에 그러는 건지 알 수가 없었다.

"잠깐 다녀올게."

"네, 다녀오세요."

그녀는 조금 더 카지노에 대해 공부를 하고 싶어서 하루에 한 번씩은 혼자서 카지노를 돌았다. 박 회장이 허락을 한 상황이라서 직원들도 그녀가 오는 것에 그다지 신경을 쓰지 않고 자신들의 일만 했다.

슬롯머신이 정신없이 돌아가는 객장에선 아무도 그녀를 신경 쓰지 않았다. 한 사람만 빼고 말이다. 조 의원의 딸은 그녀만 지나가면 못 잡아먹어서 안달이었다. 한번 그가 어디 있는지 묻기에 답을 안 해 주고 나서부터였다.

"김 비서님!"

"네, 예슬 씨."

"왜 자꾸 혼자 다니세요?"

"그건 예슬 씨가 신경 쓸 일이 아니에요."

"왜요? 비서가 회장님 옆에 있어야지 객장에 이렇게 나오면 남들이 오해하죠."

"그런가요?"

"네."

아주 심하다 싶을 정도의 적개심을 드러내는 예슬이었다.

"왜 그래요?"

예슬이 그녀에게 다시 한 번 물었다. 마치 위에 있는 사람이 아랫사람을 추궁하는 느낌이었다.

"밖에선 예슬 씨의 집안이 먹히는지 몰라도 여긴 아닙니다."

"뭐요?"

"각자의 자리에서 서로 열심히 하면 그뿐이니 그렇게 저돌적인 질문은 삼가 주세요."

"……"

예슬의 자리를 떠나자 갑자기 누군가 순정의 목을 팔로 감고 칼을 목에 댔다. 정말 순간적인 일이었다. 분명히 객장에 들어올 때 위험물을 검사했을 텐데 남자는 칼을 소지하고 있었다.

"가만히 있어!"

"뭐, 뭐 하는 거예요?"

사람들이 놀라서 그들에게서 물러섰다. 이제 죽었구나 하는 생각이 드는 순정이었다.

"아저씨, 그냥 절 놓아주시면 아무것도 안 물을게요. 제발……"

"아니, 넌 죽어야 돼."

남자는 왜 그녀를 죽이려는 걸까? 그것도 이렇게 많은 사람들 앞에서…….

"뭐야?"

경호원들이 빠르게 그들에게로 왔다.

"캑!"

남자가 그녀의 목을 더 조르기 시작했다.

"왜 그러는 거야?"

주변 사람들을 빠르게 대피시키며 경호원 중에 높은 직급의 사람이 물었다. 아직 덕만은 보이지 않았다. 급한 일로 덕만과 현우가 자리를 비운 사이에 일어난 일이었다. 기가 막힌 타이밍이었다.

"내 돈 내놔!"

"무슨 돈?"

"내가 여기에 쏟아부은 돈."

남자는 노름에서 돈을 잃은 모양이었다. 사람들이 웅성거리고 있었다. 경호원들이 대피를 하라는데도 자리를 지키고 구경을 하는 사람들은 재미있다는 듯 그녀와 남자를 보고 있었다.

"아저씨, 돈이 얼마예요?"

"넌 닥쳐!"

동생이 생각이 난 순정은 입을 다물었다. 얼마나 절박했으면 이럴까 하는 생각이 들었다.

"내 돈 10억 가지고 와. 다른 사람의 돈을 달라고 하는 거 아니야. 내 돈……."

그때였다. 갑자기 순정의 목이 자유로워졌다. 순정은 칼이 언제 날아들지 몰라 그 자리에 그대로 주저앉아 버렸다. 이제 칼에 찔릴 일만 남았다는 생각이 드는 순정이었다.

"윽!"

남자의 신음 소리가 들리고 뒤를 이어 남자를 때리는 소리가 들리자 순정은 고개를 들어 남자를 보았다. 남자를 때리고 있는 건 경호원들이 아니었다.

"괜찮나?"

그건 다름 아닌 독사였다.

"……."

"너무 놀란 것 같군. 여기선 아주 흔한 일인데……."

"……."

벌벌 떨려서 말도 제대로 나오지 않았다. 남자에게 잡혀 있던 목은 화끈거리고 그녀의 심장은 터질 듯이 뛰고 있었다.

"여기 경호원, 카지노 의료진에게 데리고 가 봐."

"네."

경호원들이 그녀를 의료진에게 데리고 가는 바람에 순정은 독사에게 고맙다는 말도 하지 못했다.

"실장님, 괜찮으세요?"

"······."

"하긴 괜찮을 리가 없죠. 그렇게 왜 혼자 객장에 가셔서는······."

"회장님은?"

"아직 모르세요."

"그게 아니라, 오셨어?"

"아뇨, 지금 스케줄 걱정하게 생겼어요? 목에는 피멍이 들고 죽다가 다시 살았는데."

목이 욱신거리는 것보다 순정은 마음이 더 욱신거렸다. 동생이 너무나 생각이 났다. 원수에게 신세까지 지다니 미칠 노릇이었다.

"왜 하필······."

왜 하필 독사가 구하냔 말이다. 속에서 아주 천불이 났다. 이런 아이러니한 상황에 순정은 진짜 미쳐 버릴 것 같았다.

"신세를 졌어."

"누구에게요?"

"독사, 아니 삼촌에게······."

"삼촌이요?"

선영이 놀란 눈치였다.

"정확히 말하면 삼촌의 부하, 아니 같이 일하시는 분들이 도와주셨어."

"진짜요? 그분들은 다른 사람 일에 상관 안 하는데……."

자신들의 이익을 위해 때리거나 죽이지, 도와주진 않는 사람들이란 소리였다.

"어쨌든지 전 실장님이 무사하셔서 기뻐요."

"고마워."

선영은 진심으로 그녀를 걱정하고 있었다.

오후에 근무를 못하고 집으로 퇴근을 한 순정이었다. 근무를 하겠다고 했지만 선영이 끝까지 말려서 그녀는 집으로 향했다. 어차피 오후에 특별한 일도 없었다.

집에 도착한 순정은 하염없이 울었다. 무서워서가 아니라 이번 일 때문에 그녀의 계획에 차질이 생길까 걱정이 되었기 때문이었다.

일식집 다다미방에 앉아 현우는 손님을 기다리고 있었다. 갑자기 카지노에 세무조사가 있을 수 있다는 정보를 얻은 현우는 발빠르게 정치권의 인사와 점심 약속을 잡았다.

"안녕하십니까?"

조 의원이었다.

"조 의원님이 여긴 어떻게……."

"제가 국장님과 선이 닿아서요."

"……."

이건 무슨 상황인지…….

"국장님은?"

"여기 오시면 큰일이죠. 그래서 제가 중간에 나선 겁니다. 벌써 세무조사는 일단락되었습니다. 제가 뒤에서 막은 덕분이죠."

"……."

"제가 얼마나 박 회장님을 신경 쓰는지 박 회장님은 모르실 겁니다."

조 의원은 아부의 극치를 달리고 있었다. 천 국장의 경우 국세청장의 다리 역할이었기 때문에 청장을 대신해서 만나는 인물이었다. 조 의원이 그걸 알 리 없었다. 그저 천 국장을 아는 정도일 것이다.

그때였다. 덕만이 안으로 들어와서 그에게 귓속말을 했다. 오늘 만남은 조 의원이 일식집 사람들을 통해 알아낸 자리고 그에게 전화가 와서 대충 말했다고 했다. 그걸 그가 모를까 봐 앞에서 이러는 것이었다.

"술 한 잔 받으시죠."

"뭘 했다고."

"그래도……."

아주 골치 아픈 인간이었다. 국회의원을 만들어 놨으면 그에게 돈만 받고 말 일이지 너무 많은 곳에서 돈을 받다 보니 꼬리가 밟혀 지금은 국회의원직을 내려놓는 수모까지 당했다.

"덕분에 우리 딸이 일을 아주 잘하고 있습니다."

"그렇습니까?"

"어찌나 회장님 얘기만 하는지 제 귀에 못이 박힐 지경입니다."

"그래요?"

"자기 이상형이라고요."

"어릴 땐 다 그렇죠."

조 의원은 이쯤해서 정리하는 편이 나을 것 같았다. 더 진상짓을 하기 전에 말이다.

"회장님…… 이거……."

조 의원이 서류봉투 하나를 그에게 건넸다.

"하!"

헛웃음이 나왔다. 서류 안에는 카지노 룸 안에서 비밀리에 돈이 거래되고 있다는 내용과 사진들이 들어 있었다.

"협박하는 겁니까?"

"아니 뭐……."

조 의원의 어깨에 힘이 들어갔다.

"원하는 게 뭡니까?"

"내가 사위될 사람한테 원하는 건 무슨?"

예슬과의 결혼을 원하는 것이었다.

"우리 딸이 너무 좋아하니까. 내가 이런저런 것들을 막아 주는 것 아닌가?"

"막으실 필요 없습니다."

"뭐?"

"조 의원님이 신경 쓰실 일이 아닌 것 같습니다."

조 의원의 표정이 굳어졌다.

"고작 이런 걸로 절 사위로 만들겠다는 희망은 버리시죠. 전 어린 여자에겐 관심 없습니다."

"박 회장."

"그리고 한 번만 더 중간에 나섰다가는 다시 감옥에 들어갈 수도 있다는 거 명심하세요. 전 이런 것 말고 진짜 정확한 살생부를 가지고 있다는 것도 잊지 마시고요."

그가 자리에서 일어났다.

"다시는 볼 일이 없었으면 합니다. 다음에 볼 때는 그냥 넘어가지 않을 테니까."

그가 자리를 박차고 일어났다.

"박 회장!"

조 의원이 불러도 그는 돌아보지 않았다.

"욕심이 너무 과하면 화를 입는 법이지."

그가 차에 올랐다. 시간을 너무 허비했다. 조 의원 같은 인간에게 할애할 시간은 없었다.

"회장님."

"왜?"

"카지노에서 연락이 왔는데 사고가 있었던 모양입니다."

"무슨 사고?"

"인질을 잡고 돈을 돌려 달라고……."

"그래서?"

느낌이 좋지 않았다.

"독사가 해결한 모양입니다."

"경호원들은 어쩌고 왜 독사가 해결해."

"그게…… 너무 급한 상황이라서……."

뭐가 그리 급하기에 경호팀이 해결을 하지 않고 독사가 해결을 한단 말인가?

"그게 김 비서가 인질로 잡혀서……."

"뭐?"

"김 비서의 목에 어떤 개새끼가 칼을 겨누고 있어서 경호원들이 함부로 덤비질 못했는데 독사의 부하 중에 한 놈이 뒤에서 범인의 머리를 내리친 모양입니다."

"김 비서는?"

"다치진 않은 것 같고 놀라서 일찍 퇴근을 하신 모양입니다."

"김 비서의 집으로 가."

"네."

운전수가 김 비서가 살고 있다는 원룸 앞에 차를 세웠다. 해가 져서 어두워지고 있었다. 다행히 안을 보니 불빛이 보였다. 그는 처음으로 여자의 집을 찾았다. 오로지 걱정스러운 마음뿐이었다.

딩동!

벨을 눌렀지만 대답이 없었다.

딩동!

걱정이 되기 시작한 현우는 문을 부수고 들어가야 하나 하는 생각뿐이었다.

딩동!

세 번만 누를 생각이었다. 그다음은, 이 문은 그의 앞에서 사라질 것이다.

찰칵!

문이 열렸다. 그리고 샤워를 한 순정이 커다란 캐릭터가 그려진 원피스를 입고 수건으로 머리를 감싼 채 그의 앞에 서 있었다.

"회장님."

놀란 얼굴이었다. 그의 시선이 자연스럽게 그녀의 목으로 향했다. 커다란 피멍이 들어 있었다.

"개새끼!"

범인에게 욕을 한 것이었지만 놀란 건 순정인 것 같았다.

"죽여 버리겠어."

그때였다. 갑자기 순정이 그에게 안겼다. 자신의 팔을 그의 허리에 두른 그녀는 울고 있었다. 현우는 자신도 모르게 그녀를 감싸 안았다. 흔들리는 어깨에서 그녀가 얼마나 두려웠는지 알 수 있었다.

"무서웠어요."

그녀는 아직도 떨고 있었다.

"미안해."

"회장님이 왜요?"

"자리를 비웠으니까."

"그럼 일도 안 하시게요?"

그녀가 웃자고 농담을 던졌지만 그는 그 농담을 받아들일 기분이 아니었다. 그는 순정을 꼭 끌어안았다. 그의 잘못 같았다. 그는 순정의 얼굴을 들어 그녀의 입에 입을 맞추었다. 시작은 사과를 가득 담은 위로의 키스였는데 그녀의 입술 맛을 느낀 그는 금방 흥분을 하고 말았다.

그녀의 상태도 생각하지 않고 벽으로 순정을 밀어붙였다.

"으읍!"

그녀의 입술은 너무나 달콤했다. 그가 순정의 입안으로 거칠게 혀를 밀어 넣었다. 순정의 곁에 있으면 그는 자신을 통제할 수가 없었다.

"으으읍!"

미친놈처럼 그녀의 입술을 삼켰다. 그의 손은 벌써 그녀의 가슴에 가 있었다. 샤워를 해서 그런지 그녀는 속옷을 입지 않고 있었다. 그의 욕망에 불을 제대로 지피고 있었다. 그가 원피스를 머리 위로 벗겨 버렸다. 그녀의 완벽한 나신이 물기를 머금은 채 그를 기다리고 있었다.

"아름다워……."

"회장님……."

그가 그녀의 가슴을 입안에 가득 담았다. 그리고 혀를 이용해서 그녀의 유두를 핥았다. 미칠 것같이 좋았다.

탕탕탕!

"회장님!"

눈치 없는 덕만이었다. 하지만 그는 멈추지 않았다. 그녀의 가

슴을 물고 있었다. 덕만이 들어온다고 해도 멈추지 못할 것 같았
다.

"으읍!"

순정이 신음을 손으로 막았다.

탕탕탕!

"김 실장님?"

덕만이 끝까지 말썽이었다. 여기서 나가면 가만히 두지 않을 생
각이었다.

"네……."

"괜찮으세요?"

"네……."

"회장님이 들어가신 지 한참은 된 것 같은데……."

"잠깐 화장실에 가셨어요."

그는 지금 화장실이 아닌 바로 앞에서 그녀의 가슴을 애무하고
있었다.

"잠깐 들어가도 될까요?"

"잠깐만요."

"죽여 버리겠어."

그가 이를 악물며 눈치라고는 없는 덕만을 죽여 버릴 생각이었
다. 그사이 순정이 그를 살짝 밀어내고는 서둘러 옷을 입고 수건

으로 머리를 감쌌다. 완벽하게 원상 복구가 되었다.

"들어오세요."

"네."

"커피라도 한잔 하시고……."

"빨리 나와!"

그가 덕만의 멱살을 잡았다. 죽여도 시원치 않을 놈이었다.

"회장님…… 커피라도……."

"닥쳐!"

"네……. 제가 무슨 잘못이라도……."

덕만은 어리둥절한 표정으로 그를 따랐다.

"목에 피멍이 들었던데 그래도 칼자국이 나지 않아서 그나마 다행입니다."

"다행은 무슨! 그 새끼는 어디 있어?"

"독사 쪽에서 경찰에 넘긴 모양입니다."

"그래?"

감이 좋지 않았다.

"독사 쪽에서 분명히 이유가 있을 거야. 사람을 구할 인간이 아니거든. 그 상황을 즐기면 즐겼지."

"저도 그 점이 좀 수상했습니다."

"조사해 봐."

"네."

펙!

차에 타기 전에 현우는 덕만의 뒤통수를 손으로 쳤다.

"아! 왜 이러십니까?"

"잘하라고!"

"네."

덕만은 그의 행동을 이해하지 못해 어리둥절한 표정이었다. 평소의 그는 장난으로 덕만을 때리지 않았기 때문이었다.

"가자."

"어디로 갈까요?"

"카지노."

"네."

오늘 벌어진 일에 대해 살펴볼 생각이었다. 녹화된 게 분명히 있을 것이다. 영상은 거짓말을 하지 않는다는 게 그의 생각이었다. 카지노에 도착한 그는 영상실을 먼저 방문했다. 그리고 오늘 개장을 해서 사건이 벌어지기까지의 모든 영상 자료를 모아 자신의 사무실로 향했다. 선영은 아직 퇴근 전이었다.

"회장님……."

"수고가 많아. 퇴근해."

그는 그렇게 말하고 자신의 사무실로 가서 밤새도록 모니터를 돌려 보았다.

"이거군."

드디어 증거를 잡은 현우였다. 그의 입가에 미소가 걸렸다.

7. 그림자의 그늘

　화장대에 앉아서 한참 자신의 목을 보고 있던 순정은 한숨을 길게 쉬었다. 날씨가 이제 선선해져서 스카프를 할 수 있어서 다행이지, 안 그랬으면 피멍을 그대로 내놓고 다닐 뻔했다.

　컨실러도 바르고 파운데이션도 두껍게 발랐지만 피멍을 가리기엔 역부족이었다. 거기에 어제 현우가 그녀의 목에 새겨 놓은 키스마크까지 아주 난리도 아니었다.

　"내가 미쳐."

　순정은 화장을 마무리하고 머리를 단정하게 틀어 올린 다음에 목에 스카프를 둘러 마무리를 했다.

　"오늘도 무사히."

그녀는 이렇게 말을 하며 주차장으로 향했다. 그런데 주차장에 박 회장의 차가 주차되어 있었다. 처음엔 잘못 본 줄 알았는데 아니었다. 그의 기사가 차에서 내려 그녀에게 인사를 했다.

"타시죠."

그리고는 차 뒷문을 열어 주었다. 차 안에는 현우가 타고 있었다.

"안녕하세요?"

"타."

"네."

일단 그의 차에 타기는 했지만 조금 두려웠다.

"스카프를 했군."

"네, 어쩔 수가 없었어요. 너무 흉해서……."

"며칠 쉬지 그랬어."

"이렇게 오시는데 어떻게 그래요?"

"그렇군, 내가 생각이 짧았어."

농담이 통하지 않는 남자였다.

"아니에요. 감사해요. 이렇게 오실 줄은 상상도 못했거든요."

"여자를 데리러 집까지 온 건…… 처음이야."

"네?"

"……."

그가 여자를 데리러 온 게 처음이라고 말했다. 그의 무심한 말 한마디가 순정을 자꾸만 설레게 했다.

"오늘의 일정은……."

"일 얘기는 회사에서 해."

"네."

"퇴근할 때도 같이 해."

"안 그래도 오늘은 그래야 해요."

"그러고 싶었어?"

훅 들어오는 현우였다.

"그게 아니라 오늘 스포츠 마사지사를 댁으로 불렀거든요."

"왜?"

"받아 보세요. 피곤한 게 확 가실 거예요."

요즘 그는 무척 피곤해 보였다. 하긴 이런저런 일이 많아도 너무 많았다.

"일을 좀 줄이셔야 할 것 같아요."

"일에는 때가 있는 법이지."

"하긴 그래요."

회사에 도착한 순정은 눈치를 보지 않고 주차장을 통해서 출근을 할 수 있어서 좋았다.

"모든 곳에 경호가 철저한 것 같아요."

"여기는 똘기가 넘치는 인간들이 많으니까. 미리 조심하는 거야."

"그런 것 같아요. 어제만 해도……. 그 사람은 어떻게 됐죠?"

"살인 미수로 경찰에서 조사 중이야."

"10억을 날렸다는데……."

"도박은 무서운 거야. 이성을 잃을 정도로 말이야. 난 그걸 이용해서 돈을 벌긴 하지만 말이지."

그가 감정을 섞지 않은 채로 말했다.

"원수를 죽이고 싶을 때 도박장으로 끌어들이라는 말이 있어. 자연스럽게 폐인이 되거든."

"……."

"그만큼 발을 들여서는 안 되는 곳이지."

그의 말이 맞았다. 그런데 동생은 왜 이런 곳에 발을 들이게 된 것일까? 아직도 의문이었다.

"안녕하십니까?"

선영이 인사를 했다. 그리고 둘이 같이 들어서자 눈을 굴리며 둘을 쳐다보았다.

"요 앞에서 만났어."

순정이 얼른 둘러댔다.

"유 실장님은?"

"새벽에 출근하셔서 지금 휴게실에서 주무시나 봐요."

"어떻게 알았어?"

"청소부 아주머니가 귀띔해 주셨거든요. 회장님은 어제 회사에서 밤새 일하셨다고 하네요. 옷 갈아입으시러 집에 다녀오신 거고요."

그가 어제 회사에서 밤을 새운 모양이었다. 그러니 얼굴이 그렇게 피곤해 보인 것이었다.

"뭐가 그렇게 바쁘셨을까요?"

"그러게."

"스카프는?"

"멍 자국이 너무 심해서……."

"나쁜 새끼."

"난 괜찮아. 그보다 부탁이 있는데 삼촌에게 전화 좀 걸어 줘."

선영이 곧바로 독사에게 전화를 걸어 주었다.

"안녕하세요."

[아이고, 이게 누군가?]

"어제는 제가 경황이 없어서 인사를 못 드렸어요. 찾아뵙고 인사를 드려야 하는데 어차피 만나기로 했으니 나중에 다시 한 번 인사드리겠습니다."

[내가 무슨 일을 했다고.]

"아닙니다. 덕분에 살았습니다."

[다음 주에 보자고. 몸조리 잘하고.]

"감사합니다."

다음 주에 그와 만나기로 했는데 걱정이었다. 독사가 왜 그러는지 알 것 같기 때문에 더 그랬다.

독사의 시선이 앞의 남자에게 쏠려 있었다. 젊은 녀석인데 생긴 것도 잘생긴 녀석이었다.

"1억만 해 줘."

"네?"

"급한 대로 내 차 잡힐 테니까. 1억 달라고."

생긴 건 멀쩡하게 생겨서 싸래기 밥만 쳐 드셨는지 입에서 나오는 말이 다 반말이었다. 기껏해야 20대 중반이나 되었을까? 그래도 우리나라의 재벌가의 아들이니 참아야 했다. 지금 그 앞에 앉아 불안하게 손을 떨며 담배를 피워 대고 있는 녀석은 한마디로 그의 호구였다.

"그러지요."

5만 원권으로 가방에 담아 그에게 바로 주었다.

"여기 사인 하나만 해 주시죠."

읽어 보지도 않고 급하게 사인을 하는 녀석을 그는 가만히 보고만 있었다.

"대성그룹 회장에게 전화해. 막내아들 도박장에 있으니 데려가 시라고."

독사는 손해 볼 것이 없었다. 거의 새 차인 10억짜리 외제차가 그의 손에 들어왔기 때문이었다.

"1억에 저 차를 사시다니 대단하십니다."

옆에서 아부를 떨며 그를 기쁘게 하는 부하들이었다.

"정보는?"

"여기……."

그의 손에 김 실장의 정보가 속속들이 들어오고 있었다. 아무리 작은 거라도 빠짐없이 다 가져오라고 했다.

"어디 보자."

그의 인상이 굳어졌다.

"뭐야? 뭐가 이렇게 깔끔해."

"그냥 무난하게 살아온 듯합니다. 그런데 한 가지 걸리는 게 있 지 말입니다."

"뭔데?"

"얼마 전에 부모님과 동생이 자살을 했습니다."

"왜?"

"동생이 자살했는데 이를 견디지 못한 김 실장의 부모도 극단적인 선택을 했다고 합니다. 줄초상이죠."

슬픈 표정이 있었는데 이유를 알 것 같았다.

"동생은 왜?"

"사법 시험을 준비하다가 도박에 빠져서 돈을 다 잃었답니다. 집안의 돈까지 다 쓸어다가 날린 모양입니다."

"그래?"

기분이 찜찜했다.

"그리고 대성그룹을 포기하고 이곳에 온 게 돈 때문이랍니다."

"돈?"

"거의 무일푼이라서 한 푼이라도 더 받는 곳을 택했다고 합니다."

"카지노가 연봉이 높지."

"지금 있는 원룸도 보증금을 대출받은 모양입니다."

김 실장은 불쌍한 상황이었고 그는 아주 유리한 상황이었다.

"다음 주 저녁 약속은?"

"레스토랑을 통째로 빌렸습니다."

"아주 좋아."

독사의 입가에 비릿한 미소가 걸렸다.

"이제 시간문제야."

순정은 독사와 약속 장소로 향했다. 일주일 동안 불안하게 살았는데 오늘 이렇게 만나면 이 불안증도 어느 정도 가라앉을 것 같았다. 그녀는 독사를 위해 발렌타인 30년산을 준비했다. 물론 그걸 살 돈은 없었고 예전에 대성그룹에 다닐 때 회장이 그녀에게 준 선물이었다. 아빠에게 주려고 따로 놔둔 건데 엉뚱한 데 쓰이게 됐다.

"왜 레스토랑이지?"

그냥 편하게 삼겹살집이 좋은데 그는 너무 과하게 그녀를 대접하고 있었다.

"통째로 빌리지나 말았으면 좋겠다."

그녀의 바람과는 달리 그는 통 크게도 통째로 레스토랑을 빌린 듯 보였다. 사람이 한 명도 없었다. 무슨 프러포즈하는 자리도 아니고, 기가 막혔다.

"어서 와요."

양복을 쫙 빼입은 60대 아저씨가 앉아 있었다.

"안녕하셨어요."

순정은 최대한 아무렇지 않은 척하며 말했다.

"나야 뭐."

"이거."

순정은 다짜고짜 준비한 선물을 그에게 내밀었다.

"제가 아주 존경하는 분께 받은 건데 전 마실 자격이 안 돼서요. 그리고 감사하기도 하고."

그가 술을 힐끔 보더니 만족스러운 미소를 지었다.

"이 귀한 걸……."

누구든지 선물은 받으면 좋은 모양이었다.

"좋아하시니 다행입니다."

"앉아요."

독사가 의자를 빼 주었다. 아주 어색하게 말이다.

"네."

"내가 좀 조용한 걸 좋아해서."

"아……."

역시 통째로 빌린 게 맞았다. 메뉴도 잘난 척을 하며 자신이 주문했을 것이다.

"메뉴도 내가 골랐어. 이 집은 이게 제일 맛있거든."

"아…… 네……."

아무리 목숨을 구해 줬다고 해도 역시 정이 안 가는 인간이었다. 정이 갈 수가 없었다. 동생을 죽게 만든 건 변하지 않은 사실이니까 말이다.

"어때?"

"뭐가요?"

"박 회장 모시기가."

"편하진 않지만 일하는 데는 아주 좋은 곳입니다."

"월급이 많아서?"

"아니라곤 할 수 없죠."

"돈을 벌고 싶은가?"

"싫은 게 아니라 벌어야 해요. 진짜 무일푼이거든요."

그때 음식이 나왔다. 아무리 맛있는 음식이 나와도 제대로 넘기기가 힘이 든 상황이었다.

"먹어요."

"네, 잘 먹겠습니다."

"난 직원들을 아주 아끼지."

"그러실 것 같아요."

순정은 맛있는 스테이크를 먹으면서 독사와의 만남에서 생긴 더러운 기분을 닦아 내고 있었다.

"순정 양에게 내가 제안을 하나 하고 싶은데."

"무슨……."

"나를 약간 도와주면 지금의 수입에 열 배는 약속하지."

"열 배요?"

일단 놀라는 척했다.

"무슨 일을 하는데 그렇게나 많이……."

"박 회장의 정보만 캐 주면 돼."

"정보라고 하시면……?"

"별거 아니야. 박 회장이 어디를 가는지 누구를 만나는지, 뭐 그
런 거."

"스케줄만 드리면 되나요?"

순정은 관심을 보이는 척했다. 오늘 그녀를 초대한 이유가 이것
이라면, 장단을 맞춰 주어야 했기 때문이었다.

"그럼, 스케줄만 주면 돼지."

이렇게 처음은 스케줄만이었다가 나중엔 돈 받은 걸 빌미로 더
한 것을 요구할 것이다.

"다음에 다른 걸 원하신다거나……."

"그럴 일은 없어."

"진짜요?"

"그럼."

독사의 눈에 만족스러운 기운이 흘렀다.

"그리고 이거……."

그가 딱 보기에도 명품가방인 쇼핑백을 건넸다.

"아뇨, 이건 안 받을게요."

"왜?"

그의 표정이 변했다.

"전, 제가 한 일에 대한 것만 받아요. 그 이상은 거절하겠습니다."

"……."

그가 이제 순정을 믿기 시작한 눈빛을 보냈다.

"이래서 박 회장이 좋아하는군."

"예쁘게 봐 주시는 거죠."

"둘이 여행도 같이 갔다고?"

독사는 박 회장과 그녀의 관계가 궁금한 모양인지 대화 중간 중간에 자꾸만 그들의 관계를 확인하고 있었다.

"출장입니다. 여행은 아니고."

"둘이 사귀나?"

"아뇨."

"사귈 의향은?"

"더한 것을 요구하시면……."

"아니야……. 차차……."

그는 그녀의 표정 변화를 빠르게 캐치하고 있었다.

"여기 음식은 마음에 드나?"

"네, 마음의 위안이 될 만큼이나요."

"다행이군."

독사는 더 이상 그녀에게 무리하게 제안을 하지 않았다. 아주 영악했다. 서두르지 않는다는 게 오히려 무서웠다.

저녁식사를 마친 그녀는 자신의 집에 도착했다. 그리고 자신의 브래지어 안쪽에서 녹음기를 꺼내 녹음된 내용을 확인했다. 확실하게 독사를 잡을 방법을 찾았다. 하지만 이게 강한 한 방일지, 약한 한 방일지는 아직 자신이 없었다.

오늘 집에 반갑지 않은 손님들이 찾아왔다. 퇴근을 하고 보니 아버지와 첩이 그의 집에 와 있었다. 어떻게 들어와 있는지는 뻔했다. 덕만이 문을 열어 준 것이었다.

"아들 왔구나."

아버지는 언제나 그를 아들이라고 했다. 그 표현이 너무나 역겨웠지만 그는 세상에 단 하나뿐인 그의 혈육이라서 참고 또 참았다.

"여긴 어쩐 일이십니까?"

"그냥 우리 아들이 보고 싶기도 하고."

"그리고요?"

"내가 못 올 곳을 온 거야?"

"안 오시는 게 전 편합니다."

"다 큰 자식이 아직 장가를 안 가고 있는데……."

아버지의 방문엔 다 뜻이 있었고, 그를 자식으로 걱정하는 게 아니라 돈벌이로 생각하는 사람이었다.

"내가 볼 땐 조 의원이 딸이 참하던데……."

조 의원과 뭔가가 있는 게 분명 했다.

"너무 어립니다."

"어린 거 빼고는 다른 건?"

"제 스타일이 아닙니다."

"현우야."

아버지 때문에 머리가 아플 지경이었다.

"남자는 어린 여자일수록 환장하지 않나?"

낄 때 안 낄 때를 모르고 주둥이를 나불거리는 여자였다.

"넌 가만히 있어."

"내가 틀린 말 했나요? 우리도 이렇게 행복하게 사는데."

"제가 젊은 여자를 싫어하는 이유를 이제야 알 것 같습니다. 내 집에서 나가시죠."

"뭐?"

"이왕 오셨으니 근처 호텔에서 주무세요."

"여보, 우리 로열호텔 스위트룸에서 자요. 지난번에 왔을 때 보니까 진짜 좋던데."

지난번 아버지가 방문했을 때 덕만이 배려를 한 것이었다. 그가 한 일은 아니었다. 만약에 그가 알았다면 당장에 쫓아냈을 것이다.

"그럼 그럴까?"

"참는 데도 한계가 있습니다."

"제 아버지 하나 잘 모시지도 못하면서 무슨 사업을 한다고?"

첩년이 뚫린 입이라고 함부로 말하고 있었다.

"내가 호텔 회장이기 이전에 조폭이었어. 너 같은 거 땅에 묻는 건, 일도 아니니까 주둥이 잘 놀려."

"여보……."

첩년이 아버지의 뒤로 숨었다.

"무슨 말을 그렇게 험하게 해?"

"사람에겐 안 그럽니다. 하도 사람 같지 않아서……."

자신과 그리 나이 차이가 많지 않은 여자였다. 하지만 생각하는 것도 하는 짓도 유치하기 그지없었다. 한마디로 밥맛인 여자였다. 거기에 독사의 조카이기도 해서 짜증이 두 배는 더 났다.

독사에겐 혈연이 아닌 지연인 조카들이 아주 많았다. 물론 다 약점들이 잡혀서 독사에겐 꼼짝을 못했다. 이 여자도 아버지의 약점이 되기 위해 시집을 온 것이었다.

"제가 알아서 할 테니 가세요."

"네가 그렇게 나올 줄 알고 오늘은 남철이네서 묵기로 했다."

독사에게로 가는 아버지였다. 아무리 혈육이라고 봐주려 해도 마음에 안 드는 일만 하는 아버지였다.

"안녕히 가세요."

"저, 저런 성질머리 하고는……."

"가요. 여기 있고 싶지 않아요."

현우는 안으로 들어갔다. 가족으로 인연을 이어 가야 하는 건지, 말아야 하는 건지 진심으로 고민이 되었다.

"어머니, 버리고 싶습니다……."

현우는 이렇게 중얼거리며 욕실로 향했다.

바쁜 하루가 시작되었다. 선영은 순정이 어제 독사를 만난 일로 궁금해서 죽을 지경인 것 같았다. 생각해 보니 아무래도 선영이 자신의 자리를 빼앗길 것 같다는 생각할지도 몰랐다.

"실장님."

"왜?"

"커피 드세요."

"그래."

선영이 그녀에게 커피를 정성스럽게 타 주었다. 평소에는 종이 컵에 주더니 오늘은 예쁜 손님 잔에 커피를 주었다.

"설거지 귀찮게……."

"아니에요."

"왜, 궁금한 거 있어?"

"어제 삼촌하고는 무슨 얘기를 하셨어요."

"그러게 같이 가자고 했잖아."

"그게……."

선영은 오고 싶었겠지만 독사가 막은 게 분명했다.

"선영 씨는 집안사람 중에 도박하는 사람 있어?"

"네? 아니요."

분명히 놀라는 기색이었다.

"난 있어. 내 동생."

"돌아가셨다는……."

"맞아, 자살했어. 도박이란 게 참 무서운 것 같아. 도박하는 사람들에겐 가족도 중요하지 않거든."

"……."

선영은 말없이 커피만 마셨다.

"동생이 가족들 모르게 집이랑 다 가져다가 도박에 쏟아부었더라고. 그리고 죽어서는 내가 가진 전 재산까지 다 동생 빚 갚는 데 썼어. 그래서 나에게 남은 건 아무것도 없어."

"실장님."

"다른 사람들에겐 이렇게 말해 주고 싶어. 가족이라도 버려야 할 땐 버려야 한다고."

선영에게 해 주고 싶은 말이었다.

"가족은 서로 돕는 거잖아요?"

"하지만 돈이 도움이 안 될 때가 있어. 난 밑 빠진 항아리란 말을 이해 못했는데, 지금은 아주 절실하게 이해해."

"왜 저한테……."

"그냥 하는 말이야, 오해는 하지 마."

선영의 표정이 어두워졌다.

"어제 일이 궁금해?"

"……."

"어제 나에게 도와 달라고 하셨어. 아마 선영 씨하고 같은 일일 거야."

"그래서……."

"생각해 본다고 했어."

"왜요?"

선영은 그녀의 말에 놀란 것 같았다.

"왜 그렇게 놀라? 돈도 많이 준다는데."

"실장님."

"뭐가 겁이 나는 거야? 난 가족들이 없어서 그런지 몰라도 무서울 게 없어."

선영은 놀란 얼굴로 그녀의 말을 듣고만 있었다.

"김 비서!"

현우의 호출이었다. 그녀가 회장실에 들어가기까지 선영의 시선이 그녀에게 고정되어 있었다.

"부르셨습니까?"

"고 의원과 저녁식사 약속 좀 잡아."

"네, 알겠습니다."

순정은 자리를 떠나지 않고 잠시 그 자리에 서 있었다.

"왜?"

"드릴 말씀이 있어서요."

"말해."

"여기선 곤란해요."

그녀를 한참 바라보던 그가 답했다.

"알았어. 퇴근 후에 집에서 보지."

그녀는 인사를 하고는 그의 사무실을 나왔다. 언제나 그와 함께 있으면 뭔가 불꽃이 이는 것 같았다. 오늘 순정은 현우의 도움을 받을 생각이었다. 그래서 독사를 완전히 이 바닥에서 매장을 시킬 생각이었다.

돈이 목마른 독사였다. 돈을 아무리 많이 벌었어도 앞으로 못 벌게 한다면 미칠 것이다. 그래서 순정은 그의 돈줄을 막을 생각이었다.

퇴근 후에 그녀는 현우의 집으로 향했다. 이제 그의 집에 가는 것이 익숙해진 순정이었다. 하지만 오늘은 왠지 발걸음이 무거웠다. 어떻게 말을 시작해야 할지 긴장이 되었다.

집으로 들어서자 오늘은 이상하게 어두운 야간 조명 대신에 밝은 불이 들어와 있었다.

"어?"

"왜, 너무 환해?"

"네."

순정은 자신이 온 이유도 잠시 잊고 그의 집 안을 둘러보았다.

"이제 좀 인테리어를 바꾸려고."

"좋은 생각이에요."

차마 말하지 못했던 부분을 그가 알아서 고치고 있었다. 그는 소파에 앉아 그녀에게 앉으란 손짓을 했다.

"음료수라도 줄까?"

"아뇨."

"무슨 말인지 궁금하군."

"이거 한번 들어 보세요. 그런데 그 전에 제가 부탁하는 건 뭐든 들어준다고 약속해요. 돈 들어가는 건 아니고 좀 귀찮은 거예요."

"돈이 들어가도 들어주지."

"전 장난이 아니에요. 심각해요."

"알았어."

그녀가 녹음기를 틀었다. 그리고 녹음된 내용을 다 들은 현우의 표정을 살폈다. 예상대로 화가 난 표정이었다.

"미친 새끼."

"왜 이러는 거예요?"

"쫓겨날까 봐."

"단순히 그 이유 하나인가요? 전 대기업에 근무할 때 사람들이 경영권 때문에 이런 짓들을 하는 걸 봤어요. 당연히 저에게도 유혹이 있었고요."

"그래?"

"네, 회장의 관심이 누구에게 가 있는지도 궁금해하고, 언제 경영권을 승계할지도 궁금해하죠."

"그래서 나에게 묻고 싶은 건 뭐지?"

"장기밀매요."

"……."

"그 브로커가 누군지 알려 줘요."

"왜, 장기라도 팔게? 아니면 구하게?"

"아뇨, 그런 사람들 말고 카지노에서 도박하는 사람들을 상대로 하는 그 사람이요. 독사가 사람들을 넘기면 장기를 적출하는 그 인간이요."

순간 순정은 욱하는 마음에 목이 메어 왔다.

"무슨 상관이지?"

"동생이 그 사람에게 장기를 팔아서 독사의 돈을 갚았고 그것 마저 잃고는 자살했어요."

"그래서 복수라도 하겠다는 거야?"

"네."

현우는 어이가 없다는 듯 그녀를 보았다.

"얼마나 위험한 일인 줄 알아?"

"안 되면 독사를 죽이고 저도 죽겠어요."

"안 돼."

현우는 그녀의 부탁을 안 들어주겠다고 선을 그었다. 대신 독사 를 그의 선에서 알아서 처리하겠다고 말이다.

"아뇨, 난 그놈의 배 속에서 장기를 꺼낼 거예요."

"영화 찍어?"

"제발요……."

"이렇게 하려고 나에게 접근했나?"

"독사에 대해 알고 싶어서 입사했어요. 저 같은 평범한 사람은 이 방법이 아니면 독사 근처에도 못 가요."

"미치겠군."

그가 담배를 한 대 물었다.

"회장님, 시키시는 일이라면 뭐든 다 할게요."

"……."

"벗으라면 벗고……."

그녀가 자리에서 일어나 블라우스의 단추를 풀었다.

"그만."

그가 그녀의 손을 잡아 자신의 옆에 앉혔다.

"뭐든 시키는 대로 한다?"

"네."

"좋아, 그러면 원하는 대로 도와주지."

"감사합니다. 그럼 원하시는 게……."

이렇게 쉽게 그녀의 청을 들어주는 걸 보면 굉장히 어려운 일임에 틀림이 없었다.

"회장님?"

"내가 김 비서에게 원하는 건, 결혼이야."

"네?"

망치로 머리를 맞은 느낌이었다. 이 남자의 입에서 결혼이란 단어가 나오자 웃음이 터질 뻔했다.

"농담이시죠?"

"아니. 난 그 어느 때보다 진지해."

"회장님."

"아버지가 결혼을 하라고 난리 치셔. 난 아버지가 마음에 두고 있는 여자와는 죽어도 결혼하기 싫거든."

"그러면 하기 싫다고 말하세요."

"말했지만 소용없어. 그래서 결정했어. 김 비서와 하기로."

"……."

할 말이 없었다. 아버지가 추천한 여자가 싫어서 그녀와 결혼을 하고 싶다고 했다. 그녀가 그의 평생의 방패가 되어야 하는 입장이었다. 복수를 위해 자신을 사랑하지도 않는 남자에게 평생을 바치게 생긴 순정은 헛웃음이 나왔다.

8. 진격의 순정

　어제는 정신이 하나도 없었는데 오늘은 너무나 평온했다. 박 회장은 여전히 회사에서는 얼음처럼 차갑게 굴었다. 어제의 뜨거움을 찾아보기 힘들었다.

　"꿈이었나?"

　순정은 한숨을 쉬며 박 회장의 믿기지 않은 제안을 머릿속에서 지우기 위해 노력 중이었다. 농담이었기를 바라면서 말이다.

　윙—

　독사였다.

　"여보세요?"

　[김 비서.]

마치 자신의 비서를 부르는 것처럼 그녀를 불렀다.

"말씀하세요."

[내 제안은 생각해 봤어?]

"네, 좋아요."

요즘은 핸드폰이 좋아서 상대방과의 대화를 깨끗하게 녹음할
수 있었다.

"그런데 저도 알고 해야 하지 않을까요? 왜 이렇게 하시는지?"

[돈 때문이지.]

"저와 같으시네요. 액수야 어머어마하게 차이가 나겠지만요."

[맞아.]

"스케줄은 언제부터 드리면 되는 건가요?"

[아무 때나.]

"그럼 내일 제가 댁으로 가죠."

[아니, 내가 김 비서 집 근처로 가지.]

"좋아요. 저희 동네에 예쁜 카페들도 많아요."

의심이 많은 독사다운 발상이었다.

"그럼, 어디로 정하셨는지 문자 주세요."

선영이 그녀를 보고 있었다. 무슨 말이 오가는지 궁금한 모양이
었다.

"내일 보자네. 선영 씨도 같이 가."

"저도요?"

"응, 혼자서는 할 수 없잖아."

선영이 그녀를 의심 어린 눈으로 보았다.

"선영 씨 차 바꾼 거 이름이 뭐야?"

"미니쿠페요."

"예쁘더라. 나도 바꾸고 싶은데……."

"제가 알아봐 드릴까요?"

그녀가 고개를 끄덕이자 선영이 금방 기분이 좋아져서 자신의 자리로 돌아갔다. 선영은 마음이 급한 것이다. 자신이 지금 누리고 있는 걸 혹시나 그녀에게 빼앗기지 않을까 걱정을 하는 것이다.

하지만 선영과 아무리 친해도 회사의 기밀을 빼내는 직원은 당연히 자르는 게 맞았다. 요즘 선영의 공략대상은 덕만이었다. 박회장이 안 될 것 같으니 덕만을 유혹하느라 정신이 없었다. 보기에 안쓰러울 정도로 선영은 덕만을 챙겼다.

"유 실장님……."

아주 목소리가 간드러졌다. 저런 게 선영의 사는 방법이겠지만 이제는 더 이상 이곳에 머물게 할 수는 없었다.

독사는 정확하게 약속시간을 지켜 순정과 만나기로 한 장소에서 기다리고 있었다. 독사는 순정이 마음에 들었다. 아주 오랜만에 생긴 마음이었다. 이번 일만 끝이 나면 그녀를 데리고 동남아 여행이나 다녀올 생각이었다.

"돈 싫어하는 여자는 없지."

이건 그의 지론이었다. 그의 마음을 끝까지 잡은 여자는 없었지만 그와 만나는 동안에 집이며 차를 받아서 한몫 챙기는 여자들이 더러 있기는 했다. 하지만 그중에 단연 최고는 김 비서였다.

"순정이라……."

이름은 촌스러웠지만 그녀의 모든 게 굉장히 세련됐다. 입고 다니는 옷이나 몸가짐이 재벌집의 여자들과 같았다.

"매력덩어리야……."

오늘도 카페의 2층을 통째로 빌렸다. 지난번에 그의 부하가 하라는 대로 레스토랑을 통째로 빌렸더니 순정이 좋아했다. 독사는 순정의 그런 솔직한 면도 좋았다. 참 신기한 일이었다. 그가 다시 여자를 좋아하게 되리라고는 상상도 하지 못했다.

10분이 지나도 순정은 오지 않았다. 그래서 순정에게 전화를 하려던 순간 독사의 얼굴이 싸늘하게 굳어 버렸다.

"박 회장."

"안녕하십니까?"

"여기 어쩐 일인가?"

최대한 아무렇지 않은 척을 하려고 애를 썼다. 미친년이 다 고해 바친 모양이었다. 이럴 땐 발뺌이 최선이었다.

"약속이 있나?"

"네, 정 사장님 보러 왔습니다."

"날?"

"네, 앉으세요. 할 말이 많으니."

툭!

자리에 앉자마자 독사 앞에 봉투가 놓였다.

"뭔가?"

"보세요."

현우는 서류봉투를 세 개 가지고 있었다. 그중에 첫 번째였다. 순정이 칼로 협박당하는 모습이 찍혀 있었다.

"그런데?"

"이 남자에게 이런 일을 시킨 게 정 사장님의 부하입니다."

"그래? 왜 그런 짓을 했을까?"

툭!

두 번째는 서류봉투 안에 녹음기가 있었다. 김 비서, 이 앙큼한 년이 녹음을 해서 박 회장에게 준 것이었다.

"이래도 발뺌하시겠습니까?"

"뭐든 정보력이야. 스케줄 하나 알아내려고 한 걸 가지고 이렇게 사람을 무안을 주나?"

독사의 머리가 바쁘게 돌아갔다. 마지막 서류가 궁금했다. 저건 뭘까? 아무리 생각을 해도 떠오르는 게 없었다.

툭!

"아주 재미있어 하실 겁니다."

"그런가? 오해는 풀어야지."

"그럴 수 없을 겁니다."

"······."

현우의 말대로 그의 손이 떨렸다. 이번 건 어떻게 할 수 있는 게 아니었다. 그가 장기브로커에게서 받은 돈과 관련된 서류였다. 아무리 채무자들에게 빚을 대신해서 받은 거라고 해도 이건 엄청난 것이었다.

브로커 놈이 빼앗긴 게 분명했다. 그는 웬만해서는 이런 서류는 만들지 않았다. 그냥 받은 돈이라고 쓰지 장기 판매라는 말은 쓰지 않았다.

"떠나세요. 우리나라 말고 다른 곳으로. 만약에 그렇게 하지 않으시면 기쁜 마음으로 검찰에 넘길 겁니다."

"박 회장······ 이건 실수야."

"실수를 오 년간이나 하십니까? 여기서 나온 돈이 얼마입니까? 그런데도 욕심이 나세요?"

"난……."

"생각해 보실 것도 없이 내일 당장 떠나세요. 부하들은 지금 다 병원에 누워 있을 겁니다."

"뭐?"

"들어오면서 우리 애들이 싹쓸이했거든."

박 회장은 더 이상의 존대를 하지 않았다. 경고의 의미였다.

"박 회장."

"마지막 기회야. 이건 초창기 서로 윈윈 하던 때를 생각해서 내린 결론이야."

독사는 돌아서는 박 회장의 바지라도 잡고 싶은 심정이었다.

"박 회장!"

아무리 불러 봐야 소용없다는 걸 잘 알았지만 미련이 남는 건 어쩔 수가 없었다.

"젠장! 나 보고 외국 가서 처박혀 살라고?"

이런 때를 위해서 그도 준비한 것이 있었다. 독사는 이를 갈았다.

오늘 선영과 함께 퇴근을 하면서 순정은 선영에게 이제 회사를 그만 나와 달라고 했다. 놀랄 거라 생각했는데 의외로 선영은 침착했고 그동안 고마웠다고 했다.

하지만 독사가 쫓겨났다는 말에 여간 놀란 게 아니었다. 아마도 자동차 할부금과 지금까지 독사의 돈으로 화려하게 살았던 자신의 삶이 그제야 걱정이 된 모양이었다.

울며불며 사정을 하는 그녀를 두고 순정은 카페를 나왔다. 그래도 몇 개월 동안 정이 들었는데 마음이 좋지 않았다.

집으로 돌아온 순정은 오랜만에 맥주 한 캔을 땄다. 이렇게 동생의 복수를 끝내는구나, 생각했다. 그 장기를 적출한 의사는 꼭 대면하게 해 주겠다고 현우가 약속을 했다. 독사에게 더 복수를 했어야 하는데 그게 너무 아쉬웠다.

똑똑똑!

박 회장이 온 모양이었다. 이렇게 불쑥불쑥 찾아와서는 사람을 놀라게 한다.

"이 시간에……."

탁!

놀란 순정이 문을 닫으려고 했지만 독사가 더 빨랐다.

"누굴 기다린 사람이 있었나 봐?"

"가요, 안 가면 소리칠 거예요!"

"질러 보시든가?"

"도대체 왜 이러는……."

순정의 눈길이 그의 손으로 향해 있었다. 손에 무언가 들려 있었다. 설마 칼일까? 라는 생각이 들자 순정은 필사적으로 문을 닫으려고 했다. 하지만 나이가 들어도 남자는 남자였다.

"사람 살려!"

그녀가 소리를 치며 문을 닫으려고 애를 썼다.

"사람 살려!"

하지만 문을 닫으려고 애를 쓰다 보니 생각처럼 목소리가 나오지 않았다. 그녀가 아무리 소리를 질러도 사람들은 나와 볼 생각이 없는 것 같았다. 그때였다. 독사가 손에 들고 있던 뭔가를 재빠르게 그녀의 목에 댔다.

치익 치이익—

온몸에 전기가 쏟아져 들어왔다. 독사가 전기 충격기로 그녀를 기절시켰다.

눈을 떠서 처음 본 것은 어둠이었다. 순정은 어두운 곳에 갇혀 있었다. 손발은 묶여 있었고 어딘가에 갇혀 있는 것 같았다.

"으으음."

발버둥을 쳐 보았지만 소용이 없었다. 허망한 몸부림이었다.

"으으음."

다시 한 번, 그리고 또 한 번. 끝이 없이 몸을 움직였지만 손의 줄은 풀릴 생각이 없어 보였다. 조금씩 눈이 어둠에 적응을 하고 있었다. 창고 같은데 아무것도 보이지 않았다. 순정은 끊임없이 몸을 비틀며 묶인 줄을 풀기 위해 애를 썼다.

"윽!"

지성이면 감천이라더니 갑자기 손의 줄이 느슨해지더니 스르르 풀렸다. 순정은 빠르게 발의 줄도 푸르고 입의 테이프를 떼어 냈다. 그리고는 창문을 찾아보았다. 밖을 보니 아무도 없었다.

이 집이 누구의 집인지는 알 것 같았다. 독사의 집이었다. 그런데 왜 경호원들이 없을까? 그리고 그녀를 잡으러 온 것도 그의 부하도 아니고 독사였다.

"독이 올랐을 텐데……."

걱정이 되었다. 하지만 이렇게 된 마당에 어떻게 해서든지 이곳을 빠져나가는 수밖에 방법이 없었다. 팔목이 따끔거렸다. 그녀가 몸을 틀면서 묶인 줄이 그녀의 살을 파고든 모양이었다. 잘 보이진 않지만 피가 흥건할 것이다.

반지하의 창은 밖에서 안을 보긴 힘든 구조였다.

"어떻게 나가지?"

그녀는 발을 디딜 것을 찾았다. 그걸로 창을 통해 밖으로 빠져나갈 생각이었다.

철커덕!

그런데 잠금장치가 풀리는 소리가 나더니 문이 열리고 있었다.

순정은 주변에 무기가 될 만한 것을 손에 들었다. 단 한 번의 기회였다. 직접 독사의 머리를 부술 기회였다. 손에 잡힌 건 차가운 쇠였다.

불이 켜지면 눈이 부셔 내리치지 못할 것 같았다. 밖에 많은 부하들이 있겠지만 지금은 어쩔 수 없었다. 죽지 않으려면 죽여야한다. 불이 켜지기 전에 빠르게 판단해서 쳐야 했다.

문이 열리고 스포츠머리의 독사가 들어왔다.

"에잇!"

퍽!

"윽!"

정통으로 맞았다. 정말 수박이 깨지는 소리가 들렸다. 그런데 이상하게 그의 부하들이 없었다.

퍽!

이번엔 다시 한 번 그의 어깨를 쳤다. 분이 풀리지 않았지만 그의 부하가 오기 전에 도망쳐야 한다는 생각이 들었다. 그녀는 일단 독사의 손에 들린 열쇠를 빼앗아 문을 잠그고 밖으로 나왔다.

그런데 집 안에 아무도 없었다.

"왜지?"

하지만 혹시 몰라서 조심스럽게 그의 집을 빠져나가려는 순간누군가 그의 집에 들어왔다. 나이가 든 남자와 젊은 여자였다. 뭐가 그리 좋은지 그들은 시시덕거리며 집 안으로 들어왔다.

"조 의원 딸은 볼수록 괜찮은 것 같아요. 삼촌도 너무 마음에 든다네요."

"나도 그래. 예슬이가 나이가 어려서 그렇지. 속이 깊더라고."

"그래요, 카지노의 안주인이 되면 당신을 사장 자리에 앉혀 준다잖아요."

"아들보다 낫네."

저 사람이 박 회장의 골칫덩어리 아버지인 게 분명했다. 그런데 왜 그들이 이곳에 있는 걸까? 순정은 들키지 않게 조심스럽게 집을 나왔다. 그런데 이곳이 아무래도 시골이다 보니 맨발로 돌이 있는 땅을 걷기가 여간 힘이 든 게 아니었다.

"전화……."

그녀는 발을 절뚝거리며 인가를 찾았다. 너무 늦은 시간이라 그런지 불이 커진 집이 없었다.

"제발……."

몸은 아프고 힘이 들었지만 아까 독사에게 한 방 먹인 것만 생각하면 기분은 아주 좋았다.

"죽어 버렸으면 좋겠어."

순정은 동생과 부모님을 떠올리며 울음을 터트렸다.

"엄마, 아빠!"

마치 아이가 된 것처럼 그녀는 펑펑 울었다.

한참을 걷다가 보니 파출소가 보였다. 마치 구세주를 만난 느낌이었다. 그녀는 다리를 절며 파출소 안으로 들어갔다.

"저기요."

야식으로 라면을 먹던 경찰들은 그녀를 보고는 라면을 주르르 흘리고 있었다.

"괜찮습니까?"

"아뇨."

순정은 울고 또 울었다. 온몸이 떨렸다.

"가족들에게 연락을 할까요?"

"가족이 없어요."

"……."

"그런데 연락할 곳은 있어요."

그녀는 박 회장의 전화번호를 알려 주었다.

"여기 파출소인데요. 네. 김순정이라는 분이…… 여보세요?"

경찰이 어이없어했다.

"누군데 성격이 이래요? 말 끝나기도 전에 끊어 버리네."

"……."

"그런데 병원에 가 봐야 하는 거 아닌가요? 성폭행이라든가……."

"그런 건 아니에요. 납치당했어요."

"누구한테요?"

"정남........"

머리가 어지러워 말끝을 흐린 순정이었다. 경찰들의 질문이 쏟아지고 있었다. 그녀의 상태를 살피고 구급차라도 불러야 하는데 그들은 심문을 하는 것처럼 그녀를 다뤘다.

빨리 그가 와 주길 바라는 마음뿐이었다. 지금 그녀에게 간절히 필요한 건 그의 위로였다.

"김순정 씨가 정확하게 상황을 말해 주셔야 저희가 범인을 잡는 데 도움이 됩니다."

"범인은 정남철…… 독사라고요."

"그 정남철?"

범인의 이름을 듣고 경찰은 놀라는 얼굴일 뿐 더 이상의 조치는 없었다.

"범인을 잡아야 하는 거 아닌가요?"

"아직 섣불리 나설 수는 없습니다. 증거가 확실해야……."

독사라는 말에 경찰들도 두려워하는 눈치였다. 자꾸만 사건을 무마하려고 하는 것 같았다.

그때였다.

"김 비서!"

하지만 지금 순정은 천군만마를 얻었다. 경찰들이 안 도와줘도 괜찮았다.

"회장님."

그의 얼굴을 본 순경들은 그대로 얼어붙어 버렸다.

"어떻게 된 거야?"

"독사가……."

그녀의 팔목을 보며 그는 순정을 가슴에 안았다. 주변에 사람들이 있든지 없든지 상관하지 않았다.

"죽여 버리겠어."

"제가 몽둥이로 쳤는데…… 죽었을지도 몰라요."

그에게만 살짝 귓속말을 한 순정이었다. 눈치를 챈 그가 순정에게 조용하라는 신호를 보냈다.

"저기, 감사합니다."

"조사를……."

"길을 잃어서 그런 겁니다. 괜찮습니다."

그는 이렇게 말을 하며 파출소를 빠져나갔다.

그들을 뒤로하고 그가 자신의 차에 그녀를 태웠다. 그만 온 것이 아니었다. 그의 부하들이 수십 대의 차에 타고 온 것 같았다.

"김 비서, 괜찮아?"

유 실장이었다.

"안 괜찮아."

그녀 대신에 화가 난 현우가 대신 답을 했다.

"독사에게로 가."

"네."

독사의 집에 도착한 순정은 왜 독사의 집에 아무도 없었는지 그 이유를 알았다. 독사의 부하들은 하나도 남김없이 지금 병원에 누워 있었다. 다리가 부러지거나 팔이 부러진 상황이라고 했다.

"그래서……."

"그래도 타이밍이 기가 막혔어."

"저도 독사 머리를 칠 때 느꼈어요."

"여기 있어. 아무리 괜찮다고 해도 안 돼."

그는 이렇게 말을 하고는 차에서 내렸다. 순정은 긴장이 풀렸는지 그대로 잠이 들어 버렸다.

새벽 2시에 파출소에서 전화가 오기 전까지 그는 순정이 어떤 위험에 빠져 있었는지 알지 못했다. 솔직하게 외국에서 독사를 처리할 생각이었다.

그런데 그가 한순간 경계심을 늦춘 사이에 순정이 독사에게 납치를 당하는 일이 생겼다. 아마도 그와 협상을 하려는 것이었다. 순정을 재물 삼아 말이다.

"미친 새끼."

현우는 이를 갈았다. 카지노의 회장이 되면서 지금까지 그의 거친 면이 많이 다듬어졌다고 생각했지만 그건 아니었다.

독사의 집 앞이었다. 순정은 차에 두고, 그는 부하들을 데리고 순정이 말한 지하실로 향했다. 그의 아버지와 첩이 지금 이 집에 묵고 있었다. 기가 막힐 노릇이었다.

순정이 준 열쇠로 문을 열고 들어간 그는 바닥에 쓰러져 있는 독사를 발견했다. 머리에 피가 흐르는 걸로 봐선 뇌출혈은 아닌 것 같았다. 부하들이 독사를 의자에 앉혔다. 그리고 손과 발을 의자에 묶었다.

이를 아버지와 첩이 보았다. 잠옷을 입고 있는 걸로 봐서는 잠을 자다가 놀라서 나온 모양이었다.

"어머! 삼촌!"

"이게 무슨 짓이야!"

아버지가 놀라 소리를 질렀다.

"죄를 저질렀으니 응당하게 죗값을 치러야죠."

"삼촌이……."

"친삼촌도 아니잖아."

"……"

"아버지의 돈을 뜯어내기 위해, 지금은 내 정보를 독사에게 팔기 위해서. 그렇게 살아가고 있으면 입을 함부로 놀리지 않는 게 좋을 거야. 다음 차례로 저 의자에 앉고 싶지 않으면."

"현우야!"

"아버지도 이제 아버지인 척 그만하시죠. 어머니를 그렇게 헌신짝 버리듯이 버리고 가정까지 버렸으면서, 아들을 찾다니. 웃기는 거 아세요? 오늘까지만 아버지 대우를 해 드리죠. 내일부터는 남입니다."

아버지는 더 이상 말을 하지 못했다.

"빨리 들어가세요. 오늘부터 인연을 끊어 버릴 수도 있으니까."

그의 말에 아버지와 첩이 방으로 들어갔다.

"으으윽!"

독사가 눈을 뜨려 하고 있었다. 현우는 그의 앞에 의자를 놓고 앉아 있었다.

짜악!

불을 켜고 보니 방 안이 무슨 병원 같았다. 바닥은 타일이 깔려 있었고 피를 닦아 낸 흔적이 보였다.

"고문실이네. 돈을 받기 위한 곳인가?"

"그런 것 같습니다. 아주 지독하게 구는 걸로 소문이 났습니다."

덕만이 옆에서 말을 하며 양복 윗도리를 벗었다. 그리고는 구두를 벗고는 장화로 갈아 신었다.

"회장님, 장비가 아주 잘 갖춰져 있습니다."

그리고는 전체가 비닐로 된 옷을 입었다. 마치 제약회사의 생산직 직원 같았다.

"피가 튀는 게 아주 싫은 모양입니다. 별짓을 다 하네요. 그냥 묻어 버리면 그만이지."

그때 독사의 목소리가 들려왔다.

"박 회장……."

"닥쳐."

"내가 잘못했어."

"잘못은 지옥에나 가서 빌어. 그리고 덕만이 넌 죽지 않을 만큼 패고 바다에 던져 버려."

"산 채로요?"

"절대로 죽으면 안 돼. 혹시나 시체가 발견되면 아주 골치 아프거든."

"네."

"조금 있으면 한 놈 더 올 거야. 힘은 아껴 둬."

그는 이렇게 말을 하며 밖으로 나와 담배를 한 대 물었다. 그사이에 차 한 대가 도착했다. 순정의 동생의 장기를 적출한 놈이었다. 치료도 제대로 안 해 줘서 몸이 썩어 가는 도박 중독자들도 있었다. 사람이 할 짓이 아닌데도 불구하고 그런 짓들을 한 짐승만도 못한 인간이었다. 카지노의 미래를 위해 둘은 사라져야 했다.

둘은 덕만에게 맡기고 현우는 순정이 있는 차 안으로 갔다. 순정은 정신없이 자고 있었다. 너무 고단한 하루를 보낸 것 같아서 미안했다. 현우는 순정이 잠에서 깰 때까지 그 옆을 지키고 있었다.

생각이 많아지는 하루였다. 현우는 저도 모르게 순정의 얼굴에 흘러내린 머리카락을 넘겨 주었다. 아름다운 여자였다. 하지만 오늘 순정은 아름답다기보다는 강인해 보였다. 어떻게 이렇게 마른 체격으로 남자를 기절시켜 놓고 나왔을까? 신기할 따름이었다.

"으으음, 언제 왔어요."

"방금."

"깨우지 그러셨어요."

"너무 잘 자서. 그리고 오늘 너무 힘이 들었잖아."

"많이요."

"미안해."

순정이 손을 들어 그의 볼을 어루만졌다. 부드럽고 따뜻한 손이었다.

"회장님이 왜요."

그녀가 위로했다. 그러면서 그는 순정의 손목에 깊이 파인 상처를 보았다.

"죽여 버리겠어."

"회장님……."

"다시는 따로 떨어뜨려 놓지 않을 거야."

"그럼 묶고 다니게요?"

농담이 통하지 않는 상황이었다. 그녀의 농담으로도 웃음이 나오지 않았다. 그는 지금 독사를 찢어 죽여도 시원치 않았다.

"오늘부터 우리 집에서 지내."

"회장님."

"필요하면 먼저 혼인신고부터 하고."

그는 오늘 일이 굉장히 충격적이었다. 하마터면 순정을 잃을 수도 있었다.

"전 괜찮아요."

"뭐가?"

"아참, 그런데 독사는 죽었나요?"

"아니. 조금 있으면 알아서 죽을 거야. 그리고 그 장기밀매 의사도."

"불쌍하다는 생각이 안 들어요."

"나도 그래."

"어른들은 아직 안에 계세요? 호텔로 모시는 게……."

"내가 알아서 해!"

그가 화를 버럭 냈다. 안 그러고 싶은데 아버지 얘기에 욱해 버렸다.

"미안해."

"아니에요. 제가 주제넘게……."

순정이 놀랐는지 말끝을 흐렸다. 그녀는 부모님이 돌아가셨기 때문에 가족이 소중하다고 생각했다. 하지만 그의 경우는 조금 다른 상황이었다. 남보다 못한 아버지였다.

"집에 가자."

"우리 가도 되는 거예요?"

"유 실장이 알아서 할 거야. 오랜만에 몸을 풀고 있어."

"……."

그의 말에 살기가 담겨 있다는 걸 순정도 느끼는 것 같았다. 그는 순정을 자신의 품에 안았다.

"집에 갈 때까지 자."

예전의 그라면 상상할 수 없는 짓을 하고 있었다. 스스로 생각해도 기가 막혔다.

9. 끝인 줄 알았는데

시끄러웠던 한 주가 지나고 새로운 월요일이 왔다. 비서실에 그녀 혼자 있으니 이상했다. 그에게 직원을 뽑겠다고 말을 했는데 아직 결재가 떨어지지 않았다.

"도대체 언제 직원을 뽑냐고……."

이 일 저 일 하며 정신없이 하루를 보내다 보니 불만이 쌓여 가고 있었다. 하지만 자존심이 강한 그녀는 말을 하지 못했다.

"김 비서, 얼굴이 야위었어."

"죽을 지경입니다."

"회장님께 말해. 아니면 내가 말해 줄까?"

"아뇨, 그런데 선영 씨 안 보고 싶으세요?"

"아니, 내가 왜? 다만 아쉽지. 커피도 타 주고 했는데……."

"제가 타 드려요?"

"아니, 바쁘니까 내가 할게."

덕만도 커피를 스스로 타 마시며 그녀의 신경을 건드리지 않기 위해 노력하고 있었다. 그래도 위안이 되는 건 이제는 마음이 많이 편해졌다는 것이었다. 독사는 사라졌고 더 이상 카지노에서 불미스러운 일의 발생빈도는 줄어들었다.

그녀는 이제 해외 관광객 유치에 관한 일과 새로운 카지노에 관한 일들에만 전력을 다하면 됐다. 몸은 힘이 들었지만 마음은 진짜 편했다.

점심을 먹고 화장을 고치러 직원 파우더룸에 간 순정은 뜻밖의 반가운 소식을 들었다.

"그나저나 이번에 카지노 새로운 영업팀장이 대성그룹에서 근무했다고 하던데. 완전 훈남에 스펙이 장난이 아니래. 여기 임원 중에 회장님 빼고 인물이 없잖아? 비주얼이 뭔가를 보여 준다고 하더라고."

"나도 보고 싶다."

"뭐 이제 자주 볼 텐데."

"회장님이 나타나야 안구 정화가 됐는데, 이제 영업팀장님도 우리들의 안구 정화를 시켜 주는 건가요?"

직원들이 낄낄거리며 이야기를 나누고 있었다.

"혹시……."

대성그룹은 잘생긴 인물들이 많았다. 하지만 그중에서도 여자들의 인기를 한 몸에 받던 수혁이 갑자기 떠올랐다. 정말 연예인 뺨치게 생긴 외모의 소유자였다.

하지만 그가 이곳에 올 리가 없었다. 그가 대성그룹의 손녀와 만나는 중이란 걸 순정은 알았다.

"설마……."

화장을 고치고 회장실에 들어온 순정은 깜짝 놀랐다. 박 회장의 뒤를 따라 들어온 사람은 다름 아닌 수혁이었다.

"홍 실장님?"

"어, 김 비서님."

수혁은 대성회장의 손녀가 목을 맬 만한 엄청난 매력덩어리였다. 현우와는 정반대의 매력을 가진 사람이었다.

"둘이 아는 사인가?"

"네, 대성그룹의 최고 미녀 김순정 비서님을 이곳에서 보다니 놀라운데요."

그가 반갑게 그녀에게 인사를 하자 박 회장의 표정이 굳어졌다. 순정은 그 모습에 웃음이 났다. 질투가 없다더니 꼭 그런 건 아닌 것 같았다.

"들어가지. 인사는 나중에 하고."

"네, 이따 봐요."

그녀가 미소를 지었다. 이렇게 객지에서 아는 얼굴을 보니 반가웠다.

현우는 소파에 앉아 차가운 표정으로 앞의 수혁을 노려보았지만 남자는 그의 시선 따위는 아랑곳하지 않고 연신 싱글벙글이었다.

"뭐가 그리 기분이 좋은가?"

"전 대학을 졸업하고 계속해서 영업 쪽의 일을 담당했습니다. 그러다 보니 자연스럽게 사람들을 대할 일이 많아졌고 자연스럽게 웃음이 많아진 것 같습니다."

"……."

볼수록 잘생긴 인물이었다. 이런 용모 때문에 대성그룹의 손녀가 죽기 살기로 수혁을 따라다녔다는 소문이 자자했다. 결국 결혼을 못하고 대성을 그만두기는 했지만 말이다. 그는 얼굴만큼이나 화려한 스펙도 가지고 있었다.

"카지노에 손님들이 아주 많던데, 왜 영업팀을 만드셨는지 궁금합니다."

"아직 들은 바가 없나 본데, 카지노 하나를 더 만들 거야. 그리고 해외 관광객 유치에도 힘을 쓸 거고. 어두운 카지노가 아니라 라스베이거스처럼 가족 단위로 와서 즐길 수 있는 곳이었으면 해서."

"훌륭하신 생각이십니다. 저도 약간은 고급 휴양지의 개념으로 새로 오픈할 카지노를 만들어도 아주 좋을 것 같다는 생각을 했습니다."

"좋아. 언제부터 출근이지?"

"내일 당장이라도 가능하지만 오늘내일은 집을 구하고 이사 준비를 해야 해서……."

"미안하군. 급하게 와 달라고 해서."

"아닙니다. 오늘 반가운 얼굴도 보고 좋았습니다."

"여자친구는?"

"헤어진 지 얼마 안 돼서 아직은 없습니다."

"대성그룹 손녀?"

"너무 요란하게 헤어져서 당분간은 조용히 살고 싶습니다."

대단한 자신감이었다. 어쨌든 찌질해 보이는 것보다는 나았다.

"앞으로 잘 해 보자고."

"네, 회장님."

수혁은 인사를 하고 밖으로 나갔다. 현우의 시선은 그런 수혁을 따라가고 있었다. 문이 닫히며 보이지 않았지만 수혁이 순정에게

갔을 거란 생각이 들었다.

"짜증나."

이런 걸 신경 쓰는 자신이 한심스러웠지만 그의 몸은 벌써 문밖에 나가 있었다. 그런데 순정이 자리에 없었다. 비서실엔 그를 멀뚱히 바라보고 있는 덕만 뿐이었다.

"어디 간 거야?"

"홍 팀장이랑 커피 마시러⋯⋯."

"근무시간에?"

"처음 있는 일이라⋯⋯."

"그런 괜찮은 거야?"

"김 비서, 자를까요?"

"후⋯⋯."

그는 한숨을 쉬며 덕만을 노려보고는 회장실로 들어갔다.

"왜 아무 남자나 막 쫓아다니는 거야?"

그는 속이 터졌다.

요즘 덕만은 속으로 웃음이 나왔다. 보스의 새로운 모습이 웬만한 코미디 프로보다 재미있었다. 사랑도 해 보던 사람이 하는 거라고, 연애고자인 박 회장은 덕만이 보기에도 안쓰러울 정도로 헤매고 있었다.

박 회장에게 여자들이 없었던 건 아니었다. 그가 좋다고 따라다니던 여자들은 학교 다닐 때부터 지금까지 항상 한 트럭씩은 있었다. 하지만 박 회장이 관심을 보인 여자는 이번이 처음이었다. 그것 아주 많이 지나치게…….

그래서 은근히 놀리는 재미도 있었다. 다른 걸로는 박 회장을 이기지 못하니 당분간은 김 비서를 유용하게 쓸 수 있을 듯했다.

하지만 그도 걱정인 게 홍수혁 팀장이었다. 그는 여자들이 좋아할 만한 부드러운 매력을 가지고 있었다. 거기에 얼굴은 아주 연예인급이었다. 오늘 카지노 직원들도 홍 팀장을 보겠다고 로비까지 나와 있었다.

"재밌어지겠어."

순정이 아무리 홍 팀장에게 관심이 없더라도 박 회장은 그를 경계할 것이다. 생각만 해도 웃기는 일이었다. 조금 전에도 둘 사이가 걱정이 되어 회장실에서 뛰쳐나온 것을 보고 웃음을 참느라 힘들었다. 사실 홍 팀장이 회장실에서 나오자마자 그가 김 비서와 같이 휴게실로 보내 버렸다.

혹시 박 회장이 나중에 물으면 둘이 커피를 마시러 갔다고 약 올리려던 참이었는데 직접 나와서 질투에 사로잡힌 모습을 그대로 보이다니 웃겼다.

"유 실장!"

"네."

인터폰도 사용하지 않고 그를 불렀다.

"무슨 일이십니까, 회장님."

"가서 김 비서 데려와."

"네?"

"시킬 일이 있으니까."

"간 지 10분 정도……."

"유덕만!"

"죄송합니다."

박 회장은 크게 화가 나지 않는 이상 덕만의 이름을 부르는 법이 없었다. 덕만은 더 이상 놀리면 큰일 나겠다 싶어서 직원 휴게실을 향해 뛰기 시작했다.

"아니, 10분도 못 참아? 아주 기가 막혀요. 저러고는 김 비서 안좋아한다고 말하지."

덕만은 한숨을 쉬며 순정을 찾아 휴게실로 향했다.

직원 휴게실의 수많은 시선들이 부담스럽게 그녀를 향해 있었다. 사실 그녀를 향해 있다가 보다는 수혁을 향해 있었지만 말이다. 다들 부러움이 가득한 눈이었다.

"커피받아요."

그가 자판기 커피를 뽑아다 주었다. 그는 여전히 매력이 있었다.

"감사해요. 그리고 조금 놀랐어요."

"뭐가요?"

"절 좋게 안 보시는 줄 알았거든요."

"아니에요, 내가 왜요?"

대성그룹 회장이 평사원에게 시집을 보낼 리가 없었다. 공개연애를 시작해 모두가 알게 되면서부터는 더 심해졌다. 재벌가에 시집을 보내려 했는데 말을 듣지 않으니 더 미움받을 수밖에 없었다.

그래서 중간에서 그녀가 그에게 돈 봉투를 가져다준 적이 있었다. 물론 그는 받지 않았고 그 둘의 사랑은 예쁘게 계속 이어져 나갔었다.

"왜 헤어지셨어요?"

"저같이 평범한 사람은 넘기 힘든 벽이 있더라고요."

마음고생을 많이 한 것 같았다.

"그런데 김 비서님이 여기 있을 줄은 몰랐어요."

"저도 다 꿈같아요."

"소식 들었어요……. 가족들의 일은 참 안됐어요."

"걱정해 주셔서 감사해요."

가족들 생각이 나서 순정은 잠시 가만히 있었다.

"그런데 홍 실장님은, 아니 이제 홍 팀장님이죠. 어떻게 카지노에 오시게 되셨어요?"

"아는 분이 추천해 주셨어요. 로열호텔 사장님을 알거든요."

호텔 사장님은 아주 차분한 성격의 분이었다. 이름이 홍우진…….

"혹시…….."

"네, 제 아버지예요."

"아, 네…….."

"여기 젊은 회장님이 요즘 아주 의욕적이라고 도와주라고 하셔서요."

"잘됐어요. 앞으로 잘 부탁드립니다. 팀장님."

"저도요."

그가 손을 내밀었다. 순정은 그의 손을 잡았다.

"언제 저녁 한번 먹어요."

"네."

그의 손은 따뜻했고 그의 미소는 사람을 편안하게 만드는 힘이 있었다. 요즘 여러모로 힘이 들었던 순정에게 따뜻한 위안이 되어주었다.

"김 비서!"

유 실장이 숨이 넘어가게 뛰어오고 있었다.

"네, 실장님."

"빨리······."

"가 봐야겠어요. 전화 주세요."

"네."

순정은 무슨 일이 있나 싶어서 유 실장에게 뛰어갔다.

"무슨 일이에요."

"회장님이······."

"회장님이 왜요?"

그녀는 뒷말은 듣지도 않고 뛰기 시작했다. 자리를 비우는 게
아니었다. 걱정스런 마음에 그녀는 뛰어가다가 넘어지고 말았다.
무릎에 피가 나고 스타킹에 구멍이 났지만 그녀는 아랑곳하지 않
고 회장실까지 뛰어 들어갔다.

"회장님! 찾으셨어요?"

그녀의 모습을 보는 현우의 얼굴이 좋지 않았다.

"도대체 뭘 한 거지?"

그의 목소리가 스산하게 사무실을 울렸다.

"죄송합니다."

그가 성큼성큼 그녀에게 다가오더니 그녀를 안아 들었다.

"어머! 뭐 하시는······."

"가만히 있어. 여자 몸에 이렇게 상처가 많은 것도 좋은 거 아니니까."

그가 소파에 그녀를 앉혔다.

쫘악!

정신을 차릴 틈도 없이 그가 그녀의 스타킹을 찢어 버렸다.

"조심성이 없는 것 같아."

"죄송합니다."

분위기가 묘하게 야릇했다. 그가 구급상자를 가져와 그녀의 무릎을 소독했다.

"아!"

"엄살이 심해."

"진짜 아픈데……."

"그러니까 자리를 지키고 있어야지."

"찾으신다기에 달려오다가 그만……."

그는 더 이상 아무런 말도 하지 않았다. 그리고는 약을 바르고 넓은 반창고를 붙여 주었다.

"감사합니다."

"아니야. 나가 봐."

"네."

달려올 때까지 못 느끼던 통증이 느껴졌다. 인상을 쓰며 절뚝거리는 그녀를 박 회장은 굉장히 못마땅한 시선으로 보았다.

"저도 이러고 싶어서…… 읍!"

갑자기 그가 그녀의 허리를 당겨 안더니 입술을 삼켜 버렸다.

"읍!"

여기는 회사였다. 유 실장이라도 들어온다면 낭패였다. 그래서 순정은 그의 가슴을 밀어냈다. 하지만 그는 꿈쩍도 하지 않고 있었다.

"읍…… 안 돼요."

"왜?"

할 말이 없었다. 왜냐니? 그가 이해가 되지 않았다. 하지만 더 이해가 가지 않는 건 내심 좋은 자신의 마음이었다. 웃기는 일이었다. 순정이 그의 목에 팔을 감고는 그를 끌어당겼다.

"이젠 원하나?"

"키스나 해요."

"기꺼이."

그들의 키스는 점점 더 깊어 갔다. 순정은 이 남자가 원수가 아닌 사랑으로 자신의 마음에 들어왔다는 생각이 들었다. 이 사람이야 자신은 그저 지나가는 여자 중에 하나일 테지만 말이다.

"하……."

그가 갑자기 입술을 떼었다.

"결혼을 서둘러야겠어."

"네?"

뜬금없는 그의 말에 순정은 정신이 없었다.

"그 얘기는 이제 끝난 것 아닌가요?"

"아니……."

"어른들도 가시고 이제 누구도 박 회장님을 건드릴 수 없는데 말이죠."

"결혼이 필요해."

"네?"

"여자들로부터 피하기 위해서."

"아…… 그러시구나."

그녀를 좋아한다거나, 너 없이는 안 된다거나 그런 말을 기대하는 건 아니었다. 그래도 최소한 그녀와 함께하고 싶은 이유가 다른 여자를 피하기 위해서는 아니어야 했다.

"대답이 왜 그러지?"

"전 회장님의 뜻에 따를 수밖에 없어요. 신세를 졌으니까요. 아니, 그보다 더한 것도 했을 거예요."

"신세?"

"이번 독사 일도 그렇고 다른 모든 일에 너무 감사하죠. 제가 무사히 살 수 있었던 건 다 회장님 덕분이에요."

"……."

그녀가 소파에서 일어나 찢어진 스타킹을 집어 들었다.

"그리고 한마디만 할게요. 이런 건 진짜 사랑하는 여자에게만 하세요. 헷갈리지 않게."

이렇게 말을 한 순정은 화장실로 갔다. 그리고 그 안에서 한참을 울었다. 서러웠다.

로열카지노 사장실은 화려했다. 조금 전에 갔던 회장실도 화려한데 여기는 더했다. 중국 부자의 사무실 같았다. 온통 다 금이었다. 물론 도금이긴 했지만 말이다.

"아버지가 이렇게 화려한 걸 좋아하실지 몰랐습니다."

"다들 그렇게 오해하지만 이건 회장님의 취향이다."

"아……."

회장실의 분위기도 이와 같았다. 아버지의 사무실에 처음 들어와 보니 기분이 이상했다.

"회장님을 만나니 어떻던?"

"저희랑은 조금 달라 보였습니다."

"고생을 많이 한 분이다."

"아버지는 회장님이 좋으신가 봅니다."

이곳에 오기 전에 아버지에게 들은 말과는 달라 조금 당황했다.

왜냐면 그는 박 회장을 처단해야 하는 인물로 설명했기 때문이었다.

"나야, 직접적으로 나서는 사람은 아니니 굳이 싫어할 필요는 없지."

"하지만 호텔을 아버지의 것으로 만들려면 제거해야 할 인물이라고……."

"맞아, 하지만 지금은 몸을 움츠릴 때다."

"왜죠?"

"독사가 박 회장에 의해 단번에 제거가 됐어."

독사라는 인물은 수혁도 잘 알았다. 아버지를 이 자리까지 오게 만든 인물이 독사였다. 아버지의 말로는 이곳의 주요인사는 거의 독사의 추천에 의해 들어온 사람들이라고 했다.

"전 뭘 하면 될까요?"

"열심히 너의 위치를 찾고 때가 될 때까지 기다려. 박 회장은 조폭 출신이라 아주 단순해."

"그런 것 같지는 않아 보였습니다."

"보기에는 힘이 있어 보이지만 사람이란 겉만 보고 판단하는 게 아니거든."

"어쩌실 생각이십니까?"

"월급받은 만큼 일해야지. 나중을 위해 발톱은 숨기고."

아버지는 독사와 굉장한 친분이 있었고, 그가 재벌가의 아들이 아니란 이유로 대성에서 내쳐질 때 복수의 칼을 갈고 있었다. 그래서 틈이 날 때마다 대성사람들을 이곳에 불러 도박에 **빠트렸다**.

당사자가 아니면 그의 가족까지라도 말이다. 그래서 김 비서의 동생이 희생되었다. 김 비서가 대성 회장의 돈 봉투를 전한 사실을 알고는 김 비서에게도 복수의 화살이 날아갔다. 그래서 그 동생이 이곳에서 돈도 잃고 가정도 풍비박산이 난 것이었다.

"김 비서와는 만났어?"

"네."

"그년이 왜 이곳에 왔는지 알다가도 모르겠어."

"아버지."

"난 너를 건드린 사람들을 용서하지 않을 거다."

"하지만 김 비서는 심부름만 한 거잖아요."

"아니, 자기가 원하면 하지 않았을 거야. 김 비서는 너의 불행을 즐긴 거야."

"아버지, 그런 비약이 어디에 있어요."

"넌 그게 문제야. 너무 착해 **빠졌어**."

아버지 홍 사장은 그를 보며 혀를 차고 있었다. 수혁은 생각했다. 김 비서의 원수는 독사가 아니라 자신의 아버지일지도 모른다고 말이다.

뜻하지 않게 아는 사람이 생기니 박 회장이 마음에 들어 하지 않아도 순정에겐 기분 좋은 일이었다. 그리고 박 회장이 그녀에게 결혼 이야기를 꺼낸 걸 보니 결혼을 하긴 할 것 같았다. 다른 여자들의 관심을 막아 주는 방패가 되겠지만 말이다.

아직 결혼 전이지만 지금 그녀는 그의 집에 머물고 있었다. 박 회장이 사람들을 시켜서 원룸의 월세를 빼 버렸고 짐은 그의 집 창고에 있었다. 짐이라고 해 봐야 얼마 되지는 않지만 말이다.

그래도 월세 보증금 때문에 받았던 대출금도 갚고 그녀의 통장엔 천만 원의 잔고가 남게 되었다.

"엄마, 칭찬해 줘."

그녀는 하늘을 보며 말했다. 그날 사고 이후에 그의 집에 살면서 그녀가 놀란 건, 그가 단 한 번도 그녀에게 섹스를 요구하지 않았다는 것이었다. 하긴 제정신인 인간이라면 마치 봉제 인형같이 너덜너덜한 그녀를 안고 싶을 리가 없었다. 오늘 회사에선 예외였지만 말이다.

샤워를 하고 전신거울 앞에 선 그녀는 본인의 몸을 보고는 놀라고 있는 중이었다. 손목과 발목은 지난번에 묶여 있던 자국에 검은 딱지가 앉아 있었고, 무릎은 깨져 있고 어디에 부딪쳤는지 무릎과 허벅지에 알록달록 푸른 멍이 들어 있었다. 그나마 얼굴에 아무 이상이 없기에 망정이지 회사도 나가지 못할 뻔했다.

"오늘은 어딜 갔지?"

박 회장은 오늘 아침부터 보이지 않았다. 그녀가 차려 준 밥을 먹는 걸 좋아하는데 그것도 마다하고 일찍 덕만과 함께 외출 중이었다. 그가 집을 비웠다 해도 집엔 경호원들이 가득했다.

"일요일이구나!"

그녀는 기지개를 켜고는 옷을 주섬주섬 입었다.

윙—

핸드폰이 울리고 있었다. 수혁의 전화였다.

"홍 팀장님."

[쉬는 날인데 뭐 하시나 해서요.]

"쉬고 있습니다."

[바람이나 쐬러 나갈까요? 데리러 갈게요.]

"아뇨, 오늘은 쉬고 싶어요. 어제 바닥에서 넘어지고 또 그전에도 좀 다친 데가 있어서 오늘은 침대와 한 몸이 돼야 할 것 같아요."

[그래요?]

아쉬움이 목소리에 가득했다.

"회사에서 만나요. 다음 주에 근처 삼겹살집에서 저녁이나 하죠."

[알았어요. 다음 주에 밥 먹지 뭐. 여긴 너무 조용해서 그런가 심심해요.]

"한 달은 적응하셔야 해요."

[후······.]

"호호······ 그냥 즐기세요."

[알았어요. 그럼 내일 회사에서 봐요.]

"네."

그녀는 웃는 얼굴로 전화를 끊었다. 서울 사람들이 이곳에 오면 얼마나 지루해하는지 잘 알기 때문이었다.

"어머! 언제부터······."

"통화 시작하기 전부터 쭉······."

"······."

현우가 화가 난 얼굴로 문 옆에 기대서 있었다. 몸이 얼마나 큰지 문이 작게 느껴지고 있었다.

"그러니까 홍 팀장님과는 그저 통화······."

그가 성큼성큼 그녀에게 다가오고 있었다.

"날 자극하는 건가?"

"아뇨."

그녀는 지금 슬립에 가까운 옷을 입고 있었다. 집 안으로 그 누구도 들어오지 않으니 굳이 다 갖춰 입을 필요는 없었다.

"속옷도 입지 않은 상태에서 다른 남자와 통화라……."

"그냥 일상적인 통화와 옷이 무슨 상관이 있어요. 영상통화도 아니고……."

그는 너무 억지스러웠다.

"내가 그렇다면 그런 거야!"

"박 회장님!"

그녀도 화가 났다. 아직 결혼을 한 것도 아니고 결혼을 한다고 해도 각자의 삶을 사는 쇼윈도 부부가 될 텐데 뭐가 그렇게 따지는 게 많은지 열불이 났다.

하지만 그는 이미 그녀의 코앞에 서 있었다. 그의 강한 체취가 그대로 느껴지고 있었다.

"잘 들어 둬."

"……."

"홍 사장은 독사와 아주 밀접한 관계의 인간이야. 겉으로 좋아 보여도 아닐 확률이 높지."

순정은 홍 사장님과는 앞면만 있지 말할 기회가 없어 그를 잘 몰랐다.

"그리고 웃기는 건 홍 사장의 눈 밖에 난 사람들을 독사가 다 처리해 줬어. 죽이기도 하고 도박장에 끌어들이기도 하고 말이야."

"……."

"혹시 홍 사장의 눈 밖에 난 적이 없나?"

"저야 여기서 알게 된⋯⋯."

홍 팀장에게 돈을 건넸던 게 생각이 났다. 하지만 그렇게까지 생각하기엔 지나친 면이 있었다. 단 한 번뿐이었다.

"전⋯⋯."

"아직은 확실하지 않지만 알아보고 있는 중이야."

"⋯⋯."

놀라울 따름이었다.

"홍 사장에 대해선 계속해서 주시하고 있었어. 그의 잔인한 성품도. 독사에게 장기를 팔게 한 것도 홍 사장이야."

"어머!"

그녀는 다리에 힘이 풀려 버렸다. 현우가 그녀를 옆에서 잡아 주었다. 하지만 순정은 그의 손을 뿌리치고 벽에 손을 짚었다. 순정은 지금 제정신이 아니었다.

"괜찮아?"

"아뇨."

괜찮지 않았다. 세상에 이런 말도 안 되는 일로 그녀의 가족이 모두 죽음을 선택했다는 게 믿어지지 않았다. 사실이라고 하기엔 너무 기막힌 일이었다.

정확한 사실이 밝혀져야겠지만 그래도 순정의 손발이 사시나무 떨리듯 떨리고 있었다.

"좀 앉아."

"아뇨, 진짜 괜찮아요."

"……."

그녀는 한참을 숨고르기를 한 후에야 현우에게 물을 수 있었다.

"그런데 오늘은 어디에 다녀오시는 길이에요?"

벽을 짚고 서서 물었다.

"새로운 카지노 허가 때문에 사람을 좀 만났어."

그들의 시선이 공중에서 부딪혔다.

"독사가 죽으면 다 끝이 날 줄 알았어요."

"아니야."

"그런 것 같아요. 얼마나 거미줄처럼 얽혔는지 알 것 같아요."

"……."

"언제쯤 끝이 날까요?"

"홍 사장을 처리하고 나면 마무리될 거야."

"이번에 완전하게 뿌리가 뽑혔으면 좋겠어요."

"내가 바라는 바야."

"식사는요?"

"오늘 아무것도 못 먹었어."

"준비할 테니 씻고 내려와요."

마치 부부의 대화 같았다. 순정은 주방으로 가는 길에 벽을 잡고 한참을 울었다. 믿을 수 없는 일이었다. 홍 사장의 일이 사실이라면 그녀 때문에 동생이 죽은 것이다. 그녀의 작은 잘못 때문에…….

10. 새로운 진실

1년 전…….

대성그룹 비서실은 언제나 분주했다. 우리나라 재계순위의 가장 꼭짓점에 있는 기업답게 회장의 일이 가장 많았다. 그래도 같이 일하는 최 실장님 때문에 그녀는 버틸 수 있었다.

"이쁜이……."

최 실장은 여자인데도 그녀를 부를 때 이쁜이라고 불렀다.

"넵."

"예쁜 것들은 예쁜 줄 알아."

"압니다."

"오늘 점심 삼겹살 어때?"

"네?"

"할 말도 있고."

최 실장이 윙크를 하고 사라졌다.

"점심에 무슨 삼겹살이냐고……."

회장의 호출로 사무실에 들어간 순정은 회장으로부터 이상한 지시를 받았다.

"이따가 퇴근하고 이걸 홍수혁이한테 줘."

"……."

"이거 주면서 먹고 떨어지라고 해. 다시는 회사에서 얼굴 보고 싶지 않으니 내일부터 나오지 말라고 하고."

"네."

봉투를 받아 들자 회장이 봉투 한 장을 더 주었다.

"이건 옷이나 사 입어."

"감사합니다."

이런 심부름은 익숙한 순정이었다. 입사를 하고 회장의 눈에 들면서 그녀는 회장의 개인적인 심부름도 했다. 예를 들어 아들, 딸들의 세컨드들이나 손자, 손녀들의 잘못된 짝들을 정리하는 데 그녀가 나섰다.

때로는 따귀도 대신 맞고 물세례도 받았지만 순정은 자신이 옳은 일을 한다고 생각했다. 그래서일까? 회장의 신임은 날이 갈수록 두터워졌다.

점심시간이었다.

"점심에 삼겹살은 좀……."

"나 임신했어. 그래서인지 고기가 당긴다."

"어머! 실장님, 축하드려요."

"고마워."

"그런데 약간 불길한 예감이 드네요."

"아무래도 이번엔 사직서를 낼 생각이야. 그동안 힘들었으니까 좀 쉬려고."

갑자기 목이 메었다. 입사해서부터 그녀의 멘토였던 최 실장이었다.

"그래서 말인데 너무 회장님 일에 관여하지 마."

"네?"

"총무팀의 서희 씨가 그러는데 누가 순정 씨 뒤를 밟는대."

"저를요?"

"그래. 그러니까 너무 깊게 관여하지 마. 요즘은 무서운 세상이고, 난 순정 씨가 직장 생활 하다가 좋은 사람 만나서 행복한 가정을 꾸리길 바라. 진심이야."

"감사해요."

최 실장의 말을 듣고 보니 얼마 전부터 퇴근길에 이상하게 누가 따라오는 느낌을 받곤 했다. 설마 했는데…….

어쨌든 이런 개인적인 일은 오늘까지 하고 말아야겠다는 생각이 들었다. 퇴근 시간 후에 그녀는 수혁과 약속을 잡았다.

"안녕하세요."

"안녕 못하다는 거 알잖아요."

"네……."

"이건 김 비서님 잘못은 아니니까. 오늘 왜 만나자고 한 거예요?"

"이거…… 너무 뜬금없다는 거 알지만, 저도 심부름이라서."

"돈?"

"뭐……."

홍 실장은 어이가 없다는 듯이 웃었다.

"내가 이런 수모를 당하네요."

"죄송합니다."

"김 비서님의 잘못은 아니에요. 김 비서님은 내가 이 돈을 받았으면 좋겠어요?"

"네."

어차피 안 될 거라면 돈이라도 챙기는 게 맞았다.

"진심 아니시면 받는 게 맞다고 생각해요."

"진심이라면?"

"……."

그럴 리가 없었다. 돈에 눈이 먼 사람들이 보통 재벌가의 사람들에게 접근했다. 그리고 그중에 하나가 수혁이라고 순정은 생각했다.

"가져가요."

"네?"

"진심이든 아니든, 이 돈은 내 것이 아니니까."

순정은 수혁을 이해할 수 있었다. 그건 그의 마지막 자존심이었다. 순정은 자리에서 일어나 집으로 향했다. 그런데 그녀의 차를 쫓는 차량이 있었다.

"뭐지?"

차가 골목길로 들어왔음에도 그 차는 그녀의 차를 따라왔다. 겁이 나서 그녀는 차에서 내리지 않고 한참을 있었다. 그러자 뒤차가 뭔가를 느꼈는지 차를 후진시켜 빠져나갔다.

그때는 그녀를 미행하던 사람이 누군지 몰랐었다.

현재.

홍 사장은 아들과 함께 출근을 하게 되어 너무나 기뻤다. 아들이 이리로 오는 바람에 온 가족이 오랜만에 모여 살게 되었다. 원룸을 얻겠다는 수혁을 설득해서 그의 집으로 들어오라고 했다.

"아버지는 직원들에게 인기가 좋으세요."

"내가 아니라 널 보러 나온 걸 거다."

"하하하, 설마요."

그의 아들의 인기는 상상을 초월했다. 인물도 좋고 성격도 좋아서 아들은 어디에 가나 여자들에게 둘러싸여 있었다.

"김 비서를 여기서 보게 될 줄은 몰랐어요."

김 비서란 말에 홍 사장의 얼굴이 굳었다.

"아버지, 김 비서를 너무 미워하지 마세요. 이제 대성그룹의 그 김 비서가 아니에요."

"아니, 한번 적은 영원한 적이야. 그리고 김 비서 같은 여우는 아주 위험해."

"아버지……."

"너도 너무 인정에 끌리지 마라."

"……."

아들은 왜 그가 김 비서를 미워하는지 알 수가 없다는 반응이었다.

"내가 왜 김 비서를 싫어하는 줄 아니? 너의 앞길을 막기 때문이야. 넌 돈 봉투 한 번이라고 생각하지만, 김 비서는 나에게도 찾아왔었다. 못 만났을 뿐이지."

"언제요?"

"널 만나고 다음 날."

그래서 홍 사장은 김 비서를 미워했다. 대성 회장의 개가 감히 돈을 들고 그의 집을 찾아와서 돈으로 매수를 하려 했기 때문이었다. 그는 솔직하게 아들이 대성그룹의 사위가 되길 바랐다. 출중한 외모에 실력까지 겸비한 아들이었다.

그의 자랑이자 그의 집안의 3대 독자인 아들이었다. 얼마나 금이야 옥이야 키웠는지 모른다. 그런데 아들이 재벌이 아니란 이유로 대성그룹 회장이 대놓고 반대를 했었다.

되는 일이 하나 없는데 김 비서가 휘젓고 다니는 바람에 그는 열이 받을 만큼 받았다. 직접 불러서 돈 봉투를 줘도 시원치 않을 판에 겨우 비서 나부랭이를 보내다니, 그는 속이 상했다. 그의 자존심을 건드렸기 때문이었다. 회장의 뜻이어도 그만했어야 했다.

"안녕하십니까?"

김 비서가 그들을 보자 와서 인사를 했다.

"김 비서는 더 예뻐지네."

"감사합니다."

"동생과 부모님이 돌아가셨는데 벌써……."

홍 사장의 눈에 김 비서의 얼굴이 굳어지는 게 보였다. 하나서부터 열까지 마음에 들지 않았다.

"김 비서님, 내가 아버지께 괜한 소리를 했나 봐요."

"……."

"어서 들어가."

김 비서가 고개를 숙이고는 가버렸다.

"아버지!"

"내 말이 틀리진 않을 텐데?"

"일부러 적을 만들 필요는 없어요."

"안 보였으면 좋겠구나. 난 눈에 거슬리는 인간은 곁에 두지 않아."

홍 사장은 절대로 김 비서를 가만히 두지 않을 거라 생각했다. 김 비서가 이곳에 온 이유를 그는 알았기 때문이었다. 독사에게 복수하기 위해 왔고 결국 해냈다. 물론 박 회장의 도움을 받기는 했지만 말이다.

"여우 같은 년!"

그는 자신의 사무실에 들어왔다. 그리고 독사의 부하들 중에 가장 똘똘한 녀석과 저녁에 약속을 잡았다. 독사의 돈에 대한 행방도 아주 묘했다. 하나서부터 열까지 독사가 죽음으로 불편한 게 한두 가지가 아니었다.

　독사가 살아 있을 땐 독사의 비유만 맞춰 주면 그뿐이었다. 하
지만 지금은 하나서부터 열까지 다 그의 손을 거쳐야 했다.

　"젠장, 이게 다 그 불여우 때문이야."

　수혁은 자신의 사무실에 들어서자마자 핸드폰을 들고는 순정에
게 전화를 했다. 괜히 아픈 곳을 건드린 것 같아 미안한 생각이 들
었기 때문이었다.

　"바빠요?"

　[아뇨, 말씀하세요.]

　"아까는 미안했어요. 우리 아버지가 안 그러시는 분인데 실수
를 한 것 같아서."

　[아니에요. 맞는 말씀이세요. 저도 사람인지라 가끔 잊을 때가
있어요. 절대로 잊지 말아야 하는데. 그래서 이제부터는 잊지 않
으려고요.]

　왠지 모르게 김 비서가 뭔가를 결심한 것 같아 보였다.

　"진심으로 사과할게요. 그런 의미에서 제가 오늘 저녁을 사죠."

　[아뇨, 오늘은 선약이 있어서.]

　"그럼 우리 만나기로 한 날에 봐요."

　[네.]

그래도 선약을 깨지는 않았다.

"단단히 화가 났어."

수혁은 이상하게 김 비서가 신경 쓰였다. 처음에 김 비서를 멀리서 본 날은 엄청난 미인이고 남자 직원들 사이에서 인기가 대단하다고 생각했다. 그리고 오랜만에 이곳에서 보니 이상하게 끌렸다. 그녀의 당당한 모습이 원래도 좋아 보이긴 했지만 이번은 그것과는 조금 다른 느낌이었다. 여자로 보인다고 할까?

"이상하군."

신기한 일이었다.

똑똑똑.

"들어와요."

일이 시작되고 있었다. 이곳에서 인정을 받으려면 대성에서보다 더 뛰어다녀야 한다는 걸 수혁은 알고 있었다.

순정은 짜증이 났다. 노골적으로 자신이 싫다는 반응을 보인 홍 사장 때문에 좀 당황했다. 현우의 말이 맞았다. 하지만 이렇게 직접적인 공격을 받고 보니 정신이 번쩍 들었다.

"김 비서."

덕만이 그녀에게 커피를 내밀었다.

"오늘 해가 서쪽에서 떴나 봐요."

"나도 양심은 있어."

"잘 마실게요."

"그런데 왜 저기압이야?"

"혹시 홍 사장님에 대해 알고 계세요?"

"홍 사장님? 호텔 홍 사장님?"

"네."

그녀의 물음에 덕만은 놀라는 것 같았다.

"저는 인상이 참 좋아서 말은 안 해 봤지만 이미지가 좋을 줄 알았는데, 회장님은 그렇게 생각 안 하시는 것 같아요."

"좋을 수가 없지."

"왜요?"

"뒤통수를 한두 번 맞았어야지."

"그런데 왜 그냥……."

"왜 그냥 두냐고? 이사회 때문이야. 그가 호텔 업계에서는 능력자거든."

이곳은 주식회사였다. 주주들의 의견이 반영되는 게 당연했다.

"그렇군요."

"서로를 벼르고 있다고 보면 되지. 회장님은 아직 호텔 실적이 좋으니 그냥 꼴을 보고 계시는 거야. 저쪽은 모르겠지만 말이야."

"독사와도 관계가 있어요?"

덕만이 눈이 동그랗게 변해서 그녀를 보았다.

"어디까지 아는 거야?"

"거기까지요."

"독사와는 서로 공생 관계였어. 홍 사장은 다 좋은데 자신의 눈에 거슬리는 사람을 가만히 두지 않아. 아주 잔인하게 처리하지."

"저한테는 왜 그랬을까요?"

"만약에 홍 사장이 그랬다면 뭔가 분명히 이유가 있어. 홍 사장이 꽂힌 이유가."

"제 동생의 죽음이 홍 사장과 관계가 있다면…… 그건 저 때문일 거예요."

"따로 아는 사이일 수도……."

"아니에요. 제가 대성그룹 회장님의 손녀와 아들 사이를 방해했다고 생각하는 거죠. 회장님을 대신해서 돈 봉투 심부름을 한 것뿐인데 말이죠."

"자존심을 건드렸군."

"저는 그렇다고 해서 사람을 죽게 만들지는 않아요."

"세상엔 이해하기 힘든 인간들이 많지. 특히 이곳 카지노에선 말이야."

"후……."

이제 끝난 줄 알았는데 아니었다. 속이 상했다.

"너무 걱정하지 마라. 보스가 있잖아."

덕만은 현우가 그녀의 일을 처리할 거라고 믿고 있는 것 같았다.

"네?"

"회장님이 도와주실 거야. 안 그래도 요즘 홍 사장의 뒤를 캐시더라고. 이유가 있었어."

덕만이 처음으로 현우와 그녀 사이에 대해 말했다.

"결혼할 거야?"

"모르겠어요. 아마 하게 되겠죠."

그가 원한다면 결혼은 하게 될 것이다.

"안 좋아?"

"전 거부할 수 있는 입장이 아니에요."

"왜? 그러면 입장이 지금과 다르다면 거절할 수도 있었어?"

"회장님과 저는 어울리지 않아요."

"잘 어울리는데……."

덕만의 말에 그녀는 미소를 지었다.

"전 그냥 평범한 사람이 좋아요. 사랑하면서 그렇게 살고 싶어요. 부모님처럼요."

그녀는 갑자기 목이 메어 고개를 숙였다. 덕만에게 들키고 싶지 않았다.

"김 비서!"

때마침 현우가 그녀를 불렀다.

현우의 시선이 순정에게 고정되어 있었다. 눈이 빨갛게 변한
게, 울기 일보 직전이었다. 그 모습도 귀여워 보이는 걸 보니 그도
정상은 아니었다.

"뭐야?"

"……."

그녀는 답이 없이 그렇게 고개를 숙이고 서 있었다.

"우는 거야?"

"아뇨, 울 예정이었는데 안 울려고요."

"기가 막히는군."

그녀가 그의 곁으로 다가왔다. 그를 현혹시키는 그녀의 향이 그
의 코끝에서 퍼지고 있었다. 마녀 같았다.

"비서를 안 구해 줘서 힘든가?"

요즘 그녀가 살이 빠지는 것 같아 보여 신경이 쓰이던 참이었
다.

"아뇨."

"그럼?"

"개인적인 일입니다."

"빨리 말해."

"출근하면서 홍 사장과 마주쳤습니다. 그리고 예뻐졌다는 소리를 들었습니다."

"좋은 소리 아니야?"

"그리고는 부모와 형제가 죽은 지 얼마 안 됐다는 말을 했습니다."

그가 벌떡 일어났다. 뭘 하려는지 뻔했다. 그녀의 옆을 지나가는 그의 허리를 뒤에서 안았다. 그녀의 체온이 그대로 그의 등에서 느껴지고 있었다.

"가지 마요."

"……."

"난 당신의 주먹질보다 위로가 필요해요."

"김순정……."

"이름을 들으니 기분이 좋아요. 딱딱하지 않고."

그가 몸을 돌려 그녀를 자신의 품에 안았다. 그의 품에 쏙 들어오는 그녀의 느낌이 너무나 좋았다.

"좋네요."

처음으로 그녀가 그를 먼저 안았다.

"자극하는 건가?"

"오늘은 오전에 다행히 일정도 없고, 밖에 유 실장님이 있는 게 걸리긴 하지만……."

그녀의 말에 웃음이 났다.

"어머!"

현우가 그녀를 들어 올렸다. 그리고 그의 책상 위에 그녀를 내려놓았다. 가벼운 깃털 같았다. 너무 마른 것 같았다. 비서를 구해줘야 함에도 정보가 새어 나갈까 봐 당분간은 그녀에게만 일을 시키기로 생각했는데 자꾸 흔들렸다.

"너무 말랐어."

"누구 덕분에요."

"조금만 참아."

"괜찮아요."

그녀의 얼굴을 양손으로 잡아서 키스를 했다. 그의 손안에 들어오는 작은 얼굴이 사랑스러웠다. 순정은 그에게 뛰는 심장이 있다는 걸 알려 준 여자였다. 언제나 그의 가슴속에서 자리만 차지하고 있는 줄 알았던 심장이 미친 것처럼 뛰며 자신의 존재를 알리고 있었다.

쿵쿵쿵!

그의 귀에선 자신의 심장소리가 북소리보다도 더 크게 들리고 있었다.

"으으음……."

그의 귓가에 그녀의 신음소리가 들렸다. 그의 욕망에 기름을 붓는 듯한 신음이었다. 그는 혀를 더 깊이 밀어 넣어 보았다. 그녀의 부드러운 혀가 오늘은 적극적으로 그의 혀를 건드리고 있었다.

오늘은 그의 야릇한 위로가 진심으로 필요한 모양이었다. 그녀의 양쪽 허벅지를 손으로 쓰다듬으며 그녀의 목이 뒤로 젖혀지도록 깊은 키스를 했다. 그의 손이 자꾸만 그녀의 팬티라인 쪽으로 향하고 있었다.

"스타킹?"

"으으음, 있어요."

역시 준비성이 철저한 순정이었다.

쫘악!

그녀의 스타킹은 단번에 찢어져 바닥으로 떨어졌다. 그리고 레이스 팬티도 찢어 버렸다.

"으으음……."

순정은 당황하지 않고 오히려 신음했다. 오늘은 시간이 없었다. 그가 자신의 벨트를 풀고 흥분한 페니스를 밖으로 빼냈다.

"흡!"

그녀가 귀엽게도 숨을 삼켰다. 현우는 한손으로 페니스를 쥐고 다른 한손으로 그녀의 다리를 잡았다. 그리고 그녀의 젖은 질 입구에 페니스를 문지르기 시작했다.

"아아앙……."

"어떻게 해 주길 바라?"

"넣어 줘요. 깊숙이……."

그는 페니스의 끝을 문지를 뿐 더 이상 넣지 않았다. 그녀가 애원하길 바랐다.

"회장님……."

"현우 씨라고 불러……."

"현우 씨, 제발 넣어 줘요."

그녀의 애원에 기분이 좋아진 그가 페니스를 단번에 깊숙이 밀어 넣었다.

"아악! 읍!"

이번엔 스스로 입을 막은 순정이었다. 밖에 덕만이 있기 때문이었다.

퍽퍽퍽!

그는 자신의 허리를 정신없이 움직이며 생각했다. 천국이 따로 없다고 말이다.

"헉헉…… 너무 좋아……."

"아흐……."

그들의 흐느낌에 가까운 신음이 퍼지고 있었다. 그녀의 다리가 그의 허리를 감고 그녀의 팔이 그의 목을 감았다. 그녀는 떨어지기 싫은 듯 필사적으로 매달렸다. 더 이상은 참기 어려웠다. 마지막을 향해 거칠게 달리던 그는 자신의 분신들을 그녀 안에 쏟아냈다.

"으으윽……."

"아아앙……."

그녀 안에 그의 분신을 쏟아 냈지만 그녀는 흥분에 겨워 그가 지금 뭘 한지도 눈치채지 못하고 있었다. 현우는 자신의 분신들이 자신의 아기로 찾아오기를 바라고 또 바랐다. 순정을 회장실 안에 있는 화장실로 보내고 나서 그는 의심을 덜하게 하기 위해 덕만을 데리고 카지노를 순찰하러 나갔다.

순정을 향한 그의 작은 배려였다.

순정은 화장실에서 자신이 방금 전에 한 일을 후회하고 있었다.

"미쳤어."

아무리 위로받고 싶다고 해도 섹스는 아니었다. 남자의 위로와 여자의 위로는 많은 차이가 있었다. 하지만 그녀도 원했기 때문에 할 말은 없었다.

덕만의 얼굴을 어떻게 보나 생각했는데 센스 있게 현우가 덕만과 함께 사무실을 나갔다. 다행이었다. 그녀는 스타킹을 갈아

신고 마치 아무런 일도 일어나지 않은 것처럼 일을 하기 시작했다.

문이 열리는 소리가 들렸다. 당연히 덕만이나 현우일 줄 알았는데 뜻밖이 인물이었다.

"안녕하십니까?"

현우의 아버지였다.

"지금 회장님은 안 계십니다."

"현우를 보러 온 게 아니고 아가씨를 보러 온 거야."

"저를요?"

"우리 현우와 결혼을 할 거라고 해서."

장래의 시아버지가 왜 온 건지 궁금했다. 결혼을 반대하기 위해 온 거면 어떻게 해야 하는지 머리가 복잡했다.

"앉아."

"네, 커피 준비할까요?"

"아니, 얼른 말하고 사라지는 게 나아."

그녀는 현우 아버지의 앞에 앉았다.

"이거……."

그가 뭔가를 내밀었다.

"현우 엄마의 유품이야. 아니 우리 어머니의 유품이라고 하는 게 맞아. 대대로 물려주길 어머니가 바라셨지."

"……."

순정은 작은 상자의 뚜껑을 열었다. 그 안에는 순금 쌍가락지가
들어 있었다.

"예전엔 전 재산이나 다름없는 물건인데 요즘은 흔하지."

"이걸 왜……?"

"우리 집 며느리가 될 거니까."

"전……."

"아가씨의 뜻이 어떻든지 간에, 박 회장이 그렇게 마음을 먹었
다면 하는 거야. 그리고 가락지는 현우 엄마와 헤어지면서 내가
뺏어 왔어."

좋은 일도 아닌데 참 당당하게 말하는 것 같았다.

"그런데 전 아직 이걸 받을 수가 없습니다. 결혼을 하고 나서 주
셔도……."

"아니, 이제 내가 그 녀석을 안 볼 거야. 결혼식에도 안 갈 거
고."

단단히 벼르고 온 모양이었다. 현우의 아버지는 그렇게 반지만
덩그러니 남겨 두고는 홀연히 떠났다.

순정은 결혼을 하더라도 결혼식은 하지 말아야겠다는 생각이
들었다. 그녀도 부모님이 안 계시고 그도 아버지가 참석하지 않으
신다니 남들에게 흉이 될 게 뻔했다.

"김 비서!"

현우가 덕만과 함께 사무실에 들어왔다.

"아버지가 오셨다고?"

"네, 드릴 말씀이 있어요."

얼굴이 굳어 있는 현우를 보며 순정이 말했다. 그러자 현우가 순정을 사무실로 데리고 들어갔다.

"뭔데?"

"이거."

그는 처음 보는 작은 상자를 열고는 한참을 내려다보았다.

"이건 우리 어머니의 유일한 반지야."

"이게 할머니의 유품이라며 이 집안의 며느리에게 주고 싶다고 하셨어요. 대대로 물려주고 싶다고."

"어머니는 그 어떤 것보다도 이 반지를 소중하게 여기셨어. 어머니와 할머니는 관계가 아주 좋으셨거든."

그의 눈가가 촉촉해졌다.

"살아 계셨다면 순정이를 아주 예뻐해 주셨을 거야."

"그러셨을 것 같아요. 사실은 사무실에 들어오셨을 때 너무 놀라서……."

"혼자 오셨어?"

"네, 결혼식 때는 오지 않으실 거라고."

"당연히 오지 말아야지. 무슨 낯으로."

그와 아버지 사이에 골이 깊어 보였다.

"그래서 말인데 우리 혼인신고만 해요."

"뭐?"

"반지도 받았고 집도 있고 살림도 장만할 필요도 없으니 그냥 혼인신고만 해요."

"그래도 아쉬울 텐데⋯⋯."

"그럼 사진은 찍을까요? 다들 사진만 남는다고 그러니까."

그는 답을 선뜻하지 않았다.

"생각해 보자."

"좋은 날, 남들의 입방아에 오르내리고 싶지 않아서 그래요."

그녀는 진심이었다.

"어쨌든지 흰색 드레스에 면사포를 쓰고 사진 찍으면 결혼인 거예요."

"⋯⋯."

그녀가 예쁘게 웃으며 그를 보았다. 그러자 그가 순정을 끌어안 았다.

"어쩌면 이렇게⋯⋯."

"전 다 예뻐요."

"알아."

"농담인데⋯⋯."

"난 진담이야."

그의 품 안이 너무나 따뜻해서 눈물이 나올 것 같았다.

11. 뜨거운 사랑

순정은 카지노 근처에 있는 삼겹살집에 앉아 있었다. 오늘 덕만과 현우가 출장을 가서 마음 편하게 수혁과 밥을 먹을 수 있을 것 같았다.

오늘 나온 이유는 수혁이 그 일을 알고 있는지 궁금해서였다. 그리고 돈 봉투를 준 게 그렇게 자존심이 상했는지도 물어보고 싶었다. 그들의 심리가 궁금했다. 하지만 이 정도로 끝나지 않을 수도 있었다. 만약 동생에게 일어난 모든 일들이 그들이 한 게 확실하다면 그녀는 홍 사장에게 죽기를 각오하라고 경고를 할 생각이었다.

"먼저 왔어요? 미안해요."

수혁은 정확한 시간에 왔음에도 그녀가 먼저 와서 기다리고 있자 미안하다며 사과했다.

"아니에요. 온 지 얼마 안 됐어요."

그들을 향한 시선들이 많았다.

"김 비서님이 예뻐서 다들 이쪽만 보네요."

"홍 팀장님이 잘생기셔서 그래요."

"서로 덕담하는 건가요?"

그들은 웃으며 좋게 이야기를 시작했다. 삼겹살을 주문하고 서로의 안부를 물으며 한참을 대화한 그들이었다.

"하하하, 맞아. 비서실 박 실장이 날 좋아했어요."

"진짜 웃기는 얘기죠."

"둘이 사이가 안 좋았죠?"

"네, 절 못 잡아먹어서 안달이었죠."

"김 비서님이 너무 출중하니까."

"고마워요."

수혁은 나쁜 사람은 아니었다. 그는 따뜻한 사람이었다. 순정은 그렇게 생각하고 싶었다. 아버지와는 다른 사람이라고 말이다.

"묻고 싶은 게 있어요."

"뭔데요?"

"내가 돈 봉투를 들고 간 게 그렇게 잘못된 건가요? 난 비서고,

그게 제 일이에요. 물론 살인을 하거나 강도짓을 시킨다고 하지는 않지만 뭔가를 전해 주러 갈 수도 있다고는 생각 안 하셨어요?"

"그거였어요? 궁금했던 게?"

"네."

그는 담담하게 그녀를 보며 말했다.

"그건 좀 복잡한 문제죠. 내 입장에선 치부를 들킨 느낌이었어요. 아버지의 입장에선 자존심이 많이 상하신 거고."

"다음 날 제가 돈 봉투를 돌려주려고 들고 가자 회장님이 이번엔 부모님께 주라고 하셨어요. 저로서도 지시니까 어쩔 수가 없었어요."

"알아요. 순정 씨 입장. 하지만 아버지도 아버지의 입장이 있었을 거예요. 아버지가 부탁한 내용보다 독사가 더 잔인하게 일처리를 했을 수도 있죠."

"……."

"아버진 그렇게 잔인하신 분이 아니에요."

"그때 홍 사장님은 못 뵙고 어머니를 뵈었어요. 혼만 나고 나왔죠. 그런데 그게 그렇게 잘못된 건가요?"

"잘못이라고 생각해요."

"한 가족을 풍비박산 낼 만큼요?"

"……."

수혁이 이해할 수 없다는 표정으로 그녀를 보았다.

"홍 사장님이 독사에게 복수를 해 달라고 했고 동생은 독사로 인해 자살을 했죠. 전 독사에게 복수를 하면 끝이 날 줄 알았어요. 그런데 그걸 시킨 사람이 따로 있었다니⋯⋯."

"김 비서!"

그는 아니란 듯이 호통을 치듯이 그녀를 불렀다.

"독사에게 사주를 받은 사람이 다 말해 줬어요. 동생을 어떻게 도박판에 넣었는지."

"⋯⋯."

"결국 모든 걸 잃고 장기까지 팔고는 자살을 했죠. 집안의 전 재산을 다 잃고요. 그리고 부모님께서도 자살을 하셨어요. 다 제가 돈 봉투를 전해서 벌어진 일이죠."

그의 얼굴이 사색이 되었다.

"그냥 절 불러서 혼을 내셨다면 전 사과했을 거예요. 좋아서 한 일은 아니라고 말했을 거예요. 그런데 제겐 그런 기회가 없었어요. 고래 싸움에 새우 등이 터졌죠. 왜 홍 사장님은 대성 회장과는 싸우지 못하고 우리 같은 새우들을 건드리신 걸까요?"

뭔가를 알고 있는 눈빛이었다.

"아버지가 진짜로 그랬다고 생각하나요?"

"네."

"내가 여기 더 이상 앉아 있을 이유가 없군요."

"이해하실 줄 알았어요."

"지연보다는 혈연이지요."

"……."

할 말이 없었다. 수혁이 자리에서 일어났다.

"김 비서님이 오해를 하고 있군요."

"아뇨, 증거가 너무 명확해요. 그래서 오늘은 경고를 하러 왔어요. 반드시 갚아 드리겠다고 말이에요."

"아버지가 잘 보셨군요. 쓸데없이 이렇게 오해를 하고 있으니 미우실 수밖에요."

"뭔가를 알고 있군요."

"알긴 뭘 안단 말이에요?"

평소에 알고 있던 수혁이 아니었다. 추악한 악마의 자식도 추악해 보였다.

"당신들이 얼마나 잘못했는지."

"김 비서!"

"하나는 시키고 하나는 방관하고."

"……."

"난 사람을 죽인 것보다 더 나쁜 게 죽이라고 시킨 사람이라고 생각해요. 그리고 그걸 알고도 묵인한 것도 용서가 안 되죠."

이번에는 그녀가 일어났다.

"내가 돈 봉투를 들고 간 건 충분히 사과했어요. 왜 해야 하는지는 모르겠지만."

"저희 아버님은 절대로 사과만으론 안 될 겁니다."

그렇게 순정은 밖으로 나왔다. 수혁에게 많은 실망을 했다. 하지만 이대로 끝낼 수는 없었다.

어두운 지하실에서 현우는 의자에 묶여 있는 남자를 보았다.

"그래서, 누가 시켰다고?"

"……."

"한 번 더 맞아야겠구나."

퍽퍽퍽!

덕만의 주먹이 사정없이 남자의 얼굴이며 복부를 마구잡이로 가격했다. 독사의 오른팔이었던 영창이었다.

"난 모르는 일이야."

"그럼 누가 그랬을까?"

"으윽."

덕만이 영창의 팔을 비틀었다.

"아악…… 모른다고!"

"장기도 팔고 가진 것 다 팔고 딸도 팔고 와이프도 팔고……. 지금이 무슨 80년대도 아니고 너무 소름 끼치잖아."

"⋯⋯."

"그래서 내가 준비했지. 쓸데없이 충성심이 강한 널 위해서."

덕만은 부하에게 시켜서 영창에게 하나뿐인 딸의 하굣길을 찍게 했다.

"고등학생이면 아주 쓸 만하지."

"개새끼야!"

"왜 남들 새끼들은 되고 네 새끼는 안 되는데?"

"털끝 하나라도 건드리면 넌⋯⋯."

"안 건드리고 싶어."

영창이 잠시 고민을 하더니 말을 하기 시작했다.

"홍 사장이 시켰어."

"뭘?"

"김 비서 뒷조사."

"왜?"

"김 비서가 마음에 안 든다고 하더라고. 죽여 버리고 싶다고. 자기와 자기 아들의 자존심을 건드렸다고. 다른 이유는 듣지 못했고 그냥 죽이라고 했어. 자기가 그 동생을 폐인으로 만들고 죽게 했다는 말도 했어."

덕만의 인상이 구겨졌다.

"점잖게 생기신 분이 생각은 우리보다 더 쓰레기야. 그러니까, 제 비위에 안 맞는다고 죽이라고?"

"뭐 그런 셈이야."

"독사도 없는데 네가 왜 홍 사장의 말을 들어."

"자기가 곧 로열 전체의 회장이 된다고, 그러면 독사의 자리를 준다고 했어."

덕만은 한심하다는 듯이 영창을 보며 말했다.

"홍 사장은 절대로 너한테 그렇게 못해 줘."

"……."

"로열의 회장은 단 한 사람뿐이니까."

"……."

"어차피 독사는 죽었으니까 내 밑으로 들어와. 카지노 운영에 도움을 주면 월급도 받고 4대보험도 되고 좋지. 거기다가 퇴직금에…… 너 딸도 있잖아. 딸에게 면목도 서고."

영창이 그를 멍하게 올려다보았다. 무식할 정도로 충성도가 강한 개가 주인을 잃었다. 개의 새 주인이 되는 건 어려운 일이지만 일단 새 주인이 되면 개는 다시 충성하리란 걸 아는 덕만이었다. 아니, 박 회장이었다. 그가 그렇게 시켰으니까 말이다.

어두운 거실 안에 현우 혼자 앉아 있었다. 출장을 다녀온다고 거짓말을 하고는 덕만과 영창을 잡아서 족치고 오는 길이었다.

덕만이 나서고 그는 가만히 지켜보았지만 홍 사장은 사이코패스처럼 이해가 되지 않았다. 아무리 악마라고 해도 이유가 있는데 그의 이유는 단지 자신의 자존심을 상하게 했다는 이유였다.

"안 되겠어."

이사회를 소집시킬 생각이었다. 홍 사장에게 뭔가를 보여 줘야지, 안 그러면 카지노에 대한 평이 너무 나빠질 것 같았다.

"부르셨습니까?"

"소주 한잔하자."

"김 비서는……."

"아직이야."

그가 잔에 소주를 따라 덕만에게 주었다.

"오늘 수고했어. 덕분에 쓸 만한 놈 하나 건졌어."

"감사합니다."

"아니야, 덕만이 네가 이렇게 있으니 든든해."

덕만이 그를 빤히 바라봤다.

"왜?"

"뭐 잘못 드셨습니까? 칭찬은 처음 듣습니다."

"미친놈."

그가 소주를 단번에 입에 털어 넣고 덕만이 다 마시기를 기다렸다. 덕만이 그의 잔에 다시 소주를 부어 주었다.

"그래서 서운했어?"

"제가 그런 거 느낄 놈입니까?"

"칭얼댔으면 넌 내 옆에 없었겠지."

"김 비서와는 결혼 안 하십니까?"

"할 거야."

"축하드립니다."

그들은 다시 한 잔을 했다.

"왜 이렇게 안 들어와."

"아마 지금 끝나셨을 겁니다."

"그래? 그렇군."

덕만이 그를 빤히 보았다.

"그렇게 좋으십니까?"

"아니."

"아니긴요. 이런 모습은 처음 보는데. 아주 오글거려서 죽겠습니다."

"……."

"여자를 기다리시는 것도, 같이 있으면 김 비서만 보시는 것도 적응이 안 됩니다. 아주 지독한 사랑에 빠지셨습니다."

"아니라니까."

"아니긴요. 사업보다도 김 비서의 복수에 더 신경 쓰시고……."

현우는 할 말이 없는지 소주만 연거푸 마셨다.

"하지만 전 보기 좋습니다."

"그만해."

"이제 정말 안정된 가정을 가지실 때도 됐습니다."

"……."

아니라고 말은 하고 있었지만 왠지 얼굴이 화끈거렸다.

"내가 그래 보여? 김 비서를 좋아하는 것처럼 말이다."

"아주 많이 그렇게 보입니다. 한눈에 보기에도 딱 그 모습이십니다."

"아닐걸? 그럼 김 비서는."

"그야 저도 모르죠."

덕만이 또 마음에 들지 않는 답을 했다.

"물어봐 드릴까요?"

"아니."

"그럼 직접 물어보세요. 좋아하는지."

"싫어."

"왜요? 회장님은 사랑하시면서……."

사랑? 그는 그런 걸 하는 사람이 아니었다.

"그런데 이거 진짜 맛있습니다."

순정이 닭강정을 만들어 놓았다. 술안주 하라고 말이다. 이 근처는 시골이라서 배달도 잘 안 된다고 아예 집에서 만들었다.

"김 비서가 만들어 놓은 거야."

"진짜 맛있습니다."

복덩이를 얻은 것 같았다. 하지만 그녀의 진짜 마음은 아직 몰랐다. 어쩌면 복수에 그를 이용했을지도 모른다. 하지만 그는 상관없었다. 여자가 겪기엔 너무 엄청난 일이었기 때문에 그가 도와준 것이었다.

"이거 가져가도 됩니까?"

"아니."

"치사하십니다."

"내가 먹을 거엔 좀 그런 편이지."

"형님……."

오랜만에 덕만이 녀석이 그를 형님이라고 불렀다.

"치킨 하나 때문에 형님이라고 부르고……. 시켜 먹어."

그 후로 1시간 동안 둘은 각각 소주를 2병씩 마셨다. 기분 좋게 취할 양이었다.

"그런데 너무 늦으십니다."

"그러네."

찰칵!

"오셨네요."

현관에 서서 멍하게 그들을 보고 있는 순정이었다.

"우리 순정이가 왔군."

"우리 순정이? 하하하."

덕만이 놀리듯 웃었다.

"미친놈!"

"죄송합니다. 너무 안 어울리셔서."

"꺼져!"

"네, 네. 전 꺼집니다."

덕만이 자리에서 일어나 밖으로 나갔다.

"왔어? 앉아."

"저도 한 잔 주세요."

그가 소주를 자신의 잔에 따라서 그녀에게 주었다. 그녀는 숨도 안 쉬고 술을 단번에 넘겼다.

"술도 약하면서."

"그래도 마시고 싶어요."

"왜?"

"홍 사장이 벌인 일에 대해서 알게 되었어요."

"어떻게?"

"홍 팀장하고 만났거든요."

그녀가 홍 사장과 얽히는 건 정말 싫었다.

"나서지 마."

"하지만……."

"내가 알아서 해. 그리고 그쪽은 생각보다 더 위험해."

"알아요."

"알면 더 하지 말아야지."

그녀가 소주잔에 소주를 따르고 한 잔 더 마셨다.

"기다려. 내가 알아서 할 테니까."

"복수가 다 이루어진 줄 알았어요. 그렇다고 마음이 편한 건 아니었지만 말이에요. 전 홍 사장을 벌하고 싶어요. 독사보다 더 나쁜 새끼예요."

"……."

그녀의 예쁜 얼굴에서 눈물이 흘러내렸다.

"울지 마."

그가 순정의 얼굴에 흘러내리는 눈물을 손가락으로 닦았다.

"복수를 위해 내가 필요한 건가?"

"네?"

"아니야."

그가 고개를 돌렸다. 진실을 듣게 되거나 아니면 그녀의 표정이 진실을 말한다면 미칠 것 같았다.

"날 봐요."

"……."

"제발……."

그가 다시 고개를 들어 그녀의 눈을 똑바로 봤다.

"처음엔 아니라고는 할 수 없어요. 하지만 지금은 아니에요. 난……."

"그만."

그가 자리에서 일어났다. 더 이상은 듣고 싶지 않아서 자리를 피했다. 진실은 때론 독이 되는 법이었다.

순정은 그가 떠난 자리를 멍하게 보았다. 그는 뭐 때문에 저렇게 괴로워하는 걸까? 답답한 마음이었다. 그녀의 마음을 전했는데 그는 시큰둥한 반응을 보였다.

"좀 더 확실하게 말해야 하나?"

그녀는 머리가 복잡했다. 자신의 방으로 돌아온 순정은 옷을 벗고 샤워를 했다. 시원한 물로 샤워를 하니 정신이 번쩍 들었다. 오늘이 아니면 안 될 것 같았다.

그녀는 물기를 대충 닦고는 수건으로 몸만 가린 채 그의 방으로 과감하게 들어갔다.

그도 샤워를 마치고 나왔는지 머리카락이 젖어 있었다.

스르르…….

그녀의 수건이 바닥으로 떨어졌다.

"순정……."

"날 가져요."

"……."

그의 눈동자가 짙어지고 있었다.

"어서요."

"난 그럴 수가 없어."

"왜요? 내가 당신을 사랑하지 않고 이용만 했을까 봐요?"

"……."

"이봐요, 박현우 씨! 난 사랑하지도 않는 남자와 잠자리를 하지 않아요. 그리고 사랑하지 않는 남자에게 나의 약점인 가족사를 얘기하지도 않았을 거예요."

현우의 눈썹이 살짝 움직였다.

"난 당신을 사랑해요."

"……."

"추운데 이대로 둘 건가요? 내가 매력이 그렇게 없어요?"

"이 마녀!"

그가 빠르게 다가와 그녀의 허리를 팔로 감쌌다.

"안아 줘요…… 읍!"

그가 그녀의 입술을 삼켜 버렸다. 그의 마음이 어떻든지 간에 이제 그녀의 마음을 말하고 나니 속이 후련했다.

"날 사랑해?"

"네."

그가 다시 그녀의 입술에 입을 맞추었다. 하지만 그다음에 이어진 말은 끝내 하지 않았다. 속상한 마음이 들었지만 순정은 내색하지 않았다. 키스에 열중을 하던 둘은 어느새 그의 침대에 누워 있었다.

그의 입술은 그녀의 가슴 위에 있었고 그의 손은 검은 숲을 감싸고 있었다. 그는 정신이 아찔할 정도로 부드럽게 그녀의 몸을 만지고 있었다.

"회장님……."

"현우 씨."

"현우 씨…… 오늘은 너무 이상해요."

"왜?"

"너무 부드럽게 하니까 눈물이 날 것 같아요."

그녀의 말에 그가 웃었다. 그리고는 더 이상 부드럽지 않은 터치가 이어지고 있었다. 그도 점점 흥분하고 있었기 때문이었다. 그의 손가락이 그녀의 질에 박힐 듯 깊게 파고들어 왔다.

"아아아앙."

그리고 거칠게 그녀의 질 안을 헤집어 놓고 있었다. 질 벽을 긁어 대는 그의 손가락의 움직임이 그대로 느껴지는 순정이었다.

"아흐…… 미치겠어."

그의 혀가 그녀의 가는 목을 핥고 있었다. 마치 짐승처럼 그들은 본능에 충실하고 있었다. 방 안은 신음소리와 질척이는 소리가 가득했다. 순정과 그는 속궁합이 너무 잘 맞았다.

"아아아……."

그가 그녀의 유두를 아프게 물었다.

"헉헉…… 순정……."

그가 숨이 넘어갈 것처럼 거칠게 숨을 쉬며 그녀의 이름을 연속해서 불렀다. 순정의 몸에 그의 혀가 닿지 않은 곳이 없었다. 순정이 몸을 엎드려 침대 헤드 쪽으로 기어가자 그가 순정의 다리를 잡아 아래로 끌어당겼다. 그리고는 그녀의 엉덩이를 혀로 쓸었다.

"아아아……."

온몸에 소름이 돋았다. 그는 등으로 혀를 옮기더니 그녀의 목에서 멈추었다. 그리고는 이빨을 세워 그녀의 목을 물었다.

"아아악……."

미칠 것 같은 짜릿함이었다. 그는 그녀를 돌려 눕히고는 다리를 벌리게 했다. 그의 눈앞에 그녀의 여성이 그대로 드러났다.

"예뻐."

"현우 씨……."

"그 말도 예쁘고."

그는 부드러운 남자였다. 생긴 게 투박하게 생긴 거지 그의 모든 게 투박하지는 않았다. 특히 그녀를 대할 때의 그는 신사 중에 신사였다. 가끔은 침대에서 짐승같이 굴 때가 있긴 했지만 그건 그녀가 바라는 바이기도 했다.

그는 양손으로 그녀의 다리를 더 벌렸다.

"부끄러워요."

"괜찮아."

하지만 그의 다음 행동은 전혀 괜찮지 않았다. 그녀의 욕망에 불을 지른 키스였다. 그의 혀가 그녀의 여성을 핥고 빨기 시작했다.

츄읍츄읍…….

마치 그녀의 여성을 다 먹어 치울 듯한 기세였다. 그녀는 몸을 비틀었지만 그의 힘이 너무나 강했다. 그녀의 여성을 손으로 벌린 그는 클리토리스를 혀로 건드렸다. 그녀가 몸을 부르르 떨자 그는 만족한 듯 더 열심히 그녀의 클리토리스를 핥았다.

"으으읍……."

순정은 몸을 뒤틀었다. 하지만 그는 순정의 몸을 바로잡아 더욱 더 꼼꼼하게 그녀의 여성의 구석구석을 핥았다.

"제발……."

그녀는 애원했다. 이 쾌락의 끝으로 그녀를 인도해 달라고 말이다.

"으으윽…… 미치겠어요."

다시 한 번 그녀는 몸을 부르르 떨었다. 아랫배가 찌릿했다. 하지만 그는 얄밉게도 페니스를 넣어 주지 않았다.

"아아……. 사랑해요."

"……."

그녀는 다시 고백했지만 그는 답이 없었다. 그 대신에 혀를 세워 그녀의 질 안으로 밀어 넣었다.

"흡!"

숨이 멎을 것 같은 쾌감이었다. 너무나 좋았다.

"현우 씨……."

"헉헉……."

그의 호흡이 점점 더 거칠어지고 있었다. 그가 순정의 몸을 뒤로 돌려 그녀의 허리를 들고는 엉덩이가 그의 페니스 앞에 오게 했다. 그리고 뒤에서 그의 페니스를 밀었다.

"아악!"

그의 페니스가 자궁의 끝까지 닿는 것 같았다.

"아아앙……."

하지만 훨씬 더 찌릿했다. 전기에 감전된 느낌이었다. 순정은
침대 헤드를 잡고는 머리를 숙였다.

퍽퍽퍽!

그가 거침없이 움직이고 있었고 순정은 미치게 좋았다. 질에서
느껴지는 얼얼한 정도의 느낌이 좋았다. 이런 자세로 섹스를 할
줄은 몰랐지만 그와는 무슨 짓이든 다 할 수 있을 것 같았다.

"현우 씨…… 사랑해요."

"으윽!"

그가 신음을 내뱉었다. 이 정도로 고백을 했으면 한마디를 해
줄 법도 한데 아무 대답도 없는 그가 미웠다.

"아아악!"

하지만 그것도 잠시 그의 페니스가 주는 쾌감에 그녀는 아무것
도 생각할 수가 없었다. 그가 마지막을 위해 그녀의 몸을 돌렸다.

"으으윽……."

그를 마주 보게 되자 달빛에 그의 몸이 반짝였다. 땀인 것이다.
온몸이 미끈거렸다. 마신 술이 다 흘러나오는 것 같았다. 오늘 그
녀도 약간의 알코올이 들어가서인지 오늘따라 많은 쾌감을 느끼
고 있었다.

"어서요……."

퍽퍽퍽…….

그가 다시 빠르게 움직이기 시작했다. 그의 페니스가 움찔거리는 느낌이 그대로 느껴지며 그의 분신들이 그녀 안으로 쏟아져 들어왔다.

"윽!"

그가 그녀의 몸 위로 쓰러졌다. 거친 숨을 몰아쉬고 있는 그였다. 그리고 그녀의 귓가에 거친 숨을 몰아쉬며 속삭였다.

"사랑해."

이제는 환청이 들렸다.

"네?"

"아니야."

"뭐라고 했잖아요."

"……."

"진짜 얄밉게 이럴 거예요?"

그가 그녀를 침대에 눕히고는 말했다.

"난 두 번 말하는 거 좋아하지 않아. 그리고 한 번도 이런 말을 하지 않았고 앞으로도 듣기 힘들 거야."

"……."

갑작스러운 그의 말에 그녀는 마른침을 삼켰다.

"사랑해. 첫눈에 반했어."

"네? 첫눈에?"

"그래."

그가 사랑한다고 했다. 그것도 첫눈에 반했다고 했다. 첫눈이라면 소매치기당했을 때를 말하는 것 같았다.

"저도 첫눈에 반했어요. 복수를 잊을 만큼……."

그가 그녀의 입술을 삼켰다.

"사랑해요."

그가 그녀를 꼭 끌어안았다. 순정은 오늘 아기가 생길지도 모른다는 생각이 들었다. 그녀의 배란주기상 그랬다. 하지만 아니길 바랐다. 아직은 아니었다. 그가 겨우 그녀에게 마음을 열었는데 아이 때문에 또 마음을 닫을 것 같았다. 왠지 그는 아기를 싫어할 것 같아 말을 아꼈다.

"왜?"

"아니 좋아서요."

그녀가 그의 입술에 입을 맞추었다.

"사랑하는 사람과 결혼하게 돼서 너무 좋아요."

"나도."

"우리 행복하게 살아요."

현우가 순정의 정수리에 입을 맞추었다.

"그럼……."

"그럼? 어머!"

현우가 그녀를 안아 들었다.

"씻고 한 번 더?"

"빙고!"

둘은 손발이 잘 맞았다. 일적인 면에서도, 이렇게 잠자리에서도 말이다. 순정은 현우의 얼굴을 손으로 쓰다듬었다.

"난 당신이 이제는 평범했으면 해요."

"어떤 면에서?"

"진한 페로몬 향을 뿜어내는 남자 말고 그냥 가정적인 남자요."

"그건 좀 힘들지 않을까?"

못 말리는 자신감이었다. 그는 자신이 섹시하다는 걸 알고 있었다.

"그건 맞는 말이네요. 제가 너무 무리한 걸 바랐어요."

"하지만 덜 섹시하도록 노력해 볼게."

그가 그녀의 입술을 삼키며 말했다.

12. 행복하고 행복하다

햇볕은 쨍쨍하고 기분은 하늘 높은 줄 모르고 치솟고 있었다. 오늘 순정은 그에게 사랑 고백을 받은 날을 제외하고 가장 기분이 좋았다.

그의 블랙인 집 안의 인테리어를 그녀가 그녀 스타일로 바꿀 수 있었다. 집만 300평이 넘었다. 인테리어 업자도 집의 규모를 보고는 크게 욕심을 내고 있었다.

"이렇게 좋은 집을 너무 배트맨의 고담시티로 만들어 놓으셨어요."

"맞아요."

"이런 디자인은 어떠세요?"

"색상은 마음에 들어요. 그리고 전 부부침실하고 아기방에 좀 신경을 써 주셨으면 좋겠어요. 서재가 없는 대신에 아기방을 좀 더 넓게 만들고 싶어요."

"네."

"그리고 주방도요. 전 요리에 관심이 많거든요."

"네."

인테리어 업자와 시간 가는 줄도 모르고 이야기를 나누었다.

"순정!"

그가 드디어 일어난 모양이었다. 오늘은 일요일이었다. 어젯밤에 밤새 그녀를 괴롭히고는 자신은 해가 중천에 뜰 때까지도 잠을 자고 있었다.

"설계도를 뽑아서 다시 방문하겠습니다."

"천천히 하셔도 되니까 예쁘게 해 주세요."

"네, 사모님."

그녀는 이제 사모님이 되었다. 아직 혼인신고는 하지 않았지만 말이다. 인테리어 업자가 가고 그녀는 침실로 들어갔다.

촤악!

"너무 어두워요."

"알았으니까 커튼 좀……."

"안 돼요. 일어나요."

"인테리어 업자는?"

"다녀갔어요."

"마음에 드는 거 골랐어?"

"네, 아주 밝게 했어요. 집 안에 햇님도 그려 달라고 했어요."

그가 그녀를 침대 안으로 끌어들였다.

"밥 먹어요."

"아니, 나가 봐야 해."

"일요일인데요?"

"응, 마무리를 지어야지."

그는 이렇게 말을 하고는 침대에서 일어나 욕실로 들어갔다. 무슨 일인지 궁금했지만 순정은 묻지 않았다.

사업가들이 모이기에 딱 좋은 곳이 골프장이었다. 홍 사장은 오늘 수혁을 소개하기 위해 이사진들을 클럽에 초대했다. 오늘 모인 사람들만 허락한다면 그는 카지노까지 차지할 수 있었다.

"윤 회장님, 안녕하십니까?"

"아이고, 홍 사장."

"제 아들입니다."

"아이고, 이렇게나 잘생긴 아들이 있었어?"

"감사합니다. 절 돕겠다고 내려왔습니다."

"그런가?"

다른 사람들도 모였다. 그와 수혁, 그리고 대주주 세 명이었다. 그들은 신나게 골프를 쳤다. 수혁이 어른들의 비위를 잘 맞추고 있었다.

"이번에 이사회를 소집할까 합니다."

"그래? 왜?"

"회장 신임안을 놓고 할까 합니다만."

"박 회장이 일을 못해?"

"일을 못하는 게 아니라 더 큰 성과를 낼 수 있음에도 안 하고 있다는 거죠."

"더 큰 성과?"

대주주들이 관심을 보이기 시작했다. 그래서 그는 침을 튀기며 설명하고 또 설명했다.

"좋기는 하지만……."

"제가 호텔을 얼마나 키워 놓았는지 보셨지 않습니까?"

"알아."

"그런데 우리도 생각을 해 봐야지, 어떻게 단칼에 결정을 해."

"맞습니다. 천천히 생각해 주십시오."

그는 90도로 인사를 했다. 빌어먹을 인간들이 단번에 답을 안 했다. 골프를 마치고 점심을 먹은 후에 그들은 헤어졌다.

"이래도 되는 건가요?"

수혁이 운전을 하며 물었다.

"뭐가?"

"오늘 일을 박 회장이 안다면요?"

"몰라."

"어떻게 확신하세요."

"뭔가 이득이 보이면 저들이 말을 할 이유가 없어."

"그래도……."

아들 녀석은 언제나 겁이 많았다.

"수혁아, 뭐가 그렇게 무서워."

"사람들이요."

"왜."

"아버지를 노리는 사람들이 너무 많아서요."

"그건 네가 잘못 아는 거야. 난 내 적들을 다 처리했어. 김 비서
빼고."

"김 비서랑 박 회장이랑 결혼한답니다."

"지나가던 개가 웃겠어."

김 비서가 무슨 수로 박 회장과 결혼을 한단 말인가?

"진짜입니다. 지금 같이 살고 있어요."

"남자는 동거를 한다고 결혼을 하지 않아. 그건 너같이 순진한

애들이 하는 짓이고. 박 회장 같은 놈은 그렇지 않아."

"……."

그럴 리가 없었다. 그때였다. 앞에 검은 차들이 길을 막고 있었다. 차 한 대는 아주 눈에 익었다.

"차 돌려!"

"뒤에도 있어요."

검은색 승용차들이 뒤에서도 길을 막고 있었다. 갈 곳이 없었다. 도망치려면 강에 뛰어들어야만 했다.

"무슨 일이야!"

차에서 문을 열고 홍 사장이 소리를 질렀다.

"비켜!"

하지만 그도 차에서 내릴 용기가 없었다. 그때 각 차에서 각목을 든 남자들이 우르르 나오더니 그들의 차를 부수기 시작했다. 나오라는 말이었다.

팍! 팍!

지붕 위에 어떤 놈이 올라갔는지 그의 차 지붕이 찌그러져 내리고 있었다.

퍽!

차 유리에 금이 가기 시작했다.

"아버지, 차 안에 있다가는 진짜 큰일 나겠어요."

"……."

그때였다. 덕만이 그들에게 다가왔다.

"개새끼!"

덕만이 그들 앞에 서서 비릿하게 웃었다. 그리고 부하 중에 하나가 꼬챙이를 이용해서 차 문을 열었다. 그리고 그를 끌어냈다.

"놔라, 이놈들!"

"골프도 치시고 아부도 떠시느라 기운이 없을 줄 알았는데, 기운이 넘치십니다."

"뭐야!"

"왜? 자존심이 상하십니까? 그래서 제 동생을 노름판에 들이고 장기까지 팔고 집안을 풍비박산 낸 후에 자살하게 만들게요?"

"……."

"취미생활이 아주 악해."

홍 사장은 덕만을 노려보고 있었다.

"왜, 아들도 나한테 할 말 있어? 아버지가 다른 사람들에게 어떻게 했는지는 중요하지 않지? 너한테만 이득이 되면 넌 방관하면 그만이니까."

"싫어! 이거 놔!"

하지만 덩치들은 그를 무슨 종잇조각을 들 듯이 가볍게 들어 올려 차에 실었다.

"야!"

소리를 쳐 봐도 소용이 없었다. 그리고는 어디론가 그들을 데리고 갔다. 병원 비슷한 곳이었다.

"여기가 어디야?"

"네가 즐겨 하던 일을 하던 곳."

"뭐?"

수술복을 입은 남자가 들어왔다.

"오늘은 콩팥을 기증하는 거야."

"지, 지금 뭐 하는 거야?"

"너 하나, 애 하나. 죽어 가는 생명을 살리면서 네가 죽인 사람들에게 속죄를 하는 거지."

"안 돼……."

"왜 그 사람들은 되고 너는 안 되는 건데?"

다리가 후들거렸다. 덕만은 제정신이 아니었다. 어떻게 자신에게 이런 일을 할 수가 있는 건지…….

"위생적이진 않아. 하지만 마취는 하게 해 줄게. 처음엔 그냥 빼내려고 했거든. 그러니까 한 마디만 더 하면 마취제 없이 하는 거야. 알겠지?"

"……."

덕만은 진심이었다. 그의 앞에 침대가 놓여 있었다. 의사 혼자서 준비를 하고 있었다.

"빨리해. 여기 토할 것 같으니까."

덕만이 구시렁거렸다. 덕만도 이런 장소가 좋지는 않은 모양이었다.

"이제는 못하는 거야?"

의사가 덕만을 보며 물었다.

"만약 앞으로 불법으로 여기서 또 하면 그땐 내가 널 죽일 거야."

"독사가 죽었는데 뭘 하겠어……."

의사가 자포자기한 것처럼 말했다.

"빨리해."

"덕만이…… 살려 주게."

홍 사장이 울면서 살려 달라고 말했다.

"안 죽어. 그리고 이러고도 죄를 느끼지 못한다면 다음은 다른 걸 하나씩 떼어 내 주지. 그 전에 죽을지도 모르지만."

"그럼 아들은 빼 줘."

덕만이 어이가 없다는 듯이 웃었다.

"아니 김 비서는 돈 봉투 준 걸로 동생까지 건드려 놓고, 왜 너는 안 되는 건데?"

"……."

"시원하게 둘 다 빼."

덕만은 그렇게 말을 하고 나가 버렸다. 홍 사장은 자신의 무슨 짓을 했나 생각했다. 자신의 귀한 아들에게 상처를 준 것이었다. 그리고 박 회장은 평생 그를 괴롭힐 것이 뻔했다.

"살려 줘!"

그의 팔에 마취제가 들어갔다. 그의 눈앞에 그가 제거한 사람들이 서 있었다. 그리고 그를 보며 아주 행복한 미소를 지었다. 잘됐다고 박수를 치는 사람도 있었다.

"안 돼. 저리 가!"

그는 자신의 눈에 보이는 망령들을 손으로 휘저으며 몰아냈다. 그리고 깊은 잠에 빠져 들었다.

월요일은 언제나 힘들었지만 오늘은 굉장히 피곤했다. 자꾸 졸렸다. 속도 울렁거리고 그래서 순정은 아침에 블랙커피를 두 잔이나 마셨다.

"왜 그래?"

"좀 피곤해서요."

덕만이 걱정 어린 얼굴로 물었다.

"굿 뉴스 먼저 전해 줄까? 아니면 배드 뉴스를 먼저 전해 줄까?"

"좋은 소식이 좋겠어요."

속도 울렁거리는데 좋은 소식이 나을 것 같았다.

"홍 사장 잘렸어. 홍 팀장도."

"진짜요? 안 되는데……."

"아니, 복수는 철저하게 했어."

"어떻게요?"

"그런 줄만 알아."

하여튼 잘된 일이었다.

"혹시 독사처럼?"

"아니, 죽이진 않았어. 더한 일을 하긴 했지만 말이야."

"점점 더하네요. 배드 뉴스는요?"

"회사 내에 의사 선생님이 남자로 바뀌고 간호사도 남자야. 간호사는 여자여야 하는 거 아니야?"

"여기는 좀 그런 사건들이 많으니까 여자보다는 남자가 나아요."

"내 편은 없군. 속이 안 좋으면 보건실에 가 봐."

"그래야겠어요."

보건실에 가는 길에 우연히 현우와 마주쳤다.

"어디 가?"

"보건실에요."

"왜? 어디 아파?"

"체했나 봐요. 사무실에 소화제가 없어서……."

그가 갑자기 그녀의 손을 잡았다. 그 장면을 본 직원들은 그대로 얼어붙어 버렸다. 직원들은 아직 그들 사이를 알지 못했다.

"지, 지금 뭐 하시는 거예요?"

"병원으로 갈까?"

"아뇨."

"그럼 보건실에라도 같이 가."

할 말이 없게 하는 사람이었다. 억지로 보건실에 도착한 그들은 당황해하는 의사와 마주 앉아 있었다.

"회장님."

"소화가 안 된다고 해서."

"누가요?"

"와이프."

그의 말에 순정은 고개를 숙였다. 그는 청진기를 대 보고 입안도 보더니 갑자기 그녀에게 물었다.

"언제 생리하셨어요?"

"체했다니까."

그가 답답했는지 옆에서 난리였다.

"제가 규칙적이진 않아요."

"저도 확신은 없습니다만 여기보다는 산부인과로 가 보시는
게……."

눈치 빠른 현우가 그녀를 갑자기 안아 들었다.

"확실해?"

"어느 정도는요."

그가 뒤도 돌아보지 않고 보건실을 나왔다.

"미안해요."

순정은 갑자기 울음이 터져 버렸다.

"왜 울어?"

"미안해요."

순정의 말에 신경도 쓰지 않는 현우는 산부인과로 직행을 했다.
가는 동안 김 기사는 평생 먹을 욕을 다 먹었다. 빨리 가면 빨리
간다고, 늦으면 늦는다고 그리고 방지턱을 넘을 땐 거의 죽이려고
했다.

"그만해요."

그렇게 도착한 산부인과에서 그녀는 임신 소식을 들었다.

"축하드립니다."

"……."

그는 말을 잇지 못하고 있었다. 그렇게 싫은 걸까? 순정은 대성
통곡을 하기 시작했다.

"난 절대로 안 지울 거예요."

의사도 당황하고 현우도 당황했다.

"난 혼자서라도 잘 키울 거예요. 그러니까 날 건드리지 마요."

순정은 이렇게 말을 하고 병실을 나왔다.

"김순정!"

"왜요?"

"왜 당신 할 말만 해? 내가 지금 얼마나 행복한데……."

그가 울고 있었다.

"현우 씨!"

"난 우리들의 아이가 생겨서 너무 기뻐. 기다렸거든."

기다렸다고? 순정은 너무 놀란 나머지 그 자리에 우두커니 서 있었다.

"사랑해. 당신도, 아이도."

"……."

그녀가 그의 품으로 달려갔다.

"사랑해요, 당신이 싫다고 할까 봐 두려웠어요."

"내가 왜?"

"미안해요."

"순정이는 다 좋은데 가끔 너무 오버해서 생각할 때가 있어. 난 진심으로 당신을 사랑해."

"저도요."

병원을 나오며 그들은 두 손을 꼭 잡았다. 따뜻한 햇살이 그들이 비추고 있었다.

"하늘에서 엄마, 아빠가 보고 있는 것 같아요. 서진이도……."

"아마 보고 계실 거야. 그리고 행복하게 잘 살라고 지켜 주고 계실 거야."

"고마워요."

"고맙긴 내가 고맙지."

"그런데 내가 첫사랑이에요?"

"뭐?"

유 실장이 넌지시 그녀에게 회장의 첫사랑이 그녀라고, 요즘 같은 행동은 자신이 쭉 모시면서 처음이라고 말해 주었었다. 그 말이 기억이 난 순정이었다.

"그래."

그가 순순히 인정을 했다.

"진짜예요? 대박. 이 얼굴에?"

"……."

"어디 가요? 같이 가야지."

순정이 그의 뒤를 따랐다. 이렇게 알콩달콩하면서 그녀는 평생을 현우와 아기와 함께할 거란 생각이 들었다.

"아!"

그녀가 아픈 척을 하자 그가 바로 달려왔다.

"왜?"

"내 사랑이 넘쳐서요."

"뭐?"

그가 환하게 웃었다. 그리고 그녀를 안아 들었다.

"왜 안아요? 사람들도 많은데."

"사랑이 빠져나가면 안 되잖아."

그들은 그렇게 행복하고 또 행복할 미래를 향해 한 발짝 더 나아갔다.

결혼식은 올리지 않고 같은 집에서 사는 그들이었다. 사람들이 그들을 이상하게 보았지만 그녀는 아무렇지도 않았다. 그와 있다는 자체가 행복하고 좋았다. 임신 소식을 듣고 난 후 그녀는 바로 로열카지노를 그만뒀다.

새로 온 비서는 그녀보다 더 일을 열심히 하는 경력 있는 실장과 대학을 갓 졸업한 신참 비서였다. 예전 같으면 답답하다고 할 일을 그녀가 다시 출근을 한다고 할까 봐 많이 참고 있다고 유 실장이 귀띔해 주었다.

그녀는 요즘 아기들의 옷을 직접 만들어 주기 위해 홈패션을 배우고 있었다. 아기 옷도 만들고 이불도 만들기 위해 순정은 열심히 배우는 중이었다. 그녀는 지금 쌍둥이를 임신 중이었다.

처음엔 임신 유무만 진단을 받았는데 산부인과를 정하고 초음파를 받으니 아기가 또 있었다. 그녀의 집안에도 그의 집안에도 쌍둥이는 없었는데 희한한 일이었다. 그는 복이 두 배로 들어왔다고 좋아했다.

딩동!

"또야?"

하루 종일 택배를 받느라 정신이 없었다. 아기들 옷부터 장난감까지 쌓아 둘 곳이 없었다. 그래도 처음엔 남잔지 여잔지 가리지도 않고 같은 디자인의 파란색과 분홍색을 보내 화가 났는데 이제는 노란색으로 합의를 보았다.

아무래도 아기들이 태어나면 아기방은 완전히 병아리 방이 될 것 같았다. 아무리 이해하려고 해도 이건 너무했다.

그런데 이번엔 택배가 아닌 사람이었다. 그것도 둘이나.

"누구세요?"

"안녕하세요? 저희는 상주 도우미입니다."

"상주요?"

"회장님께서 사모님이 임신 중이라서 집안일은 어렵다고 보내셨습니다."

하긴 청소를 할 때 힘이 들기는 했다. 집이 너무 넓기 때문에 감당이 안 된 것도 사실이었다.

"들어오세요."

진짜 캐리어에 짐까지 싸 들고 온 그들이었다.

"저희는 게스트룸을 쓰라고 하셔서요."

"네."

당황스러웠다. 엄마도 도우미를 부른 적이 없었기 때문에 순정은 도우미는 재벌들이나 부르는 줄 알았었다. 하긴 그녀의 남편은 웬만한 재벌보다 돈이 많은 사람이었다.

아기들이 태어나기 전에 일을 마무리한다고 그는 요즘 아주 바쁘게 일을 하는 중이었다. 새로운 카지노 오픈이 허가가 나서 설계단계에 돌입한 상황이었다. 부지도 매입하고 해서 지금이 가장 정신이 없을 것이다. 직원들을 뽑고 교육을 시키는 데도 시간이 많이 걸렸다.

"후…… 3일째네."

처음엔 언제 온다고 말을 해 주고 가더니 요즘은 말도 없었다. 순정은 부정적인 생각을 털어 내고 다시 아이들 옷을 만드느라 정신이 없었다. 그렇게 저녁까지 그녀는 집중할 수 있는 무언가가 있어서 좋았다.

오늘은 조금 일찍 잠을 자야겠다고 생각한 그녀였다. 몸이 자꾸

나른했다. 가만히 앉아만 있어도 졸음이 밀려왔다.

씻고 침대에 누워 잠을 청한 그녀는 남편이 자신을 끌어안는 야릇한 꿈을 꾸었다. 그가 키스를 하며 그녀의 입에 혀를 넣었을 때 그녀는 이게 꿈이 아니란 걸 알았다.

"현우 씨! 어떻게 된 거예요?"

잠이 확 달아나 버렸다.

"너무 보고 싶어서……."

"현우 씨!"

"나 다시 내려가야 해."

"네?"

"우리 마누라 가슴 한번 빨고 싶어서 왔어. 아직 우리 하면 안 되지?"

"쌍둥이라서 조심해서 하라고 했지, 하지 말라고는 안 했어요."

그녀의 목소리가 자신이 듣기에도 민망할 정도로 갈라져 있었다.

"너무 하고 싶어."

"저도요."

그들이 입술이 서로를 강하게 원하는 것만큼이나 격렬하게 부딪치고 있었다.

"으읍……."

혀가 얽히고 서로의 타액이 오가며 그들은 며칠간의 헤어짐을 달래고 있었다. 그의 페니스는 벌써 그녀의 여성에 닿아 있었다. 그가 얼마나 흥분했는지 알 것 같았다. 그녀는 그의 페니스를 손으로 문질렀다.

"윽!"

그가 꾹 참았던 신음을 토해 냈다. 그리고는 너무 급하게 그녀를 침대에 눕히고는 그녀의 원피스 잠옷을 찢어 버렸다. 그리고 팬티마저도 바닥에 나뒹굴었다.

"어서요."

애무는 나중이었다. 지금은 너무나 마음이 급한 나머지 그녀의 다리를 벌리고 그의 페니스를 조심스럽게 넣었다.

"으윽…… 천국이 따로 없군."

"아흐…… 지옥이에요. 욕망의 불길이 타오르는……."

"맞아, 지옥…… 헉헉……."

"아……흐……."

"그래도 순정이와 함께라면 지옥도 좋아."

"우리 같이 녹아내려요."

그는 의사의 말대로 너무 깊이 삽입을 하지 않으려고 무진 애를 쓰고 있었다.

"더 깊이……."

"아니, 안 돼."

그는 인상을 쓰며 그녀의 요구를 거절했다. 자신도 너무 하고 싶은데 참고 있는 것이었다.

"아……흐……."

정말 미칠 것 같은 쾌감이었다. 그들의 부드럽고 감질나는 섹스는 빨리 끝을 맺었다. 더 이상은 그가 참기 힘들었던 모양이었다.

"어떻게 왔어요? 진짜 일하다가 온 거예요?"

그가 고개를 끄덕였다.

"진짜 못 말려요."

"이게 다 순정이 때문이야."

"어쨌든 고마워요. 이렇게 와 줘서."

순정이 그의 가슴에 코를 묻었다.

"으으음…… 너무 좋다. 현우 씨 냄새."

그가 가슴을 들썩이며 웃었다. 그녀를 보러 와 준 것에 고마워서 그녀는 한 번 더 그와 섹스를 했다. 그런데 정말로 그는 바로 가 버렸다. 바쁘긴 한 모양이었다.

그 후로도 그는 회사에서 있다가 뜬금없이 와서는 그녀와 뜨거운 시간을 보내곤 했다. 그는 그녀에게 빠져 있었고 그건 순정도 마찬가지였다. 그가 떠난 자리는 늘 허전했지만 금방 그들이 함께

할 수 있는 밤이 되니 좋았다.

　이렇게 행복해도 되는 건지 모르겠지만 지금 순정은 그 어느 때
보다 행복했다.

에필로그

하루 종일 열불이 나서 참을 수가 없는 현우는 드디어 비서에게 서류 뭉치를 던지고야 말았다. 놀란 비서는 눈이 퉁퉁 붓도록 울었고 덕만은 잔소리를 하기 위해 그의 앞을 어슬렁거리고 있었다.

"일주일입니다."

드디어 덕만이 잔소리를 시작했다.

"그 기간은 좀⋯⋯."

"닥쳐."

물론 그의 말에 바로 꼬리를 내리긴 했지만 덕만도 할 말을 안 하는 성격은 아니었다. 비서들이 한 달을 버티지 못하고 있었다. 그건 그의 성격이 이상한 게 아니라 그들이 일을 못하기 때문이었다.

그래서 이번엔 경력직으로 비서들을 뽑기로 했다. 속이 터져서 도저히 참을 수가 없었다. 최종 면접에 올라온 직원들의 이력서를 보니 우리나라 최고의 기업에서 다년간 비서 일을 한 미모의 비서도 있었다.

그는 미모를 따지지도 이력을 따지지도 않았었다. 그저 일만 잘하면 되는데 머리가 나쁜 건지 아니면 그런 이상한 인간들만 뽑은 건지, 속에서 천불이 나게 만드는 인간들만 들어왔다.

"오늘은 내가 직접 보겠어."

"네?"

"면접장에는 안 들어가고 영상실에서 보겠어."

"아…… 네…….."

그는 서둘러 영상실로 가서 면접하는 모습을 보기로 했다. 음성이 들리진 않지만 분위기로 알 수 있었다.

"이번엔 절대로 멍청한 인간들을 뽑지 않을 거야."

"네."

덕만과 함께 영상실로 간 그는 다섯 명의 면접 상황을 보았다.

"1번입니다."

덕만이 1번에 대한 브리핑을 시작했다.

"도쿄대학을 나온 수재로 일어에 능통하고 일본 카지노에서 일을 했다고 합니다."

웃는 얼굴은 예뻤고 질문에도 대답을 잘하는 것 같았지만 일을 잘할 것 같다는 느낌은 없었다.

"2번입니다. 이번에 아주 뜻밖의 스펙을 가진 사람이 들어왔다고 난리가 난 사람입니다."

"사설이 길어."

"죄송합니다. 대성그룹 비서실의 에이스랍니다. 대성그룹 쪽에서도 놓치기 싫어서 몇 번이나 사직서를 반려한 인물이랍니다."

"그래?"

그도 이력서를 보아서 그녀가 누구인지 알고 있었다. 화면 가득 그녀의 얼굴이 보였다. 그녀의 눈동자가 면접관을 응시하고 있었다. 이쪽에서는 잘 보이지 않았지만 그녀는 절제된 미소로 면접관의 질문에 답을 하고 있었다.

아주 일을 잘할 것 같다는 느낌이 첫눈에 들었다.

"합격!"

"네?"

"저 여자 합격시켜."

"하지만……."

"내 비서 아닌가?"

"맞습니다."

"그리고 면접 때 질문지하고 대답한 거 나한테 가지고 와."

"네."

그가 자리에서 일어났다.

"나머지 3명은······."

"네가 알아서 봐."

"네."

다른 사람은 관심도 없었다. 그는 한 사람이 마음에 들었으니 그뿐이었다. 그러면 그 여자의 얼굴을 한번 볼까 하는 마음에 그는 면접실로 곧바로 내려갔다. 면접을 끝낸 그녀가 밖으로 나오고 있었다.

갑자기 심장이 두근거렸다. 단정한 정장의 여자에게 심장이 거칠게 뛰다니 아주 이해하기 힘이 든 상황이었다. 그는 저도 모르게 여자의 뒤를 따랐다. 여자는 걸음걸이 하나까지도 얌전했다.

그렇게 한참을 따라가다가 그만 여자를 놓친 현우였다. 일주일 후면 만날 수 있는데 이상하게 조급한 마음이 들었다. 처음 겪는 감정에 그도 조금은 당황했다.

"뭐지?"

여자가 사라진 분수 쪽을 보다가 그는 담배를 한 대 물었다. 그리고 얼마 후에 그를 향해 한 남자가 달려오고 있었다. 안 봐도 상황은 뻔했다. 이 근처에서 자주 일어나는 날치기 사고임에 분

336 악마의 순정

명했다.

그의 카지노에 들어오기 위해 도박꾼들은 수단과 방법을 가리지 않았다. 그래도 대낮의 날치기는 사람을 상하게 하지 않으니 그나마 다행이었다.

그가 달아나는 남자를 잡았다. 그리고 그 뒤의 여자를 보았다. 아름다운 여자였다. 다만 경황이 없어서 그녀가 면접을 본 그녀인지는 알아차리지 못했다. 화면과는 조금 달라 보였기 때문일지도 몰랐다.

알았다면 그녀를 그렇게 허망하게 보내진 않았을 것이다. 덕만이 그녀에 면접 자료를 가져온 후에야 그녀가 방금 자신이 도와준 여자임을 말았다.

"멍청하긴……."

그녀가 올 날이 벌써부터 기다려진 현우였다. 묘한 인연이었다.

그 인연이 지금까지 이어져서 지금 순정은 그의 침대를 같이 쓰는 부부가 되어 있었다. 아름다운 그의 아내였다.

세월이 흘러 지금은 쌍둥이의 엄마가 되었지만 순정은 아직도 그의 마음을 사로잡는 아찔한 매력의 세이렌이었다. 그의 옆에서 세상모르고 잠을 자고 있는 순정의 머리카락을 만지작거리는 현우였다.

어쩌면 이렇게 화장을 안 했는데도 예쁜지. 그는 손가락으로 순정의 예쁜 얼굴을 쓸어내렸다. 그리고 자신도 모르게 앵두처럼 예쁜 그녀의 입술에 입을 맞추었다.

"으으음…… 자고 싶어요."

"자."

"우리 새벽에 잤어요."

"알아."

그들은 밤새도록 진한 섹스를 했다.

"잘래요."

"하지만 녀석은 아까부터 일어나 있어."

"현우 씨!"

순정이 이불을 머리 위까지 덮어 썼다.

"앙탈은……."

그가 이불을 들추고는 순정의 입술에 입을 맞추었다. 사랑하는 순정은 아침에 일어난 얼굴도 예뻤다.

"예쁘다."

"바보."

"맞아, 난 아들 바보, 마누라 바보지."

그렇게 말을 하며 그는 다시 한 번 그녀의 입술에 입을 맞추었다. 그녀의 혀를 빨아들이며 그는 만족스러운 키스를 했다. 순정의 키스실력도 늘어 그의 혼을 쏙 빼놓을 때가 많았다. 그녀는 아무래도 인간이 아닌 마녀 같았다.

그의 혼을 쏙 빼기 위해 태어난 마녀. 현우는 순정의 모든 게 좋았다. 특히 그녀의 체취가 너무 좋았다. 순정에게선 그의 아들들하고는 다른 베이비향이 났다.

"흡!"

순정의 호흡까지 모조리 빨아들인 그는 빠르게 혀를 움직이며 그녀를 유혹하고 있었다. 졸리다고 말하던 순정도 흥분을 했는지 그의 혀를 강하게 빨아들였다.

"으으읍……."

그녀의 손이 그의 페니스를 움켜잡는 바람에 화들짝 놀란 그였다.

"으음…… 싫어요?"

콧소리가 섞인 그녀의 말에 그는 숨을 죽이며 대답했다. 그녀의 손안에 있는 그의 페니스는 극도로 흥분을 한 상태였다.

"순정……."

그녀가 손을 위아래로 움직이기 시작하자 그는 미칠 것 같았다.

"당신이 먼저 시작한 거예요."

"맞아……. 하지만……."

"다시는 날 깨우지 마요."

그녀는 그에게 경고의 말을 하고는 그의 몸 위로 올라탔다. 그리고는 작은 치타처럼 요염하면서 매혹적인 사냥의 몸짓을 하고 있었다. 그녀가 낮은 자세로 그의 가슴에 자신의 풍만한 가슴을 대고 비비기 시작했다.

"으으윽……."

그가 신음을 삼키고 있었다. 이걸 그대로 넘어갈 순정이 아니었다. 그의 작은 마녀는 오늘 그를 죽일 작정이었다. 그의 심장이 미친 듯이 뛰었다. 그녀의 입술이 점점 더 아래로 내려오고 있었다.

"흡!"

그의 체모에 입술을 댄 순정은 한참을 그곳에 머물며 그를 미치게 만들고 있었다.

"순정……."

그가 이름을 부르자마자 그녀가 입술을 아래로 내려 그의 페니스를 혀로 아래에서 위로 핥았다.

"으으윽!"

그는 심장마비에 걸릴 것 같았다.

"윽!"

그녀가 페니스를 입에 물었다. 그리고 마치 사탕을 빨듯이 빨았다. 순정은 결혼을 하고부터는 섹스를 하는 데 거리낌이 없었고 새로운 섹스를 원했다. 그녀의 끝없는 성욕이 그를 기쁘게 했다.

"츄읍츄읍……."

"으윽……."

오늘의 섹스는 그녀가 주도하고 있었다. 그녀의 타액에 젖은 그의 페니스를 이번에 입이 아닌 그녀의 질 안으로 밀어 넣었다.

"아……흐……."

그녀의 긴 머리카락이 커튼처럼 그녀의 가슴을 가리고 있었다.

"아…… 좋아……."

"미치겠어."

그녀가 아래위로 움직이기 시작했다. 그녀가 속도를 높일수록 그는 욕망의 끝을 느끼고 있었다. 순정의 가는 허리를 잡고 있는 그의 손이 가늘게 떨리고 있었다. 더 이상은 참을 수 없을 것 같았다.

"어머!"

그가 그녀를 침대로 쓰러트리고 자신과의 위치를 바꿨다.

"더 이상은 힘들어."

순정의 다리를 벌리고 그 중심에 선 그는 자신의 페니스를 잡고는 그녀의 질 안으로 다시 미끄러트렸다. 조여 오는 느낌이 그를 미치게 만들었다.

"아아아……."

"윽!"

그의 엉덩이에 힘이 들어가며 빠르게 허리를 움직이기 시작했다. 그녀의 가슴을 손으로 만지며 욕망의 끝을 향해 달리고 있었다.

"으윽!"

그의 분신들의 그녀 안에 쏟아지고 있었다. 다시는 아기를 낳지 않겠다고 말하는 순정을 설득하기보다는 이렇게 틈을 노리는 게 나았다. 그는 순정을 닮은 딸을 가지고 싶었다.

"헉헉헉……."

그가 거친 숨을 몰아쉬며 순정의 몸을 꼭 끌어안았다. 물론 페니스는 빼지 않은 채로 말이다. 그의 음흉한 생각을 알 리 없는 순정은 완전 녹초가 된 것 같았다.

"무거워요."

"조금만……."

그리고 순정의 이마에 입을 맞추었다.

"이상해요."

"뭐가?"

"요즘 왜 이렇게 눈만 마주치면 하는 거예요?"

그녀가 이상하게 생각할 만했다. 그는 둘만 있으면 거실이든 침실이든 정원이든 가리지 않고 그녀를 가졌다. 그래서 요즘 순정이 그를 짐승이라고 불렀다.

"그냥 예뻐서."

"미쳤어요?"

"응, 우리 순정이 때문에 내가 미쳤지. 내가 첫눈에 반한 여자는 순정이 처음이야."

"마지막이기도 하고요."

"빙고!"

그녀가 그를 보며 웃었다.

"면접 볼 때 반했다고 유 실장님이 말해 줬어요."

"아니야."

"진짜요?"

"이력서를 볼 때부터 이미 반해 있었어. 난 이력서의 사진이 보정 처리 했다고 생각했거든. 그 정도로 예뻤지. 눈을 뗄 수가 없었어."

"아부의 극치네요."

"아니, 사실이야."

"좋아요. 믿을게요."

그녀가 그를 보며 세상에서 가장 예쁜 미소를 지었다.

"사랑해."

"요즘 너무 남발하는 거 아니에요?"

"그래도 사랑해."

그녀가 또 웃었다.

"진짜 무거워요."

"우리 씻을까?"

그녀가 고개를 끄덕이자 그가 순정을 안아 들었다.

"살 좀 쪄야겠어."

너무나 가벼운 순정이었다. 살집이 있어야 임신이 잘 된다는데 걱정이었다.

오늘은 신입이 들어오는 날이었다. 새로운 카지노를 대비해서 대규모의 인원을 뽑고 있기 때문이었다. 전체적으로 인원을 늘리고 있었지만, 특히 경호 쪽의 인원을 많이 채용하게 되었다. 그리고 로열카지노는 지리상 식구들과 떨어져서 지내야 하는 경우가 많아서 힘이 든 직장이었지만 그래도 월급이 상대적으로 높아 많은 사람들이 지원을 했다.

이번엔 여성 경호원들도 있어서 특히 신경을 쓰고 있는 덕만이었다.

"경찰 출신의 송연희가 아주 뛰어납니다."

"왜 경찰을 그만둔 거야?"

"잘렸답니다."

"왜?"

"가정 폭력 신고를 받고 출동했다가 아이들과 와이프가 처참하게 맞은 걸 보고 그 남편이란 작자를 거의 반쯤 죽여 놨다고 합니다. 서장이 겨우 감옥에 가는 거 막았다는데 실력은 좋습니다."

"마음에 들어. 그런 거 참으면 그게 더 이상한 거지."

"그리고 전(前) 국가대표 유도선수 출신입니다."

"알았어. 너 얘랑 친척이야?"

"아뇨, 신기해서."

"알았으니까 훈련이나 잘 시켜."

"네."

그는 혼자서 카지노를 시찰하고 있었다. 그러다가 분수 앞에서 소매치기를 발견했다. 여자였다.

"이보세요? 뭐 하세요?"

"사람 살려!"

그의 한마디에 소매치기가 갑자기 소리를 쳤다.

"이 사람이 내 엉덩이를……. 사람 살려!"

"이런 미친년이…… 야!"

퍽!

그는 그대로 땅바닥에 곤두박질쳤다.

"어디 할 짓이 없어서 성추행이야! 괜찮으십니까?"

"네, 네……."

소매치기는 그가 주저앉은 사이에 유유히 도망을 쳤다. 아무래도 어깨뼈가 나간 모양이었다. 어찌나 아픈지 악 소리도 나지 않았다. 그나마 그가 낙법으로 떨어졌기에 망정이지 일반인이었으면 거의 죽음이었다.

"어디 할 짓이 없어서 성추행이야?"

고개를 들어 보니 신입 경호원 같았다.

"그러니까……."

"됐고. 빨리 일어나. 경찰서 가게."

"이봐."

"이봐, 라니. 난 로열카지노의 경호원이야."

아주 어깨에 힘까지 장난이 아니었다.

"알았으니까 그만하자."

그러면서 그가 손을 내밀었다. 일으켜 달라는 뜻이었다.

"미친놈. 그렇게 당하고도 내 손을 만지고 싶어?"

"야!"

속에서 천불이 났다. 여자와는 처음 일을 해 보는데 앞날이 훤했다.

"왜!"

"송연희! 후회할 짓은 여기까지."

"내 이름은 어떻게……."

아까 경호원의 훈련 교관인 동호가 입에 침이 마르도록 칭찬한

송연희가 그의 앞에 있었다. 예쁘장한 얼굴에 탄탄한 몸을 가진 여자였다. 딱 그가 좋아하는 스타일이었지만 하는 짓이 영 푼수였다.

"내 이름을 어떻게 알았냐고!"

그가 손가락으로 이름표를 가리켰다.

"아…… 알았으니까 빨리 일어나. 배가 고프다고."

점심시간이었다.

"싫다면?"

눈을 부라리며 그를 째려보는 걸로 봐서는 밥 없이는 못 사는 것 같았다.

"교관님!"

동호였다. 동호는 그와 눈이 마주치자 더 빠르게 뛰어왔다.

"실장님!"

"이 사람 여기서 일합니까?"

어이가 없어 연희를 바라보는 동호를 그는 인상을 쓰며 보고 있었다.

"그, 그러니까 실장님……."

"이게 잘하는 거야?"

"너 도대체 경호실장님께 무슨 짓을 한 거야?"

"여자를 성추행하고 있어서……."

"쟤 때문에 소매치기 하나 놓쳤다. 내가 그년 잡으면 아주……."

속에서 열불이 났다.

"죄송합니다."

"죄송은 뭐……. 어깨뼈가 으스러진 것 같지만 괜찮아."

연희의 얼굴이 사색이 되어 있었다.

"저 여기서 잘리면 안 됩니다."

"……."

"뭐든 할 테니 자르지만 말아 주십시오."

"왜?"

"어머니가 아프십니다."

속은 터지지만 사정이 딱하니 어떻게 할 수도 없었다.

"제기랄!"

그는 욕 한 마디만 하고는 자리를 떴다. 오늘은 되는 일이 없는 날이었다.

그가 떠나고 연희는 어디론가 전화를 걸었다.

"언니, 얼굴도장은 찍었어요."

[잘했어. 마음엔 들어?]

"완전히요. 좀 바보 같은 구석도 있고 전 좋아요."

[잘해 봐. 아주 괜찮은 사람이야.]

"신경 써 주셔서 감사해요."

[그런데 진짜 이상형 맞아?]

"네."

연희는 몇 년 전에 카지노에 평소에 잘 알고 지내던 순정을 찾아왔었다. 순정의 남동생과 그녀는 동창이었고 가족끼리도 잘 알았다. 그래서 위로차 왔었는데 덕만을 보고는 한눈에 반했었다. 그녀의 이상형인 곰 같은 인간이 세상에 존재하고 있었다.

푸근한 테디베어 말고 거친 곰을 원했는데, 그가 딱 그녀의 이상형이었다. 그런데 오늘 보니 완전 정의에 불타는 사도였다. 거기다가 알아본 바로는 여친도 없고 말이다.

하여튼 해 볼 만한 남자임에는 틀림이 없었다.

연희의 얼굴에 미소가 가득했다.

"잘해 봐요. 곰 아저씨."

"아! 좀 살살해요."

덕만은 팔을 이리저리 살피고 있는 의사를 째려보며 말했다.

"경호실장님은 엄살이 심하십니다."

"엄살? 똑같이 해 드릴까요?"

"아이고, 전 사양입니다."

덕만은 입이 석 자는 나와 있었다.

"여자가 그랬다고…….'"

"이 양반이!"

의사는 그를 놀리는 재미에 빠져 있는 것 같았다. 하지만 사실이니 더 이상의 말은 하지 않았다. 송연희……. 아주 맹랑한 신입이었다. 실력은 있었지만 너무 의욕이 앞섰다.

"잘 키우면 괜찮을 수도 있겠지."

보건실을 나오며 덕만이 중얼거렸다. 회장실에 도착하자 다들 아주 난리였다. 그가 어깨에 보조깁스를 하고 있었기 때문이었다.

"괜찮은 거야?"

"네."

"여자가 그랬다며?"

"회장님!"

다들 그를 놀리느라 그가 지금 얼마나 아픈지 신경도 안 쓰는 것 같았다. 인정머리라고는 하나도 없는 인간들이었다.

"신입들은 훈련 잘 시키고 있어?"

"네, 이번에 들어온 신입들은 경력들이 기존의 멤버들보다 화려합니다."

"그래?"

"네, 보통 경찰이나 군인 출신에, 국가대표 유도선수 출신도 있고 국가대표 태권도선수 출신도 있습니다."

"다행이야."

회장은 만족스러워하고 있었다. 회장실을 나온 그는 신입 경호원들의 훈련장소인 체육관을 향했다. 신입들이 그의 팔에 깁스를 보고는 힐끗거리고 있었다. 덕만은 2층의 관중석에 서서 그의 어깨를 작살 낼 뻔한 범인을 뚫어지게 보고 있었다.

하지만 연희는 그를 쳐다보지도 않고 계속해서 동료들과 체육관을 돌고 있었다. 단체로 벌을 받고 있는 게 분명했다. 그들은 지금 유도복을 입고 뛰었다.

"유도 시간인가 보군."

그는 계속해서 신입들의 훈련모습을 보았다. 본격적인 훈련에 들어가자 단연 눈에 띄는 건 연희였다. 홍일점이었지만 그녀는 남자들을 단번에 다 꺾어 버리는 실력자였다.

"제법이야."

훈련이 끝나자 연희가 그를 보고는 90도로 인사를 하고는 동기들과 안으로 들어갔다.

"인사는 뭐야?"

연희는 그에게 사과하고 싶은 것 같았다.

"병 주고 약 주려고 하나……."

또 속에서 천불이 났다.

내일이 주말이라서 그는 오랜만에 박 회장을 일찍 집에 모셔다 드리고 사우나로 향하는 길이었다. 트레이닝복에 간편한 목욕 바구니를 든 그는 슬리퍼를 끌고는 호텔의 24시간 사우나로 향했다. 그의 이런 모습은 사우나 직원들에겐 익숙한 일이었다.

"오늘은 일찍 오셨습니다."

"그러게. 일이 일찍 끝나서."

"사우나도 오늘은 한가합니다."

"알아."

남들이 말하는 불금은 그에게 아무런 소용이 없는 날이었다. 단지 사우나는 한가하다는 점이 좋았지만 다른 건 다 좋지 않았다. 사우나에서 1시간쯤 있다가 나온 그는 평소에 즐겨 먹는 맥주를 사기 위해서 근처의 편의점을 찾았다.

"어? 대장님!"

"대장?"

누군가 그를 부르는 것 같았다.

"대장님, 여긴 어쩐 일로?"

연희가 편의점에 와 있었다. 화장기 하나 없는 얼굴에 그와 같은 트레이닝복 차림의 그녀는 아주 청순해 보였다. 미쳤지, 청순이라니. 청순이 아니라 그러니까……. 그녀의 얼굴을 다시 보니 아주 예쁜 얼굴이었다.

"라면."

"아직 저녁 전이세요?"

"⋯⋯."

"그럼 제가 저녁 대접할까요? 전 된장찌개에 넣을 두부 사러 왔
거든요. 제가 어깨도 다치게 했으니 사과의 의미로다가."

"⋯⋯."

연희가 어울리지 않게 눈을 깜빡이며 말했다.

"거절하진 말아 주세요. 혼자서 청승맞게 라면 드시는 거보다
낫지 않나요?"

연희가 갑자기 그의 팔짱을 끼었다.

"뭐 하는 거지?"

"집에 모시고 가려고요."

"싫어."

"거절은 사양입니다."

연희가 그의 팔을 끌고는 자신의 집으로 향했다.

"집이 어딘데."

"저기 오렌지 원룸이요. 저긴 다 그래요. 오렌지, 딸기, 사과."

"⋯⋯."

"그래도 오렌지가 셋 중엔 제일 낫죠. 딸기가 아니란 걸 감사해
야죠."

저기 원룸의 주인은 그의 큰아버지였다. 과수원을 하시는 큰아버지는 원룸 건물 하나하나에 과일 이름을 붙이셨고 그는 지금 딸기 원룸에 살고 있었다.

그의 바로 옆 건물에 연희가 살고 있는 것이었다.

"뜻은 고맙지만 사양…… 아!"

연희가 그의 아픈 팔을 잡고는 끌어당겼다.

"호의를 거절하면 안 되죠."

일부러 그런 것 같았다.

"송연희 씨!"

"제 이름을 기억하시는 거예요?"

말이 안 통하는 여자였다. 하지만 싫은 건 아니었다. 덕만의 외로운 인생에 이렇게 그를 생각해 주는 여자는 없기 때문이었다.

"혹시 평점에……."

"그런 건 아닙니다. 진짜 순수하게 미안해서 그런 거니까 너무 경계하지 마세요. 제가 더 이상하니까."

그는 못 이기는 척 그녀가 끌고 가는 대로 끌려갔다. 그는 맨 꼭대기 층의 쓰리룸에 살았지만 연희는 진짜 원룸이었다. 작은 공간에 곰같이 큰 그가 들어가니 더 작은 느낌이었다.

"진짜 크시네요."

"……"

"식탁에 앉으세요. 다른 곳은 앉을 곳도 없으니까요."

그는 말 잘 듣는 아이처럼 그녀의 말을 듣고는 식탁에 자리를 잡고 앉았다. 연희는 정말 된장찌개에 두부를 넣고 있었다. 늦은 시간인데 아직 식사 전인 모양이었다. 그녀가 음식을 만들고 있는 동안 그는 원룸을 스캔하고 있었다.

생각보다 깔끔하게 정돈이 되어 있었다. 그가 놀란 건 그녀가 남자들을 집어 던질 힘을 가지고 있지만 곰 인형도 아주 좋아한다는 것이었다. 침대에는 커다란 곰 인형이 자리하고 있었고 조금이라도 빈 공간은 테디베어가 자리 잡고 있었다.

"곰을 좋아하나 봐?"

"네, 아주요."

"어리군."

"나이가 들어도 같을 거예요."

"왜지?"

"그냥 연예인 좋아하는 것처럼 전 곰이 좋아요. 취향이죠."

하긴 자신의 취향이라는데 할 말은 없었다.

"사람도 곰 같은 사람을 좋아하죠."

식탁에 음식을 놓으며 그를 요염하게 바라보는 그녀의 눈빛은 분명 다른 이의 것이었다. 남자같이 싸우는 여자가 아닌 색기가 흐르는 여인의 눈빛이었다. 잘못 느낀 것일 수도 있지만 말이다.

"드세요."

넋을 놓고 연희를 보고 있었던 것 같았다.

"어? 어."

된장찌개의 맛이 일품이었다. 집밥을 언제 먹었는지도 기억에 없었다. 명절 때도 집에 거의 간 적이 없었기 때문이었다.

"음식 솜씨가 좋군."

"음식 솜씨는 엄마가 있죠. 우리 집에 운동선수만 셋이거든요. 김치도 엄마표고, 마른반찬도 엄마 표예요."

"맛있어."

"엄마한테 전해 드릴게요."

"아니."

그가 화들짝 놀랐다. 객지에 보낸 딸이 외간남자와 자신의 집에서 밥을 먹었다고 하면 어느 부모가 좋아하겠는가?

"왜요?"

"남자랑 단둘이……."

"집들이했다고 하려던 참인데……."

할 말이 없었다. 역시 여자들이 훨씬 위였다. 무안해진 그는 밥만 열심히 먹었다. 밥을 다 먹고 나니 그녀가 녹차를 한 잔 주었다.

"커피는 잠이 안 오니까 이거 드세요."

"고마워."

그의 눈길이 다시 그녀에게 가 있었다. 조금 전에도 느꼈지만 참 예쁘게 생긴 얼굴이었다. 신입 경호원들에게 인기가 많을 것 같았다.

"인기가 많겠어?"

"홍일점이니까요."

그녀도 아니라고는 안 했다.

"접근하는 녀석들도 많을 것 같은데?"

"한두 명이 아니죠."

"이것들의 하라는 훈련은 안 하고!"

연희가 화를 내는 그를 아주 의아한 눈으로 보고 있었다. 네가 무슨 참견이야? 라고 하는 것 같았다.

"아니, 그러니까……. 사내연애는 안 된다는……."

"진짜요? 여기 회장님도 사내연애 아니에요?"

"……."

할 말이 없었다.

"그건 아니죠. 회장은 되고 직원은 안 되고."

"하여튼 경호실은 안 돼!"

"왜요? 전 하고 싶은데……."

"뭐?"

"전 경호실 사람하고 연애할 거예요."

"청개구리야? 방금 내가 뭐라고 했어?"

아주 미운 말만 골라 하고 있는 연희였다. 그런데 화를 내는 그의 앞에서 연희가 환하게 웃었다.

"왜 웃어?"

"대장, 그거 아세요? 우리 집 곰 인형이랑 아주 닮은 거?"

그렇게 말을 하며 그녀가 웃었다. 덕만은 속으로 생각했다. 조금 전에 분명히 연희가 말했다. 그녀는 사람도 곰 같은 사람이 좋다고…….

"음!"

그가 갑자기 말을 멈추었다. 그리고는 차 한 모금을 마셨다.

"저 침대의 반을 차지하고 있는 곰돌이의 이름은 뭐지?"

"대장."

"그러니까 나 말고."

"대장이요."

"……."

"우리 대장을 안고 잔 지는 몇 년 됐죠. 누군가를 좋아하게 되면서부터 그 사람이랑 아주 똑같이 생긴 걸 골랐거든요."

아무리 눈치가 없는 덕만이지만 이야기가 왠지 자신을 향하는 것 같았다.

"녹차 다 드셨어요?"

"……."

"이제 자야겠어요. 내일 엄마 보러 가야 하거든요."

"엄마?"

"서울이에요. 그런데 차가 없어서 여기서 시내까지 택시로 가야 하고, 시내에서 또 기차 타고 가야 하고……. 멀어요, 멀어."

"차 빌려줄게."

그가 말을 하고도 정신이 나간 소리 같았다.

"네?"

"내 차 타고 다녀와."

경호원들의 기분은 운전이었다. 운전 실력은 다른 경호원들처럼 좋을 것이다.

"하지만……."

그녀가 그의 뜻밖의 제안에 망설이는 것 같았다.

"내 차에 흠이나 내지 말고 다녀와."

"저기…… 내일 뭐 하세요?"

그녀가 갑자기 뜬금없이 그에게 물었다.

"나?"

주말은 언제나 그와 침대가 합체가 되는 날이었다.

"네."

"나야……."

"그럼 저랑 같이 서울 가실래요? 제가 맛있는 밥 사 드릴게요."

"아니."

그건 진짜 아니었다.

"어디에 사세요?"

"딸기 원룸."

"하하하, 거기 사세요?"

"그래."

그녀가 거의 땅을 치며 웃고 있었다.

"진짜 웃기지 않아요? 딸기라니……."

그 이름을 지은 사람이 그의 큰아버지라면 그녀는 더 기절할 것
이다. 그가 자리에서 일어났다.

"내일 7시예요. 얼른 주무세요."

"난 안 가."

"그건 내일이면 알겠죠."

연희가 그를 보며 눈웃음을 치고 있었다. 그는 연희의 원룸에서
나왔다. 무언가에 홀린 기분이었다.

"뭐지?"

누군가에 끌려다닌 적이 없는 그였다. 이상했다.

연희는 자신의 앞에서 신입 경호원들에게 연설을 하고 있는 박 회장을 보고 있었다. 순정 언니가 시집은 진짜 잘 간 것 같았다. 어쩐 남자가 저렇게 부담스럽게 멋있게 생겼는지, 정말 연예인을 보고 있는 느낌이었다.

거기에 우리나라 최고의 현금 부자가 박 회장이었다. 그리고 아이러니하게도 그녀의 친구였던 서진이를 죽음으로 몰고 간 곳의 오너이기도 했다. 물론 박 회장의 책임은 아니지만 말이다.

"내 남자가 더 낫네."

그녀의 눈길이 덕만을 향해 있었다. 얼마나 듬직한지 몰랐다. 요즘 덕만은 그녀의 손바닥 안에 있었다. 그녀는 덕만을 꼬시기 위해 이곳에 왔다. 그래서 일부러 집도 그의 옆집에 얻었고, 지난 번엔 그가 사우나에 잘 간다는 소식을 듣고는 사우나 직원을 매수해서 그가 나오는 시간을 알아냈다.

그리고 확실하게 꼬리를 쳤다. 다음 날 그녀는 그와 함께 서울에 가서 즐거운 시간을 보냈다. 그녀는 덕만을 대장이라고 불렀다. 물론 회사에서는 실장님으로 불렀지만 말이다. 마음은 어느 정도 넘어왔으니 이제 확실한 무언가만 있으면 되는 것이었다.

"어떻게 하지?"

"뭐?"

옆에 서 있던 동기가 물었다.

"넌 몰라도 돼."

"우리 밥이나 먹을까?"

"꺼져!"

그때 그와 눈이 마주쳤다. 그의 인상이 아주 좋지 않았다.

"질투는……."

아주 바람직한 현상이었다.

"오늘 우리 전체 회식 있다고 했지?"

"아마도."

동기가 입이 나와서 대답을 했지만 연희는 신경 쓰지도 않았다.

"회식이라……."

오늘 저녁은 박 회장이 직원들을 위해 한턱 쏘는 날이었다. 워낙 인원이 많아서 호텔 야외공간에서 가든파티를 한다고 했다. 오늘은 일류호텔 요리사들이 그들을 위해서 음식을 해 준다고 했다.

"오늘 메뉴가 완전 끝내주겠네."

다들 난리였다. 연희는 잠시 후에 있을 회식자리가 기대가 되었다. 오늘 확실하게 그를 유혹해야 했기 때문이었다.

회식시간이 되자 동기들은 굶주린 늑대들이 되어 바비큐를 동내고 있었다. 아무리 한창때라고는 하지만 저렇게 먹고도 살이 안찌는 게 오히려 이상했다. 연희는 준비 차원에서 술을 마셨다.

뭐든 철저하게 준비하는 것이 좋았다. 연희는 말술을 먹기로도 유명한 주당 중에 주당이었지만 오늘은 술 한 잔에도 약한 요조숙녀가 돼야 했다.

덕만이 자꾸 그녀에게 눈길을 주고 있다는 건 알았다. 그러나 한 번도 그녀의 근처로 오지 않은 덕만이었다.

"누가 이기나 보자."

그녀가 갑자기 테이블에 엎드렸다.

"네가 오나 안 오나 보자."

잠시 후에 테이블 아래로 구둣발이 보였다. 하지만 덕만의 것은 아니었다.

"연희 씨! 취했어?"

동기 중에 그녀에게 치근덕대는 놈이 먼저 와서 말을 걸었다.

"…….."

하지만 이놈을 상대할 상황이 아니었다. 그때였다. 녀석이 갑자기 그녀를 부축하려고 했다. 한 대 때려야 하나 잠시 고민하던 중에 낯익은 목소리가 들렸다.

"뭐야?"

덕만의 말에 동기가 차렷 자세를 취했다.

"연희 씨가 취한 것 같아서……."

"가 봐. 내가 수습할 테니."

"그래도……."

눈치라고는 전혀 없는 녀석이었다. 연희는 그가 가면 어쩌나 하는 생각이 들자 입술이 바짝 말랐다.

"내 말 안 들리나?"

"아닙니다."

다행히 동기는 사라지고 그녀의 곁에서 익숙한 향이 났다. 그가 쓰는 향수냄새였다.

"끝까지 골치군."

그는 이렇게 말하며 그녀를 안아 들었다. 사람들이 많아서 그냥 부축이나 할 거라고 생각했는데 아니었다. 연희는 처음으로 그의 품에 안겨 보았다. 편법이긴 했지만 기가 막힌 성공이었다.

그가 그녀를 가볍게 안고는 한참을 걸어 그의 차 안에 내려놓았다.

"술도 못하면서……."

그가 안전벨트를 매 주었다. 그리고 그녀를 집 앞까지 태워 주었다.

"아주 떡이 되셨어요. 그나저나 저건 언제 주지?"

그가 그녀에게 뭘 주려는 모양이었다. 궁금해서 죽을 지경이었다.

"갑시다. 읍!"

집 앞에서 하려고 했는데 주차장에서 했다. 그가 그녀를 안고 3

층까지 가게 할 수는 없었다.

"으읍!"

확실히 연희는 힘이 좋았다. 그가 꼼짝을 못하고 있었다. 그의 입술을 빨아들이고 그의 입안으로 혀를 밀어 넣었다.

"아!"

그가 결국은 그녀를 떼어 냈다.

"술 취한 게 아니었어."

"맞아요."

"도대체 왜 이러는 거지?"

"좋아하니까."

갑자기 정색을 하는 그의 표정이 연희는 상처가 되었다. 그렇게 그녀의 키스가 잘못된 것인가? 속상했다. 좋아할 줄 알았는데 아니었다.

"좋아하니까 그랬어요. 왜요? 몇 년간 가슴속에 묻어 뒀는데. 기회가 생겨서 잡았을 뿐이에요. 난 내 행동에…… 읍!"

이번엔 그녀의 입술이 그의 입술에 의해 막혀 버렸다. 그가 지금 그녀의 입술을 잡아먹을 듯이 삼키고 있었다.

"으읍……."

숨을 쉴 틈도 주지 않고 그녀를 몰아붙이고 있었다. 그의 혀가 그녀의 입안을 점령했고, 더 나아가 그의 손은 허락도 없이 그녀

365

의 가슴 위를 배회하고 있었다. 너무 좋은 느낌이었다.

"헉헉…… 왜?"

거친 숨을 몰아쉬며 그녀가 물었다.

"나도 원했으니까."

그가 차 문을 열고 나가더니 그녀의 손을 잡고는 차에서 끌어내렸다.

"어디 가요?"

"우리 집."

연희는 그의 손에 이끌려 기쁜 마음으로 덕만의 집에 들어갔다. 확실히 그의 집은 컸다.

"혼자 살아요?"

"그럼?"

바보 같은 질문이었다. 현관을 지나 그의 거실을 본 순간 연희는 그 자리에서 멈추었다. 그리고 멍하게 그의 거실을 보았다.

"저건……."

"저거?"

그녀가 고개를 끄덕였다.

"내가 좋아하는 여자가 좋아하는 거라서 나중에 주려고."

곰 인형이 한가득이었다.

"날 주려고?"

그녀가 그의 목에 매달려 키스하기 시작했다.

"읍…… 이러면 안 돼."

"그럼 이러면요?"

그녀가 그의 앞에 옷을 빠르게 벗어 버렸다. 그는 턱이 빠질 듯이 그녀를 보고 있었다.

"마음에 안 들어요?"

"너무 들어."

"그럼 다시 입을까요?"

"아니."

그가 그녀를 번쩍 안아 들었다.

"여우군."

"곰을 좋아하는 여우죠."

그가 아주 호탕하게 웃었다. 그리고 그들은 그날 밤새 서로의 몸을 탐했다. 그녀의 선택은 옳았고 그는 욕망 가득한 곰이었다.

따스한 햇살이 집 안의 창을 두드리고 있었다. 소파에서 늘어지게 쪽잠을 자는 남편의 얼굴을 보며 순정은 미소를 짓고 있었다. 무슨 꿈을 꾸기에 저렇게 미소를 짓고 있는 것일까?

순정은 남편의 얼굴을 보며 같이 미소 지었다.

다다다닥!

남편의 낮잠이 끝나 감을 느끼고 있었다.

"아빠!"

퍽!

그의 배를 향해 돌진한 두 녀석 때문이었다.

"찬아, 웅아!"

그녀가 불러도 소용이 없었다.

"그냥 둬. 우리 예쁜 새끼들인데……."

못 말리는 아들 바보였다.

"그래도 혼내야지 안 돼요. 유 실장님 머리를 잡고 흔들어서 지
난번에 얼마나 미안하던지……."

"괜찮아, 다음엔 다 뽑아 버려."

"그럼 안 된다고요. 버릇 나빠진다니까……."

그때 덕만이 들어 왔다.

"찬아, 웅아……."

"바보가 하나 더 왔네요."

찬과 웅이는 세 살이 될 때까지 거의 땅을 밟지 않고 살았다. 바
보 같은 두 남자가 아기들을 안고 다녔기 때문이었다.

"유 실장님은 애인 안 만들어요?"

"유 실장 애인 있어."

"진짜요? 다행이에요."

"맞습니다. 제 애인은 찬이, 웅입니다."

"아닐 텐데……."

그녀는 연희를 생각하며 고개를 가로저었다.

"네?"

"아니에요."

연희에게 들은 소리가 있는데 아니기는……. 아주 연희에게 빠져서 정신을 못 차리고 있는 거 아는데 말이다.

"찬이, 웅이. 삼촌 보고 싶었어요?"

못 말리는 남자들이었다. 하지만 순정은 연희가 덕만의 가슴에 파고드는 중이란 걸 알고 있었다. 유모들이 있었지만 그녀의 집 유모들은 쌍둥이를 안는 시간이 아주 적어 걱정이었다.

"이모!"

그녀가 부르자 얼른 유모들이 아이들을 안았다.

"못 안게 해도 하도 아기들을 예뻐하시니……."

"애들 세 살이에요."

"……."

"오늘 약속은 잊지 않았죠?"

"그럼."

휴일이라서 아빠와 엄마 그리고 서진이가 뿌려진 동해바다에 가기로 했기 때문이었다.

"알지, 그걸 잊으면 안 되지."

아이들을 유모에게 맡기고 그들은 동해로 출발했다. 서울에서와는 달리 그녀가 사는 곳에선 그렇게 멀지 않은 거리였지만 가는 게 쉽지 않았다. 그게 다 쌍둥이 때문이기는 했지만 말이다.

그가 운전을 하고 그녀는 운전석 옆에 앉아서 한여름의 바다를 보고 있었다.

"바다는 항상 푸른 것 같아요. 슬퍼도 기뻐도……."

"오늘은 철학자가 됐어."

"삶이 절 그렇게 만드네요."

그녀는 이렇게 말을 하며 웃었다. 이렇게 그녀의 삶에 대해 농담을 하다니, 얼마 전까지는 상상조차 할 수 없는 일이었다. 동생과 부모님을 생각만 해도 눈물부터 나오던 그녀였다.

"거의 다 왔어."

"네."

"오늘은 좀 더 가까이서 인사해."

"네?"

그는 그저 웃기만 했다. 그렇게 그들은 동해의 작은 항구에 도착했다.

"술이라도 따라야 하지 않을까?"

"준비해 왔어요."

"잘했어. 내려."

준비를 다 했다고 했는데 그가 내리라고 말을 했다.

"여기 아닌데……."

그녀는 일단 차에서 내렸다. 그런데 그녀의 짐까지 다 챙긴 그가 어디론가 앞장서서 가고 있었다.

"현우 씨! 어디 가는 거예요?"

"……."

그의 걸음이 어찌나 빠른지 따라잡기도 힘이 들었다. 겨우 그를 따라잡은 곳은 배들이 정박하고 있는 곳이었다. 이래서 그가 가까운 곳에서 볼 수 있다고 말한 것 같았다. 순정의 얼굴에 미소가 가득했다.

"우리 배 타고 가요?"

"응."

"당신 진짜 멋쟁이에요. 감동받았어요."

"감동은 일러."

그가 그녀의 손을 잡고는 어딘가로 향했다.

"뭐예요?"

"조금만 더 가면 돼."

그들이 멈춰 선 곳은 커다란 요트가 있는 곳이었다.

"현우 씨!"

"이 요트로 갈 거야."

"와, 진짜 멋지다."

그녀는 요트의 화려함을 보고는 깜짝 놀랐다.

"영화에서나 나오는 요트 같아요. 빌렸어요?"

그녀를 위해서 오늘 렌트를 한 모양이었다.

"아니, 샀지."

"네?"

이 배가 그의 것이었다.

"이 배는 순정에게 주는 내 선물이야."

"현우 씨!"

배의 앞쪽에 영어로 순정이라고 쓰여 있었다.

"어머니, 아버지 그리고 동생이 있으면 언제든지 같이 와서 봐."

"네, 고마워요."

순정의 눈에서 눈물이 주르르 흘러내렸다. 이렇게 자상한 남편을 만난 건 그녀에게 인생 최고의 행운이었다. 그녀와 현우는 요트에 올랐다. 요트는 큰 여객선의 크기는 아니었지만 꽤 컸다.

"운전할 줄 알아요?"

"응, 카지노 하기 전에 시간이 있어서 배웠어. 이만한 배를 선물 받았었거든."

"누구한테요."

"거래처지."

"어딘지 몰라도 다음부턴 그런 거 받지 마요."

"알아. 그때는 좀 철이 없었어. 그리고 몇 번 타다가 나도 로비할 때 썼지."

알다가도 모를 것이 카지노의 세계였다. 그가 배를 운전하는 동안 그녀는 그의 옆에 서서 바다를 보았다.

"와! 진짜 좋아요."

"나도 좋아."

"우리 그래도 엄마, 아빠, 서진이가 이렇게 아름다운 바다에서 있다는 게 조금은 위안이 되네요."

어느 정도 바다로 나오자 그가 요트를 멈추고 그녀에게 음식을 배 위로 올려놓으라고 했다. 그리고 절을 하고는 술을 바다에 뿌렸다.

"장인어른, 장모님, 그리고 처남……. 보지는 못했지만 감사합니다. 이렇게 아름답고 착한 딸이자 누나를 저에게 보내 주신 걸요."

그의 말에 순정은 눈물을 흘렸다.

"앞으로도 행복하게 잘 살겠습니다. 다음엔 쌍둥이하고 딸도 데리고 오겠습니다."

딸? 그가 분명히 딸이라고 했다.

"딸이요?"

"쉿, 부정 타."

어이가 없었다. 그러고 보니 매일같이 그녀를 괴롭힌 이유가 있었다. 그는 지금 셋째를 원하는 모양이었다. 안 될 말이었다.

"안 돼요."

"왜?"

"쌍둥이들이면 충분해요."

"아니야. 그리고 난 장인, 장모님께 약속했다고."

억지도 이런 억지가 없었다.

"자기야……."

"자기는 무슨 자기예요."

그가 위험스런 얼굴로 그녀에게 다가왔다.

"왜 그래요?"

순정이 그를 피해 조금씩 뒷걸음질을 쳤다.

"왜긴……."

어울리지 않게 애교였다. 눈까지 깜박이면서 말이다. 어이가 없었다.

"안 어울려요."

"뭐가?"

"자꾸 가까이 오지 마요."

이제 더 이상 물러날 곳이 없었다.

"아니, 난 약속은 지켜. 다음엔 딸도 데리고 올 거야."

"아들이면 어쩌려고 그래요?"

"딸을 낳을 때까지……."

"미쳤어요?"

"응."

그녀가 도망치기 전에 바로 손을 잡혔다.

"이거 놔요."

"앙탈은……."

그가 순정을 안아 들었다. 그리고 선실로 들어갔다.

"난 순정이 닮은 딸을 원해."

"알아요. 하지만 지금도 쌍둥이만 보면서."

"질투하는 거야?"

"여기에 딸까지 태어나면 난 진짜 아무것도 아닌 게 될 것 같아
요."

"아니야, 나의 모든 사랑은 당신을 향해 있어. 사랑해."

그가 그녀의 입술을 삼켰다. 이렇게 그녀는 또 무너지고 있었
다. 사랑하는 현우가 원하는 일이었다. 그래도 딸이라니…….

솔직하게 조금은 샘이 났다. 아무리 그래도 이 멋진 남자는 그

녀의 남자였다.

"좋아요."

"정말?"

그가 너무나 좋아했다. 그녀는 그의 얼굴을 보며 미소 지었다. 그리고 엄마, 아빠, 동생에게 1시간만 눈을 감아 달라고 속으로 말했다. 그리고 그들은 1시간이 훨씬 넘게 사랑을 나누었다.

딸이 찾아오길 염원하며…….

··· THE END ···